KB240908

동시대인

동시대인

김영숙 소설집

차례

동시대인

하, 하늘에 계신 우, 우리 하나님 아버지. 도, 도대체 이게 어, 어찌 된 일일까요? 아, 아버지도 아시다시피 저, 저에겐 우리 형이 하, 하나님이나 다, 다름없잖아요. 그, 그런데 우리 형이 차, 참 이상한 일을 저, 저에게 하라고 해요. 저, 저는 형 말이라면 무, 무슨 말이든 다, 다 들어요. 하, 하나님도 아시잖아요. 저, 저는 오로지 하나님 아, 아버지와 우리 형만 미, 믿고 살아가는데 어, 어떻게 해야 할 지 모, 모르겠어요.

토요일 오후 마지막 강의를 막 끝내고 나오는데 학원 원장이 불렀다. 여름 내내 대형 냉장고 바람에 시달려 냉방병에라도 걸린 것처럼 온몸이 욱신욱신 쑤시고 기진맥진했다. 어서 빨리 사우나에 가서 몸을 뜨끈하게 풀어줘야겠다고 생각하는 참이었다. 원장실 문을 노크하고 들어가는데, 입구에서부터 오늘도 기분이 확 잡쳐졌다. 학벌도 별로고, 실력도 좆도 없는 놈이 원장이랍시고 무슨 CEO 집무실처럼 럭셔리하게 꾸며 놓은, 널찍한 방에는 비서까지 있었다. 애들 말마따나 졸라 꼴값이다. 양 볼이 빵빵하고 얼굴이 넙대대한 이 원장이 가죽 소파 팔걸이에 양 손을 걸치고, 다리를 꼬고 앉아 있었다. 용케도 꼬아 올라간 원장의 짧은 두 다리를 바라보며 나는 일부러 엉덩이를 의자 끝에 살짝 걸쳐 앉았다. 내 딴에는 빨리 용무만 보고 나가겠다는 무언의 표시를 한 거였다. 뭘 먹고 다니는지 얼굴에 온통 개기름이 번지르르한 이 원장이 가래가 잔뜩 낀 듯한 목소리로 전혀 생각지도 못했던 제안을 했다.

"이번에 특목고를 자퇴한 고2 남자애가 있는데, 걔를 좀 하루 종일 옆에서 끼고 지도해 주지. D광역시에서 제법 큰 종합병원을 운영하는 집 큰아들인데, 수학은 기초부터 꼼꼼히 제대로 가르치고, 다른 과목은 잘하는 편이라니까 조금씩 봐주면 될 거야. 페이는 지금 받는 거하고 거의 비슷할 거구."

원장은 말을 마치면서 바보같이 웃었다. 자기가 무슨 큰 선물이라도 주는 것 같은 표정이었다. 걔 부모가 수재 형 선생을 찾는데, 우리 학원에서 수재 형, 하면 김 선생밖에 더 있어? 원장이 오른쪽 다리를 풀더니 왼쪽 다리로 다시 꼬면서 말을 마쳤다. 나는 일단 생각 좀 해보겠다고 말하고 나왔다. 고민할 게 뭐 있어! 원장이 내 뒤통수에다 대고 소리를 냅다 질렀다.

어젯밤 자정이 다 돼 사우나를 하고 집에 오자마자 옷도 안 벗고 침대 위에 곯아떨어졌었다. 한잠 푹 자고 나니 창밖이 어슴푸레했다. 시계를 보니 4시 반이었다. 어제 집에 올 때 몸이 으슬으슬하니 감기 기운이 있었는데, 좀 나아진 것 같아 천만 다행이었다. 일요일인 오늘도 오전 수업이 두 개나 있었다. 요즘은 주말엔 아예 강의를 하지 않는 젊은 선생들이 제법 늘어났다. 개중에는 자기 집이 부자라는 걸 드러내놓고 자랑질하는, 철없는 놈들도 있다. 그런 놈들만 보면 오죽이나 할 일이 없어, 집에 돈이 있는데 학원 강사를 하고 있나 물어보고 싶다. 하기야 그런 놈들은 6개월을 못 버틴다. 이게 아무나 하는 일인 줄 안다. 병신새끼들. 화장실에 갔다 다시 침대에 누웠다. 일어날 시간이 되려면 아직 한참 남았다. 느긋한 마음으로 몸을 뒤척이는데, 번뜩 어제 이 원장이 하던 말이 떠올랐다.

지난주에 연봉 문제를 갖고 원장과 이야기했었다. 연봉은 올려주기 싫고, 이번에 학원에 갓 들어온 수학 선생인 조카를 위해 나를 밖으로 내돌리려는 수작이 분명했다. 그동안 학원에서 죽으라고 일만 했다. 우리 학원 스타강사가 된 지 이제 겨우 이 년이 지났다. 다른 학원 스타강사는 연봉이 20, 30억 한다는데 우리 학원에선 어림 반 푼어치도 없는 액수다. 물론 그들은 수만 명 중에 10위 안에 드는 스타강사지만 나도 몇 년 후에 그 안에 들어가지 말라는 법도 없다. 돈도 돈이지만, 다른 데 스타강사는 강의 시간도 많지 않아 자기 시간이 아주 널널하다고 들었다. 스타강사를 그 정도는 대접해줘야 말 그대로 스타강사지, 이건 뭐 일반강사랑 똑같이 뺑뺑이를 돌리니 이게 말이 되는가 말이다. 낮에는 종합반, 저녁과 주말에는 단과반 강의를 하다보면 나에게 여가시간이라곤 거의 없다. 이러니 내가 이곳에 오래 머물지 않으리라는 걸 원장도 아는 것 같다. 아마 다른 학원에 갈 거라고 생각할지 모르지만, 천만에.

내가 남 좋은 일 할 일 있나, 내 학원을 차릴 거다. 여기에서 7년이라는 세월을 보냈다. 청춘이고 뭐고 내 모든 것을 다 구겨서 학원 캐비닛에 집어놓고 살아온 세월이었다. 그동안 내 등골을 실컷 빼먹고 나를 내팽개치려 하다니. 학원을 차리려면 적어도 2, 3년은 더 버텨야 되는데, 큰일이다. 방법은? 그래, 원장 말을 들어주되 일 년 후 복직을 보장해주는 각서를 써달라고 하자.

처음으로 상우와 상우 엄마를 만났다. 아들 대학 입시를 위해 강남 대치동에 25평짜리 아파트를 얻고, 선생을 위해 문간방에 침대까지 구비해주는 그 집은 도대체 얼마나 돈이 많은 걸까. 혼자 벌어 대학까지 나온 나에겐 정녕 언빌리버블한 일이다. 상우란 애는 중키에 여드름 자국이 심하고, 한창 나이에 어깨에 작은 혹이라도 붙은 듯 새우등을 가진 아이였다. 다행히 커다란 눈망울에 순박한 이미지를 가졌는데, 도대체 삶의 의욕이라곤 눈곱만큼도 보이질 않았다. 병신새끼.
상우 엄마라는 여자는 밉지 않은 이목구비에 이국적인 분위기를 풀풀 풍기는 40대 중반의 여자였다. 눈과 코가 큼지막하고, 몸매가 뭐 그런대로 봐줄 만한 글래머였다. 육감적인 몸뚱이에 걸친 원피스의 무늬가 워낙 대범하고, 컬러도 이국적이라 그런 느낌이 들었는지 모르겠다. 그렇게 정신이 어질할 정도로 강렬한, 핫핑크와 형광 연두색이 배합된 옷을 난 태어나서 지금까지 한 번도 본 적이 없다. 무식하게 보일 정도로 커다란 눈망울에 새파란 섀도우를 한 그녀는 얼마나 순진한지, 나를 마치 구세주처럼 대했다. 속으로 웃음이 나왔지만 겉으로 엄숙한 표정을 짓느라

고생 좀 했다.

"원장 선생님한테서 얼마나 실력이 좋은 분인지 귀에 못이 박히게 들어 잘 알고 있어요, 상우는 그 놈의, 아니 죄송해요, 호호, 수학 때문에 성적이 잘 안 나와요. 제발 잘 좀 부탁드립니다. 상우가 스카이 대학에만 들어가면 선생님께 정말, 정말이에요, 제대로 한번 인사할게요. 상우 아빠는 늘 바쁘고, 남자 형제도 없는 상우를 친형처럼 같이 운동도 하면서 잘 보살펴 주세요."

그녀의 목소리가 제법 절실했다. 고개를 한쪽으로 갸우뚱 기울인 채, 귀여운 턱을 살짝 치켜 올리고 나를 쳐다보는 눈길이 간절하고, 간곡하고, 진정성이 넘쳐흘렀다. 내 자신이 꼭 광신도 앞에 선 교주 같았다.

생각보다 상우와 함께 하는 생활은 견딜 만했다. 아니, 100명, 200명씩 빼곡히 찬 대형 강의실에서 있는 대로 소리를 질러대며 하는 강의보다 열 배는 수월했다. 오전 9시에 아파트에 도착해 한 시간 수학 강의를 하고, 한 시간 동안 문제를 풀게 한 다음, 틀린 문제를 하나 하나 같이 점검한다. 그러다 보면 어느새 점심시간이 되고, 우리는 상우 엄마가 올 때마다 냉장고에 빈틈없이 채워 놓은 각양각색의 밑반찬과 값비싼 과일을 꺼내 먹거나, 차려 먹기 귀찮으면 그냥 시켜 먹는다. 상우의 입맛이 워낙 고급이라 내 입도 자동적으로 대우를 제대로 받는다. 오후엔 영어, 국어, 생물, 화학 중 두 과목을 이틀에 한 번씩 돌아가며 1시간씩 강의하고 나머지 시간엔 자습을 시킨다. 남은 시간에 문제집에서 그때그때 배운 내용의 문제를 풀게 하면 금방 저녁 시간이다. 저녁엔 둘이 나가 인근 음식점에서 밥을 사먹고 동네 공원을 산책하거나 야구를 한다. 학원에서는 신경을 잔뜩 곤두세우고 마이크에다 대고 소리를 빽빽 내질러야 하기 때문에 한 시간만 하고 나도 목이 쉬고 진이 빠졌다. 사우나에 가서 땀을 쭉 빼야 하루의 피곤이 겨우 풀렸는데, 지금은 목도 안 아프고, 마음이 편하고 여유롭다. 무엇보다 스타강사의 명성을 유지해야 하는 스트레스가 없다. 상우가 문제를 풀 동안에 나는 옆에서 노트북을 보거나 책을 본다. 물론 스마트폰을 하는 시간이 제일 많다. 저녁에 동네 공원을 산책하거나 야구방망이를 휘두를 때면 진짜 형 같은 느낌이 들기도 한다. 저녁 7시에서 9시까지는 낮에 푼 문제들 해답을 맞춰보게 하고, 약한 부분을 다시 복습시키기 때문에 제일 편한 시간이다. 9시는 내 퇴근 시간이다. 9시와 10시는 큰 차이다. 이제 더 이상 파김치가 되어 집으로 돌아가지 않는다.

상우를 가르치면서 제일 좋은 건 아무 때나 미영에게 전화하거나 문자를 할 수 있다는 점이었다. 학원에 나갈 땐 매일 저녁 한 시간 반씩 두 타임을 뛰었기 때문에 강의가 끝나면 완전히 녹초가 돼 데이트는커녕 성의 있게 전화하기도 힘들었다. 낮 시간이 좀 더 여유 있는 나와 다르게, 미영인 저녁 시간이 한가해 서로 통화를 느긋하게 즐길 수가 없었다. 요즘은 미영이와 원 없이 문자하고, 전화도 하고, 좋은 사진이나 음악이 있으면 보낸다. 잡지나 책에서 본 멋진 글귀를 시도 때도 없이 보내는 건 기본이다.

미영인 작년에 우리 학원에 입사한 영어 선생이다. 처음 그녀가 강사실에 들어섰을 때 난 설마, 했다. 학원 선생을 하기엔 분위기가 너무 엘레강스하고 귀티가 났다고 해야 하나. 난 그녀가 몇 달 버티지 못할 거라 생각했다. 그런데 석 달을 넘기는 걸 보고 그녀를 다시 보기 시작했다. 대학 시절에 난 닥치는 대로 과외를 하느라 강의만 끝나면 캠퍼스를 나왔다. 여학생 얼굴 한번 제대로 쳐다볼 시간도 없이 먹고 살기 바빴던 시절이었다. 지금까지 여자하고는 담을 쌓고 살아왔다. 하물며 결혼 계획은 엄두도 내지 못하고 있었는데, 갑자기 마치 운명처럼 그녀가 자기 두 발로 걸어 들어와 바로 내 코앞에 나타난 것이었다. 가슴이 방망이질하는 소리를 꼭 옆에 있는 임 선생이 들을 것만 같아 속으로 얼마나 당황했는지 모른다. 남들은 이미 청소년기에 학습을 끝냈을 만한 일을 나는 그때 처음으로 경험했다.

그녀는 집안도 유복하고, 무엇보다 목소리가 좋았다. 나는 원래 목소리에 민감하다. 그녀의 목소리는 마치 뭐라 그럴까, 맛으로 치자면 즙이 가득한 배를 곱게 갈아놓은 것 같고, 질감으로 치자면 갓난아이들이 베고 자는 베개 솜 같고, 향으로 치자면 봄날에 불어오는 아카시아 꽃향기 같았다. 정말 보들보들하고 청아하면서 따사로운 목소리였다.

난 그녀와 결혼하겠다고 마음먹었다. 그런데 속이 뒤집혀지게 답답한 것은 마음만 있을 뿐 정작 제대로 접근할 기회가 의외로 없다는 것이었다. 그녀는 강의가 많지도 않았지만, 수업만 끝나면 강사실에 머물지 않고 곧바로 학원을 나가버렸다. 아니, 설령 그녀가 강사실에 있다손 치더라도 나에겐 그녀에게 몰두할 체력과 시간, 모두가 부족했다. 설상가상으로 그녀 주위에 침을 질질 흘리는 노총각 선생들이 하나둘 생겨나기 시작했다. 그랬는데, 마음만 있었지 어떻게 접근할 방법이 마땅히 없었는데,

배불뚝이 원장이 나에게 절호의 기회를 준 것이다. 정말 반들반들 넓적한 이마에 키스라도 한번 쪽, 해주고 싶을 정도다. 서른여섯이 되도록 연애는커녕 여자 얼굴 한번 제대로 쳐다보지 못하고 살아온 삶이었다.

상우 엄마는 한 달에 두 번 정도 대치동 아파트에 왔다. 거의 구경해 보지도 못했던 진귀한 과일을 그녀가 식탁 위에 한아름 꺼내 놓으면 나는 상우가 지난번에 본 모의고사 성적표를 내밀었다. 상우의 성적은 꾸준히 상승 곡선을 그리고 있었다. 특히 수학 성적이 눈에 띄게 올라 상우 엄마는 기쁨을 감추지 못했다. 이대로만 간다면, 정말 명문대에 들어갈 수도 있으리라는 벅찬 기대감이 그녀의 하얀 얼굴에 발그레한 볼터치를 해주었다. 상우 엄마는 자기 속마음을 투명하게 겉으로 다 드러내는, 그런 종류의 사람이었다. 그럴수록 나는 그녀 앞에서 매우 신중한 자세를 취했다. 당연히 그럴수록 그녀는 나를 더욱 더 존경했다. 그녀의 온 몸이 마치 내 생사결정권은 바로 당신 손아귀에 있어요, 하고 속삭이는 듯했다. 그녀는 성당 신부에게 고해하듯 나에게 많은 걸 털어놓았다.
"상우는 비록 서울은 아니지만 넓은 광역시에서 둘째가라면 서러운 K초등학교에서 전교 부회장과 회장을 두루 섭렵했어요. 초등학교 6학년 때 전교생이 다 모인 운동장에서 단상 위로 혼자 당당하게 걸어 올라가 마이크도 잡고, 중학교 때도 성적이 상위권에서 벗어난 적이 없었어요. 그런데 어찌된 일인지 특목고에 들어가면서부터 모든 게 달라졌어요. 고1 땐 수학 선생이었던 담임에게 겨우겨우 부탁해, 사실 불법이지만, 특별과외를 붙여 봤는데 별 소용이 없었어요. 또 학교에서 애들하고도 잘 어울리지 못하는 것 같았어요. 차로 학교에 데려다주면 털갈이하는 새처럼 까칠한 얼굴로 어깨를 잔뜩 웅크리고 바닥만 쳐다보며 다니고. 도대체 무슨 생각으로 책가방을 메고 학교를 왔다 갔다 하는지 정말 모르겠더라고요. 남편은 상우 성적표만 보면 환경이 이렇게 좋은데 왜 공부를 못 하냐고 소리를 질러대고. 우리 남편은 깡촌에서 태어나 한 번도 실패를 해본 적이 없는 사람이거든요. 남편이 하도 버럭 성질을 내는 바람에 나중엔 제가 가슴에 울렁증까지 생겼다니까요. 상우가 수학 천재였던 남편을 안 닮고 나를 닮아 수학을 못해 얼마나 남편한테 미안한지 몰라요. 그래도 애가 나를 닮아 성질이 온순해 어디 서울에서 내려온 선생님이 있으면 제일 먼저 달려가 상우를 붙여보았는데도 아무 소용이 없었어요."

그녀는 이렇게 얘기하면서 내 앞에서 눈물까지 보였다. 그녀는 잠깐 말을 멈추고 가방에서 손수건을 꺼내 눈물과 콧물을 훔쳐내더니 곧바로 자기만의 서사를 완성시켜 나갔다.

"지금 생각하면 상우 2학년 때 담임선생님이 얼마나 고마운지 모르겠어요. 담임 선생님이 알려줬어요. 성적이 저조했던 상우 선배들 중에 학교를 중퇴하고 따로 대학 입시를 준비해 검정고시를 봐 바로 명문 대학에 들어간 경우가 있었다고요. 검정고시 응시자들에겐 내신 점수가 본인의 검정고시 성적을 환산한 점수로 대체될 수 있으니까 희망이 있다고."

그녀는 입에 설사라도 난 듯 신이 나서 계속 말을 쏟아냈다.

"바로 이거다. 이렇게 하면 날고 기는 주위 애들 때문에 상우가 기죽을 필요 없이 편하게 공부할 수 있겠다, 생각했지요. 그렇지만 어중이떠중이가 다 다니는 아무 학원에나 보낼 수는 없잖아요. 결국 제가 개인 교수를 생각해냈죠. 그리고 남편까지 설득해 냈어요. 그렇게 해서 결국 이렇게 훌륭한 선생님한테 오게 된 거예요."

그녀는 무슨 무용담을 쏟아내듯 의기양양하게 말을 마쳤다.

크리스마스 땐 상우 가족이 모두 올라와 하얏트 호텔에서 이박 삼일 머물고 갔다. 내게도 모처럼 휴가가 주어졌다. 나는 매일 미영 씨를 만났다. 제대로 된, 생애 첫 데이트였다. 영화도 보고, 신사동 가로수길도 걸었다. 근사한 레스토랑에서 폼 잡고 칼질을 한 후엔 그녀의 집에까지 그녀를 배웅했다. 그녀는 집안이 좋았다. 아버지는 공무원에, 엄마는 은행원, 하나밖에 없는 언니는 의사였다. 나는 집안 얘기를 하지 않았다. 그냥 아르바이트하면서 장학금을 받고 다녔다고만 했다. 뒷바라지만 받았다면 벌써 의사나 법관이 되고도 남았을 거라고 남들이 그런다고 살짝 덧붙였다. 그녀는 숙연한 자세로 내 말을 경청하곤 가만히 고개를 끄덕였다. 그녀는 우리 학원 내 스타강사로서의 내 명성을 익히 잘 알고 있었다. 겨우내 단단히 엉켜 붙은 흙덩어리를 겨우 뚫고 나온 새싹을 보듯 나는 늘 조마조마한 마음으로 그녀의 안색을 살폈다.

하 하늘에 계신 우 우리 하나님 아버지, 혀, 형이 왜 그렇게 벼, 변했는지 정말 저, 정말 모르겠어요. 하, 하나님 아버지, 저, 전 어떻게 해, 해야 하나요? 혀, 형은 그 학생 아버지가 의, 의사니까 아무 무, 문제없데요. 그, 그렇지만 그건 아, 아니잖아요. 하, 하나님도 아시다시피 저, 전 이렇게 부족하지만 우, 우리 형은 정말 대단한 사, 사람이에요. 고, 공부도 잘 하고, 얼, 얼굴도 잘 생기고, 모, 목소리도 좋아요. 혀, 형이 어쩌다 아이스크림 사, 사갖고 들어와 준, 준석아, 이렇게 부르면 어, 얼마나 행복한데요. 그, 그런 형이 왜, 왜 그런지 정말 모, 모르겠어요. 하, 하나님 아버지, 저, 전 어떻게 해, 해야 하나요?

개포동 아파트 단지 안에 봄기운이 무르익었다. 나는 목련꽃 봉우리가 그토록 매력적인 각도로 갸웃 기울어진 것을, 벚꽃 이파리가 그렇게 야들야들하고, 반투명의 여린 분홍색 꽃잎인지를 생전 처음 알았다. 상우와 난 저녁마다 아파트 뒤뜰로 나가 야구를 했다. 상우는 야구광이었다. 나도 점점 야구의 맛에 빠져들었다. 의기투합한 우리는 서둘러 진도를 마치고, 저녁엔 함께 프로야구 시합을 시청했다. 상우는 개성도 열정도 없는 애였지만, 삼성 라이온즈팀만 나오면 어디서 힘이 나오는지 시끄럽게 소리를 벅벅 질러댔다.

상우 엄마의 얼굴도 봄꽃처럼 활짝 피어났다. 확실히 작년에 처음 보던 때하곤 많이 달라졌다. 몸에 살이 붙어 몸매가 더 관능적이 되었고, 하얀 피부는 유난히 더 반들거렸다. 어느새 무더운 날이 시작되었다. 하루는 그녀가 한 손에는 여름 과일이 가득 담긴 바구니를, 다른 한 손엔 온갖 마른 반찬과 갖가지 김치를 담은 아이스박스를 들고 왔다. 하얀 자켓을 벗고, 몸매가 그대로 드러나는 물방울무늬 원피스를 입은 그녀가 테이블 앞에 마주앉았다. 그녀는 처녀시절로 다시 돌아간 듯 싱싱한 기운을 폴, 폴 뿜어냈다. 그녀가 예쁘게 자른 키위 한 조각을 포크로 집어 나에게 내밀었다. 나는 천천히 포크를 건네받았다.

"상우가 선생님을 친형처럼 생각해요."

그녀가 입가를 한껏 벌리고 웃으며 말했다. 아, 네에. 저도……. 나는 조금 쑥스러웠다. 저는 그냥 선생님만 믿어요. 조신하게 말을 마친 그녀가 고개를 숙이더니 핸드백에서 흰 봉투를 꺼내 나에게 내밀었다. 아, 아닙니다. 나는 정중하게 봉투를 밀어냈다. 아니에요. 제 조그만 마음이에요. 미소를 머금은 채 그녀가 상체를 앞으로 조금 내밀며 나를 쳐다보았다. 두 눈이 마주치자 그녀의 동그란 눈동자가 작아지면서 눈가 꼬리가 올챙이 꼬리처럼 나부꼈다. 순간, 내가 팔만 뻗으면 그녀가 그대로 그냥 따라올 것 같은 느낌이 전신에 쫘악 퍼졌다. 확 움켜쥐기만 하면 물컹, 하고 그녀의 심장이 내 손아귀에 잡힐 듯 했다. 온 몸에서 열이 뻗쳐 나와 한꺼번에 얼굴로 몰려들었다. 이삼 초 정도 마음이 흔들렸다. 영겁 같은 찰나의 순간 동안, 내 머릿속엔 미래라는 기나긴 세월이 빛의 속도로 지나갔다. 아니다, 로 힘겹게 내 마음을 정한 순간, 그녀의 멍청하게 커다란 눈가에 자리 잡은 자잘한 주름들이 눈에 들어왔다. 파운데이션 밑으로는 기미가 거뭇거뭇 내비쳤다. 내겐 미영이가 있었다. 딴 짓을 하기엔 내게 주어진 시간과 에너지가 그다지 많지 않았다. 방금 큰 사업 계약을 포기한 사람처럼 내 입에선 휴우, 쉰내 나는 한숨이 길게 새어나왔다.

미영인 겉으로 보이는 것보단 상당히 예민한 성격에, 걱정거리도 많았다. 특히 의사인 언니에 대한 콤플렉스가 심했다.

나이가 두 살 위인 언니는 벌써 대학교수이자 의사인 남편에 아들까지 하나 두고 남부럽지 않게 떵떵거리며 살고 있었다. 미영은 언니를 항상 의식했다. 별로 흠잡을 데 없는 미영의 유일한 단점이라면 단점이었다. 봉긋 솟아오른, 매혹적인 가슴 속에 그토록 고약한 고통과 고뇌의 밧줄이 길게 똬리를 틀고 앉아 있을 줄은 정말 몰랐다. 나는 문자로 늘 미영을 칭송했다. 평소엔 시집을 쳐다보지도 않았지만 요즘은 시간이 나면 교보문고에도 드나들었다. 어떻게 키워낸 새싹인가. 미영의 마음속에 나라는 존재의 뿌리가 조금씩 깊이 뿌리내리는 걸 난 유심히 지켜보았다. 결국 구질구질한 노총각 선생들은 다 떨어져 나갔다. 나는 속으로 쾌재를 불렀다. 스타강사로 느꼈던 자부심과는 또 다른 긍지와 만족감이 나를 행복의 나라로 데리고 갔다. 그동안 결코 맛본 적이 없던, 내 생애 최고로 행복한 날들이었다.

상우는 8월에 본 검정고시에 무사히 합격했다. 다행히 내신으로 환산할 경우 그런대로 만족할 만한 성적이 나왔다. 찬바람이 불면서 모의고사 성적이 별로 나아지지 않아 조금 걱정이 되긴 했어도, 크게 신경 쓰진 않았다. 적어도 수학 성적은 분명히 좋아졌고, 잘하면 상위권 대학에 들어가지 말라는 법은 없으니까. 상우 엄마의 이마에 조금씩 주름이 깊어져 갔지만 난 개의치 않았다. 나의 고민은 다른 곳에 있었다. 미영이 문제였다. 집에서 부모들이 내년이면 서른다섯 살이 되는 그녀를 하루라도 빨리 시집보내려 안달을 했고, 그녀 역시 누구보다 간절히 결혼을 원했다. 그동안 데이트를 할 때마다 2, 3년만 지나면 번듯한 학원을 세울 거라고 큰소리를 쳐왔다. 내색은 하지 않았지만 요즘은 선도 보러 다니는 눈치였다. 그때마다 나는 10년 후엔 내가 명실상부한 우리나라 최고의 입시학원 경영자가 돼 있을 거라며 호언장담을 했다. 그때가 되면 우리 부부는 함께 골프도 즐기고, 해외여행도 수시로 다닐 거였다. 이렇게 열변을 토해도 미영인 별로 감격해 하지 않았다. 그때마다 내 마음은 찬바람에 마구 휘날리는 낙엽처럼 도무지 안정을 찾을 수 없었다.

겨우 시간을 내 만난 어느 일요일 저녁, 카페에서 미영이 시무룩한 얼굴로 커피잔을 빙그르르 돌리며 말했다.

"그럼 결혼은 언제 하는데?"

"어, 어 그거야, 내후년이면 되지 않을까?"

"휴우…… 그때까지 어떻게 기다려? 나, 지겨워 죽겠어. 빨리 집에서 나오고 싶어. 내년이면 내 나이가 서른여섯이야."

아무 표정 변화 없이 태연무심하게 보이던 그녀의 우윳빛 볼 위로 눈물 한 방울이 뚝 떨어져 내렸다. 나는 나도 모르게 움찔했다. 마치 내 심장 속으로 독극물 한 방울이 뚝 떨어진 것 같았다.

나는 아직 결혼 준비가 돼있지 않았다. 수능 날짜는 하루하루 다가오고 있었다. 내년에 다시 학원에서 강의를 하면 그녀를 놓칠지도 몰랐다. 시간에 쫓기는 학원 강사의 생활은 개인 생활을 제대로 영위할 수 있는, 씨발, 그런 생활이 아니다. 그녀에게 온 정성을 기울이지 않으면 언제 그녀가 나를 훌쩍 떠날지도 몰랐다. 이런 제기랄, 스타강사의 역할도, 그녀의 애인 역할도 둘 다 똑같이 내 존재의 모든 것을 요구하고 있었다. 그 둘은 서로를 위해, 아니 나를 위해 조금이라도 양보할 의사가 없다. 그녀의 마음속에 있는 나라는 존재는 목숨이 간당간당한, 인큐베이터 속 태아의 신세와 같다는 걸 나는 잘 알고 있었다. 지속적으로 새 피를 수혈하지 않으면 영원히 사라지고 말 생명처럼 그녀에 대한 찬사와 관심을 잠시라도 보여주지 않으면, 그 즉시 그녀 마음속에서 영원히 지워지고 말 것이다.

나는 진지하게 앞으로 남은 내 인생을 걸고 그녀의 문제를 생각해 보았다. 집안으로 보나, 외모로 보나, 그녀 이상의 여자를 만날 가능성은 제로에 가까웠다. 게다가 내 나이도 이제 곧 서른일곱이다. 그보다 더 중요한 것은 그녀를 생각하면 아직도 내 가슴이 뛴다는 점이다. 그녀의 애교 넘치는 목소리, 그녀의 갸름하고 귀여운 얼굴, 그녀의 볼록한 두 가슴. 죽어도 그녀를 놓치고 싶지는 않다는 갈망이 시도 때도 없이 속에서 용트림을 해댔다. 졸라 쪽팔리지만, 내겐 모든 걸 다 바치고 싶은, 처음이자 마지막인, 단 하나의 사랑이었다.

답은 하나였다. 그녀를 갖기 위해서 상우를 일 년 더 가르쳐야만 한다.

나는 모종의 결단을 내렸다.

오, 오늘은 형이 굵은 나, 나뭇가지 다섯 개와 야, 야구 방망이를 갖고 와, 왔어요. 나, 나보고 야구 방망이로 나, 나뭇가지를 치라고 해, 했습니다. 나, 나는 두 손을 얼른 뒤, 뒤로 감추었습니다. 혀, 형이 야구 방망이를 드, 들고 나를 치려고 해, 해서 너무 무서웠습니다.

나, 나는 할 수 없이 어, 억지로 야구 방망이를 드, 들고 나뭇가지를 내, 내리쳤습니다. 가, 갑자기 형이 야구 방, 방망이를 뺏어 나, 나뭇가지를 내리쳤습니다. 부, 부지직, 하고, 나, 나뭇가지가 부러졌습니다. 혀, 형은 나를 치려고 야, 야구 방망이를 머리 위로 버, 번쩍 쳐들었습니다. 어, 얼마나 무서웠는지 모, 모릅니다. 우, 우리 형의 눈이 이, 이상했습니다. 세, 세게! 혀, 형이 큰소리로 외, 외쳤습니다. 저, 저는 하는 수없이 야, 야구 방망이를 들고 세, 세게 내리쳤습니다. 혀, 형은 안 된다고 더, 더 세게 치라고 해, 했습니다. 더, 더 세게! 이, 임마, 더 세게 치, 치라고. 혀, 형의 눈빛은 정말 무, 무서웠습니다. 저, 저는 또 내리쳤습니다. 더, 더 세게! 계, 계속, 계속! 혀, 형이 소리 질렀습니다. 나, 나는 계속해서 내, 내리쳤습니다. 겨, 결국 나무토막이 지, 지끈, 부러졌습니다. 혀, 형은 저에게 매, 매일 야구 방망이로 연, 연습하라고 했습니다. 저, 저는 정말 너무 너, 너무 무서워요. 하, 하나님 아버지, 저, 저를, 그리고 우리 혀, 형을 용서해주세요. 이, 이렇게 두 손 모아 비, 빌고 또 비옵니다. 주, 주님, 이 일을 도대체 어, 어찌하면 좋을까요?

　생각해 보고 또 생각해 보아도 미영이를 놓칠 수는 없다. 결혼을 하지 않을 작정이라면 몰라도 그렇지 않다면, 그녀보다 더 나은 신붓감을 구할 가능성은 전무하다. 나는 그녀에게 내년 겨울이 오기 전에 결혼하자고 말했다. 그때까지 열심히 돈을 더 모으고, 은행 빚을 내서 학원을 오픈해야 한다. 은행 빚이 좀 부담이 되긴 해도 학원 운영엔 자신이 있다. 멍청한 이 원장도 하는데, 나는 더 잘 할 자신이 있다. 내가 부모 없이 자랐다는 말은 그녀에게 이미

해둔 상태였다. 그 말을 꺼냈을 때 그녀의 얼굴에서 실망의 빛이 하나 가득 머물다 서서히 사라져가는 모습을 난 슬로모션으로 지켜보았다. 그 순간 내 자신감이 번지점프 하듯 떨어져 내렸다. 그동안 힘겹게 조금씩 단단하게 다져놓았던 자신감이었다. 고아인 남편감을 부모에게 소개하고, 결혼을 승낙 받아야 하는 게 그녀로서는 큰 용기이자 결단임을 나는 안다. 하지만, 여기서 멈칫할 내가 아니다. 여기에서 포기할 나였다면 지금까지 이렇게 멀쩡하게 살아 있을 수도 없었다. 나는 기죽지 않고, 오히려 당당하게 시부모가 없는 건 좋은 점도 있지 않으냐고 말했다. 미영이 거의 눈에 띄지 않을 정도로 미미하게 고개를 끄덕였다.

　내가 사는 아파트는 좀 작지만, 신혼부부가 살기엔 그런대로 살 만할 거다. 재작년에 정말 어렵게 마련한 아파트였다. 소재 위치도 비록 강남 중심지역은 아니지만 그래도 어디까지나 강남은 강남인 아파트다. 아파트에 입주하던 날은 머리털 나고 처음으로 눈물도 찔끔 흘렸었다. 나에겐 너무 소중한, 가슴 뻐근한 아파트가 그녀 앞에선 왜 그리 초라하기만 한지, 속으로 혼자 많이 괴로웠다. 그래도 집이 있다는 게 어디냐. 집 한 칸 없이 결혼하려고 덤비는 멍청한 놈들이 얼마나 많은데. 제일 큰 문제는 하나밖에 없는 피붙이, 동생 준석이 문제다. 정말 산 넘어 산이다. 준석이가 나에게 이렇게 큰 혹이 될 줄은 꿈에도 생각지 못했다. 남긴 거 하나 없이 이런 동생만 두고 덜컥 가버린 부모가 너무 원망스러웠다. 그래도 고민을 하면 반드시 해결책은 나온다. 준석인 우리 동네 근처 주공아파트 문간방을 하나 얻어주면 된다. 그 정도 월세는 큰 부담은 없으니까. 미영에게는 결혼식이 끝나고 신혼여행을 다녀와서 동생 얘기를 꺼내고, 걔를 소개시켜 줄 거다. 어쩌면 사촌동생이라고 얘기해야 할지도 모르겠다.

하, 하나님 아버지. 우, 우리 형이 결국 나에게 지, 지시를 내렸어요. 내, 내일 모레 새벽 두, 두 시에 집을 나가 혀, 형이 Y 아파트 저, 정문 앞에 저를 내려 주, 줄 거라고 합니다. 저, 정문에서 바로 오, 오른쪽으로 돌아가, 2, 201호 왼쪽 무, 문간방 창문을 여, 열고 들어가라고 해, 했습니다. 그, 그 다음 거실로 가 구, 구석에 세워져 이, 있는 야구 방망이를 드, 들고 안방 문을 여, 열고 들어가 자, 잠자고 있을 학생의 무, 무릎을 내리치라고 해, 했습니다. 하, 한 번, 두 번, 세, 세 번 내리치라고. 혀, 형이 저에게 하얀, 며, 면장갑과 야구 모, 모자하고, 마스크를 주, 주었습니다. 그, 그리고 내일 낮에 태, 택시 타고 한번 그, 그 아파트에 가보라고 해, 했습니다. 저, 저는 마지막 용기를 내 혀, 형, 이 일을 저, 정말 해야 되냐고 무, 물었습니다. 가, 갑자기 형의 주먹이 제, 제 가슴을 내리쳤습니다. 제, 제 코에서 코피가 쏘, 쏟아졌습니다. 자, 장난하냐고. 니, 니 눈엔 이게 자, 장난으로 보이느냐고. 저, 저는 그만 눈물이 나, 나왔습니다. 혀, 형은 그 아파트 무, 문간방 유리창 문 미, 밑에 디딜 만한 걸 미, 미리 놓을 거라고 마, 말하곤 밖으로 나, 나가버렸습니다. 하, 하나님 아버지, 지, 진정 이 일을 해, 해야만 하나요?

하, 하늘에 계신 우리 하, 하나님 아버지.

그, 그래요. 우, 우리 형이 이 일을 하, 하라는 데에는 다, 다 그만한 이유가 이, 있을 거예요. 우, 우리 형은 절대 나, 나쁜 사람이 아, 아니거든요. 저, 저는 우리 형을 위해서, 이, 이 세상에 하나 밖에 어, 없는 우리 형을 위해서 이, 이 일을 하렵니다. 하, 하나님 아버지, 무, 무서워요. 너, 너무 무섭습니다. 저, 저에게 힘을 주, 주세요.

휴우. 자식, 겁이 많기는. 준석이가 겨우 차에서 내렸다. 정확히 2시 반이다. 이제 한 시간 정도만 지나면 모든 일이 끝날 것이다. 잠시 휴식을 취하면 된다. 등받이를 뒤로 젖히고 편히 기댄 자세로 두 눈을 감았는데 마음이 도무지 진정이 되지 않는다. 이때 휴대폰 문자 오는 소리가 띵, 하고 났다. 날카로운 전율이 등뼈를 찌르며 지나갔다. 나는 상체를 발딱 일으켰다. 미영에게서 온 문자였다. 이 시간에? 간곡하게 만연체로 길게 늘려 쓴 문장의 내용이 하나도 읽혀지지 않았지만, 요점이 이별인 것만은 분명했다.

얼마나 시간이 지났을까, 무언가가 뜨거운 간헐천 용수처럼 치솟아 올랐다. 주, 준석아! 가슴이 마구 요동을 쳤다. 나는 떨리는 손으로 휴대폰을 들어 준석이에게 전화를 하려다 말고 바로 던져버렸다. 차문을 박차고 나가 부리나케 달리기 시작했다.

굿 샷을 외치다

좀 전에 갔다 왔는데 또 신호가 왔다. 참다가 일어나 화장실로 향했다. 화장실에서 나오자 저절로 눈길이 건너편 침대에 누운 수지에게로 갔다. 다행히 수지의 숨소리의 세기와 리듬이 일정했다. 자정이 다 된 시간이다. 저녁 늦게 들어와 술에 취해 잠든 수지가 내일 또 새벽부터 일어나야 한다. 까치발로 살금살금 창가로 다가갔다. 두 개의 간이침대와 간이 화장대로 꽉 들어찬 방에 유일하게 숨통을 터주는 곳이다. 소리 나지 않게 창을 밀었다. 크고 작은 삼각형을 나란히 이어놓은 듯한 검은 산 위, 광활한 창공에 황금빛 초승달이 저 홀로 떠 있다. 차가운 산 공기를 몇 차례 흠뻑 들이마셨지만 마음이 가라앉질 않는다.

내일은 오빠의 마지막 시합 날이다. 지난주 월요일, 한밤중에 못 견디게 오빠가 보고 싶어 골프 연습장에 달려갔다. 탁! 탁! 탁! 어둠 속에서 홀로 조명을 받으며 오빠가 볼을 하나하나 쳐내고 있었다. 아무도 없는 이층 연습장에서 볼에 집중하는 모습에 가슴이 뻑뻑해지면서 눈물이 찔끔 났다. 열흘 만에 찾아갔지만, 그냥 뒤돌아서 왔다. 고도의 집중력을 깨고 싶지 않았다. 괜히 부정을 탈지도 모를 일이었다. 시합이 내일 모레였다.

잠시 형태를 잃었던 초승달이 잿빛 구름 사이로 다시 나타났다. 허리가 이어진 초승달이 무엇이라도 베어버릴 듯 예리했다. 그래, 드디어 용기를 내야 할 때가 온 것이다. 오빠에게는 오빠가 할 일이, 내게는 내가 할 일이 남아 있다. 두 눈을 감고 숨을 길게 내쉬자, 눈앞에 무쇠처럼 단단한 아이언 채가 퍽, 하고 두 동강 나던 장면이 다시 떠올랐다. 페어웨이 밖으로 내던져진, 부러진 아이언 채 위로 서산의 불그스름한 햇살이 함께 나뒹굴었다.

그동안 참 많은 일들을 겪었다. 봐서는 안 될 일, 안 보는 게 훨씬 나은 일들이 많았다. 그런데 말로만 들었던 일을 이번에 나도 처음 경험했다. 오늘 오후 라운딩이 다 끝나가는 18번 홀에서였다. 따따블(네 배의 판돈)이 걸린 상태에서, 이미 돈을 많이 잃은 A 사장이 세컨 샷 볼을 벙커에 빠트리고 말았다. 아니나 다를까, A 사장의 얼굴이 황소처럼 붉어지면서 더운 김을 뿜어냈다. 내 얼굴 바로 앞에서 그가 아이언 채를 홱 들어올렸다. 아, 내가 맞는구나, 이제 죽는구나. 그런 직감에 무릎에 힘이 빠져나가려는 순간, 에이 씨, 채가 공중에서 일순 정지했다 페어웨이 위로 획, 떨어졌다. A 사장이 씩씩거리며 걸어가 다시 채를 집어 들었다. 그리곤 눈 깜짝 할 새 자기 무릎 위에서 채를 퍽, 부러뜨린 뒤 숲을 향해 내던졌다. 아이언 채가 그렇게 쉽게 부러지리라곤 상상도 못했었다. 위기는 순식간에 지나갔지만, 그때 느낀 공포는 아직도 떠나질 않고 있다.

내일 꼭두새벽에 오빠를 깨워줘야 하지만 어쩔 수 없었다. 조용히 창을 닫고 화장대를 겸하는 간이책상 앞에 다가갔다. 수지의 잠을 방해할까 걱정이 됐지만, 다행히 그녀의 숨소리가 깊었다. 책상 위 전등의 갓을 수지 반대쪽으로 향하게 누르고, 불을 켰다. 서랍에서 A4 용지를 꺼내고 펜을 잡았다. 몇 달 전부터 생각해온 일이지만 감히 실행을 못했다. 하지만 오늘 같은 날이 다시 반복되면 안 된다.

고향은 경기도 포천, 지금도 부모님이 그곳에 살고 있음.
거주지는 골프장 직원 숙소임.
나이는 30대 초반이고, 아직 미혼임.
골프 선수의 꿈을 갖고 있는 남자친구가 있음.

싸인펜을 잡은 손을 잠시 멈췄다. 이 문장을 보고 또 남자친구에 대해 이러쿵저러쿵 질문들이 쏟아질 게 뻔했다. 하지만 그동안 고객들은 어김없이 고향이 어디냐, 나이가 몇이냐, 미혼이냐, 남자친구가 있냐 없냐 하는 질문들을 해왔다. 질문에 일일이 대답하는 게 귀찮기도 했지만, 질문과 대답이 길어지다 보면 운동의 흐름이 방해되고 플레이가 지체됐다. 그러다 보면 그때그때 집중해야 할 일들을 놓쳐버리는 경우가 생기곤 했다. 미리 다 밝혀 놓는 게 낫다. 고객들이나 나나 오로지 골프에만 즐겁게 몰두하는 게 제일 중요하기 때문이다.

사년제 대학을 중퇴했고,

신용 불량 없이 신용등급 상위권을 유지중이며,

정신과 신체 모두 건강한, 대한민국의 평범한 여성입니다.

골프를 사랑하고 캐디라는 직업에 큰 자부심을 가지고,

오늘도 최선을 다하며 고객님들을 모시고자 합니다.

1. 고객님들의 스코어를 줄여드리고,

2. OB 난 볼을 모른 척하는 센스를 발휘하고,

3. 과감한 드롭과 깃대 길이 만큼의 컨시드를 인정하고,

4. 어려운 상황 속에서도 멀리건을 드리는 열정을 갖고 있습니다.

위 사항들을 상기하면서 웃음을 잃지 않고 열심히 라운딩을 이끌어가겠습니다.

잠시 글을 멈추고 다시 문장들을 읽어보았다. 신용등급까지 언급할 필요가 있을까, 한번 더 생각해 보았다. 하지만 본인들의 사회적 레벨이 우리 캐디들과는 감히 넘볼 수 없을 정도로 완전히 다르다고 생각하는 고객들이 많았다. 나도 경제생활을 잘 운영하고 있고, 직업정신이 투철한 사람임을 분명히 밝혀놓고 싶은 게 내 솔직한 심정이다. 또 고객들이 라운딩 때마다 각자 자기에게 유리한 룰을 적용하려고 해 다툼이 곧잘 일어났다. 중요한 규칙을 확실하게 미리 정해 놓는 게 좋다. 이 네 가지 규칙은 최대한 고객들의 점수 관리에 이로운 룰들로 그동안 내가 심사숙고해서 만들어 놓은 것들이다.

나는 회원이든 비회원이든, 고객들이 라운딩 내내 기분 좋게

운동하기를 바란다. 그런데 생각만큼 그게 쉽지 않았다. 한 타든, 두 타든 점수에 연연하지 않는 사람을 보지 못했다. 그런데 한 사람이라도 기분이 상해 있으면 내 마음이 덩달아 힘들어진다. 특히 룰 적용 문제로 시비가 붙으면 경기 내내 모두가 불편할 수밖에 없다. 이 점에서 내가 다른 캐디들과 다르다는 걸 안다. 대부분의 캐디는 누가 기분이 나쁘든 좋든 자기와는 무관하게 느낀다. 하지만 어쩌랴. 나란 사람이 이렇게 생겨 먹은 걸.

고객님들을 이렇게 만나게 되어서 반갑습니다.
자, 이제 볼에만 집중하십시오.

볼에만 집중하라는 말은 다른 멤버와의 과도한 경쟁이나 지나친 내기를 가급적 삼가라는 말이지만 대놓고 말을 할 수가 없다. 펜을 놓으려는데 아무래도 좀 미진한 것 같다. 새 A4 용지를 한 장 더 꺼내 반을 접어 잘랐다. 다시 펜을 들었다.

* 라운딩 중 삐지기 없기
* 돈 계산은 확실하게
* 잔소리 금지
* 성희롱 금지

상대방은 잊어라!
오로지 par(파)와 싸워라!

다시 침대에 와 누웠다. 마지막 부분을 읽고 혹시 기분 나빠하는 고객도 있을지 모르겠다는 생각이 들었다. 하지만 A사장도 상대방을 잊고 자기 플레이에만 집중했다면 그렇게까지 분노가 폭발하진 않았을 것이다. 물론 그게 그리 쉽지 않다는 걸 나도 잘 안다. 그래도 그 방법밖에 없는데 어쩌랴. 그나저나 이젠 잠을 자야 한다.

잠을 청하는데 아직도 뇌리에 여진이 남아 잠을 방해했다. 문득 며칠 전 전화를 걸었던 고향 후배, 지우가 생각났다. 지우는 자기도 언니처럼 캐디를 해보고 싶다고 했다. 탁 트인 잔디밭에서 돈 많고 점잖은 사람들을 상대하면서 수입도 짭짤한 편 아니냐며 잔뜩 기대에 부푼 목소리였다. 그땐 어, 뭐, 그런 편이지, 하고 말았었다. 전화로 내가 캐디를 하면서 느낀 진짜 감정을 솔직히 다 말하기가 어려웠다. 이곳은 바로 동물의 왕국이라는 걸, 사실은 이 일을 하고나서부터 사람이 싫어졌다는 말을, 돈이나 학벌이 그 사람의 인격과는 아무런 관계가 없다는 말을 차마 대놓고 할 수가 없었다.

휴대폰 알람소리에 소스라치게 놀라며 잠에서 깼다. 휴대폰을 찾아 바로 희준 오빠에게 전화했다. 오빠의 꼭 잠긴 목소리가 낯설고 안쓰러웠다. 침대에서 일어나는데 온몸이 녹작지근했다. 겨우 두세 시간, 그것도 선잠을 자고 난 상태였다. 허청거리며 화장실을 다녀와 불을 켰다. 수지를 쳐다보았다. 수지는 긴 머리카락이 얼굴에 휘감긴 채 정신없이 잠에 빠져 있었다. 수지의 얼굴 밑 침대보 위엔 토사물이 조금 묻어 있었고, 입가엔 누런 자국이 흐릿하게 남아 있었다. 나는 물휴지를 갖고 와 토사물을 닦아냈다. 입가를 닦으면 수지가 잠에서 깰까 봐 얼굴엔 손을 대지 않았다. 한 이십 분 더 잘 수 있는 시간이었다.

수지는 여고 후배이자, 내 룸메이트이다. 수지는 어제, 날이 저문 지 한참 지나 방에 들어왔다. 수지가 늦도록 안 와 걱정을 하고 있던 참이었다. 수지는 어제 오후에 배토 작업에 동원됐다. 잔디가 패인 부분을 일일이 모래로 메우는 일이었다. 끝도 없이 뻗어 있는 페어웨이를 카트도 타지 않고 걸어 다니며 해야 하는 고된 작업이었다. 오전, 오후 두 번의 라운딩을 하고난 다음에 일에 동원된 거라 두 다리로 서 있기도 힘들 만큼 지쳐있을 게 뻔했다. 수지의 손에는 검은 비닐봉지가 들려 있었다. 수지는 스트레스가 심한 날이면 소주랑 안주를 사갖고 들어오곤 했다. 그런 날이면 나도 어쩔 수 없이 함께 밤늦게까지 술잔을 기울였다. 어떻게 요즘같이 바쁠 때 배토작업을 시키냐, 끄떡하면 나만 시키고, 뭐 이런 골프장이 다 있냐며 한참을 씩씩거리던 수지가 기어이 눈물을 터뜨렸다.

옆에서 보기 안타까웠지만 내가 도와줄 수 있는 일이 아니었다. 우리 캐디들에겐 노조가 없기 때문이다. 골프장 경기보조원인 캐디는 근로자도, 자영업자도 아닌 특수형태근로종사자이다. 특수형태근로종사자는 사업주에 종속되어 있긴 하지만 정식 직원은 아니고, 업무량에 따라 소득을 얻는다. 물론 노조를 만들 수는 있다. 하지만 근로기준법상 근로자로 인정받지 못하기 때문에 노조가 오래 유지되기 어렵다. 예전엔 노조가 많이 있었지만 지금은 거의 남아 있지 않은 이유다.

실제로 올봄에 우리 골프장에서도 문제가 일어났었다. 비싼 법인회원권을 가진 모 인사가 캐디의 엉덩이를 골프채로 때린 사건이 일어났다. 몇몇 캐디들이 사측에 항의를 했다. 하지만 골프장 측은 현장에 CCTV가 없어 증거가 없다며 아무런 조치도 취해주지 않았다. 그때 피해 당사자였던 캐디는 당장 사표를 내고 이곳을 떠났다. 노조가 없는 우리로서는 더 이상의 행동을 취할 수 없었다.

그런데 수지가 지금 겪고 있는 문제는 그와는 좀 다른, 우리 골프장만의 독특한 문제였다. 우리 골프장 오너는 원래 건설업을 오랫동안 해온 사람으로 지금 부인은 그때 사무실에서 회계를 맡아 일을 하던 종업원이었다. 그래서 그런지 사모님은 우리 골프장에 거의 날마다 출근해 캐디들을 감시 감독한다. 물론 직접 하지 않고 마스터를 통해 한다. 사모님의 주 업무는 예쁘장한 캐디를 괴롭혀 이곳에서 쫓아내는 일이다. 그러다보니 왜 이 골프장엔 얼굴이 반반한 애가 없냐고 불만을 토로하는 고객들도 있다. 어쩌다 미모가 있는 캐디가 들어오면 예외 없이 겨울엔 눈 쓸기, 다른 계절엔 배토작업에 동원된다. 아무런 보상도 없이 강제 투입되는 일이지만, 어디에다 호소할 길도 없다. 나도 경험한 일이었다. 거짓말 같이 희준 오빠를 만나고나서부터 빈도가 확 줄어들었다.

유리창을 열고 밖을 내다보았다. 보이는 것이라곤 온통 뿌연 잿빛 안개뿐이다. 새벽안개는 구름 한 점 없이 화창한 날씨를 예고한다. 오늘 날씨는 일기예보 대로 아주 좋을 게 분명하다.

나도 모르게 두 손을 가슴에 모으고 기도를 했다.

'제발, 오늘은, 오늘만큼은 실수만 하지 않게 해주세요.'

오늘은 세미프로를 선발하는 마지막 본선 날이다. 어제까지 예선 1, 2라운드와 본선 1라운드를 마쳤다. 지금까지 오빠의 성적은 괜찮다. 작년 성적과 비교해도 2타나 줄인 성적이다. 이번에 오빠가 세미프로가 되면 겨울에 식을 올릴 거다. 더 이상은 기다리기 힘든, 한계 상황에 다다른 느낌이다.

희준 오빠는 나보다 삼년 뒤에 이곳에 들어왔다. 이곳 캐디들은 시내에서 뚝 떨어진 숙소에서 생활하다 보니 서로 너무 쉽게 만나고 헤어진다. 어제까지 자기 룸메이트의 남친이었던 남자 캐디와 바로 다음날 사귀는 애들을 보면 이해하기 힘들었다. 그동안 나한테 접근해온 남자 캐디들도 많았지만, 내 마음에 드는 사람은 없었다. 그런데 희준 오빠는 달랐다. 인물도, 성격도 좋고, 무엇보다 마음이 따뜻했다. 오빠가 진정성을 보여 반년 만에 나도 마음을 열었다. 오년 전, 티칭 프로가 된 오빠는 세미프로가 되기 위해 밤낮을 가리지 않고 열심히 골프를 연습했다. 어렵지 않게 티칭 프로가 된 오빠였지만, 벌써 오년 차 세미프로 지망생이다. 해마다 지원하는 숫자가 엄청 늘어나고 있기 때문이다.

수지가 일어났다. 일어나자마자 거울 앞으로 쪼르르 달려가더니 이리저리 얼굴을 살피면서 그렇게 붓지는 않았다며 다행이라고 혼잣말을 하곤 화장실로 직행했다. 오늘따라 수지가 화장하는 시간이 길었다. 무척이나 화장에 집중하는 모습이었다. 언니, 나 어때? 화장을 다 끝낸 수지가 물어보았다. 여자인 내가 보아도 참 예쁜 얼굴이다. 이목구비가 뚜렷하고 특히 눈이 아름다운, 성형미인이었다. 그러지 않아도 커다란 눈에 마스카라를 꼼꼼히 정성스레 발라 멀리서도 금방 눈에 띌 미모였다.

우리 캐디는 얼굴만 내놓고 유니폼과 챙이 넓은 모자로 온 몸을 다 감싼다. 얼굴도 자외선 보호를 위해 SPF 50의 자외선 차단제를 듬뿍 바르고, 그 위에 파운데이션을 몇 겹이나 겹쳐 바른다. 그래도 수지의 남다르게 뽀얀 피부나 늘씬한 몸매는 가려지지 않는다. 하기야 수지는 아직 눈가에 주름 하나 없는 스물다섯 살이다. 저 나이에 나는 희준 오빠를 만났다.

카트고(카트보관소)에서 골프채 가방을 네 개 찾아 내 카트에 싣고, 보온병에 물을 담고 준비물을 챙겼다. 운전대를 잡고 나오는데 오빠한테 문자가 왔다. '이제 밥 먹으러 가. 열시 반에 경기 시작할 거야. 기도해 줘.' 경기 시작이라는 문자를 보는 순간, 나도 모르게 심장이 덜컹하면서 브레이크에 힘이 팍 들어갔다. 상체가 급히 앞으로 쏠리다 제자리로 돌아왔다. 열시 반이 되려면 아직 멀었다. 그때까지는 일단 잊어버리자, 휴우. 이렇게 마음먹으며 천천히 카트를 운전해 동코스 카트 대기선 쪽으로 향했다. 저만치 서 있는 수지가 눈에 들어왔다. 수지가 나를 보며 고개를 사선으로 살짝 쳐들었다. 저절로 내 시선이 클럽하우스 건물 2층 오른쪽 끝을 향했다. 아니나, 다를까. 오늘도 어김없이 회장 사모님이 팔짱을 끼고 커다란 유리창 밖을 내다보고 서 있었다. 뭘 감시하겠다는 건지, 순간적으로 심장이 수축됐다 풀려났다.

우리 팀이 수지 바로 앞 팀이라 카트를 운전해 수지 곁을 지나갔다. 안개를 걷어올리며 나온 아침 햇살이 그녀의 얼굴에 광채를 뿌려주고 있었다. 내 카트를 수지 카트 앞에 갖다 댔다. 커버를 벗기고 채를 확인하고 있는데, 훤칠한 네 남자가 수지에게 다가갔다. 서로 농담을 건네는지 웃음소리가 폭죽처럼 터졌다.

수지가 오늘 라운딩을 도울 네 남자를 우리 캐디들은 F4로 불렀다. 돈 많고, 골프 잘 치고, 매너 좋고, 인물도 다 괜찮았다. 게다가 나이까지 젊은, 우리 골프장의 베스트 회원이라 할 만했다. 당연히 캐디들은 이왕이면 F4와 라운딩을 하고 싶어 했다. 하지만 F4는 유독 수지나 나를 캐디로 선택했다. 우리 골프장은 원하면 캐디를 미리 지정할 수 있는 시스템이라 가능했다. 그동안 F4 중에서 C회원이 수지에게 관심을 많이 보여 왔다. 지난여름 이글을 한 C회원이 이글 기념 저녁식사 자리에 수지를 초대했었다. 그때 수지가 나한테 같이 가자고 졸랐지만 나는 오히려 수지를 말렸었다. 그날 이후 나는 수지의 핀잔과 원망에 시달려야 했다. 하루는 수지가 C회원이 자기에게 영화배우 수지보다 더 예쁘다고 했다고 자랑했다. 엄청 들뜬 모습이었다.

수지하고는 벌써 일 년 반 정도 한방을 써왔다. 작년 봄, 집체교육을 마친 수지는 조 추첨을 통해 내 동반 교육생이 되었다. 나는 수지를 내 카트에 태우고 다니며 한 달 반 실습을 시켰다. 수지는 무슨 어려운 일이 생기면 나에게 토로했다. 믿고 따르는, 친구 같은 후배가 나도 싫지 않았다.

그런데 시간이 흐를수록 수지와의 동거가 불편해지기 시작했다.

특히 지난 수지 생일날, 방에서 케익을 자르고 함께 칵테일을 마시던 수지가 갑자기 내뱉은 말이 결정적이었다.

"언니, 나 이 캐디 짓 그만둘 거야. 내가 캐디나 하고 살아야겠어? 웅? 아니지. 언젠간 반드시 내가 캐디를 데리고 라운딩 할 날이 올 거야. 결혼? 그까짓 것 필요 없어. 우리 엄마, 아빠 보니까 결혼하고 싶지도 않더라. 그냥 부자 애인만 두고 편하게 사는 게 나을 것 같아."

그때 수지가 나를 보고 희죽 웃던 얼굴을 잊을 수가 없다. 앙다문 입가가 일그러지면서 반쯤 풀려버린 눈동자에 번개처럼 지나가던 시퍼런 광선 하나를. 그날부터 수지를 내 마음속에서 밀어내왔던 것 같다. 내가 원하는 삶은 바로 평범하지만, 부끄러울 것 없이 당당하고 반듯한 삶이기 때문이다. 우리 엄마, 아니 그 여자 같은 삶은 절대 반복하고 싶지 않다. 고모는 툭 하면 아빠한테 '거봐라, 내가 걔 인물값 한다고 했지?' 하며 어린 나를 버리고 집을 나간 엄마, 아니 그 여자를 비난했었다.

오늘따라 O(old)4가 늦게 내려왔다. 나는 주머니 속에 들어있는 A4 용지를 꺼낼까, 하다 말았다. O4는 수십 년 된 회원들이라 내 정보를 굳이 알려줄 필요가 없기 때문이었다. 우리 골프장 단골 할아버지 회원들인 O4의 성격 파악도 이미 다 끝난 상태였다. 고급공무원 출신인 O1은 지는 걸 제일 싫어하고, 아직 현역인 건설회사 사장인 O2는 성질이 불같고, 은행지점장 출신의 O3는 돈 잃는 것에 아주 예민하고, 교장 출신인 O4는 겉으로는 점잖은 척해도 끊임없이 크고 작은 속앓이를 내비치는 사람이었다.

어쨌든 고교 동기인 네 사람은 서로 라이벌이면서도 서로 떨어질 수 없는 한 팀이었다. 하지만 난 골프장에서 진정한 프렌드쉽을 본 적이 거의 없다.

네 사람을 전동카에 태우고 운전을 해 동코스 출발선에 가셨다. 산골짜기마다 안개가 피어오르며 아침 산의 자태를 한 뼘씩 들쳐 보이고 있었다. 세상이 샤워를 막 하고 나온 듯 하늘은 파랗고 잔디는 푸르렀다. O4가 일렬로 서서 내 동작에 따라 몸 풀기를 했다. 몸동작은 둔했지만 다들 한껏 기대에 찬 표정이었다. 뽑기로 순서를 정했다. 먼저 일 번을 뽑은 O2가 티박스에 올라가 드라이브를 쳤다. 나는 굿 샷을 소리 내어 외치며, 마음속으로 희준 오빠의 첫 드라이브 샷이 진짜 굿 샷이기를 간절히 기도했다. 장타답게 O2가 친 볼이 오른쪽 벙커를 훌쩍 뛰어넘어 잘 날아갔다. 평소에 드라이브 방향이 들쑥날쑥한 O1이 친 볼도 페어웨이에 잘 안착했다. 순조로운 출발이었다. 첫 홀에선 골프 실력이 제일 나은 O2가 세컨 샷을 그린 밖으로 내보내는 바람에 더블 보기를 하고, O1이 파를 잡았다. 첫 홀은 관례상 전부 다 파로 적어 주게 되어 있었다. O1이 억울해하는 기색이 역력했다. 네 번째 홀은 숏 홀이었다. 앞 팀이 아직 그린 위에 올라가지 않은 상태여서 시간 여유가 있었다. 나는 원하는 분들에게 맥심 커피를 타 주었다. 짬이 나자 지금 오빠가 연습을 잘 하고 있나, 하는 걱정이 훅 올라왔다.

이곳에 처음 들어왔을 때부터 오빠는 다른 남자 캐디들과 달랐다. 여자 캐디들에게 수작이나 부리는 그들과 달리 하루

스물네 시간을 쪼개고 또 쪼개 자기 꿈을 향해 매진했다. 어려운 살림에 대학에 들어갔지만 택시 기사인 아빠가 사고를 내는 바람에 아쉽게 휴학계를 내고 이곳에 들어온 나에겐 말이 통하는 유일한 사람이었다. 희준 오빠는 시간만 나면 연습장에서 새벽이든 한밤중이든 가리지 않고 연습에 매달렸다. 돈이 없어 제대로 레슨을 받지 못했지만, 책이나 인터넷을 통해 스윙의 기본을 배워가며 하루하루 실력을 쌓아 일 년 만에 티칭 프로 자격증을 따냈다. 바쁜 와중에 잠시 잠깐 시간을 내 커피 한잔 마시며 데이트를 하는 것만으로도 나는 행복했다. 다들 오빠를 좋아하는 눈치였지만, 오빠는 다른 데에는 한눈도 팔지 않았다. 그런데 오빠를 사귄 지 벌써 8년이 다 돼 가고 있다. 그동안 함께 한 시간을 다 모아봐야 한 움큼도 되지 않는다. 이젠 지쳤다. 아쉬운 마음이 닿기만 해도 툭 터져버릴 종기처럼 너무 커져버렸다.

오늘은 평소에 실력이 약간 딸리던 O3의 컨디션이 아주 좋았다. 특히 숏 플레이가 잘 됐다. 전반전에서 두 번이나 어프로치로 볼을 홀 컵에 붙여 파를 잡았는데, 후반전 10번 홀에서는 그린 옆에서 친 칩샷이 홀 컵에 빨려 들어가 또 파를 했다. 나는 오늘 회원님 어프로치가 장난 아니신데요, 하며 칭찬을 해드렸다. 바로 이때 O4가 내 손에서 갑자기 자기 퍼터를 휙, 낚아채갔다. 아차, 나는 내가 말실수했다는 걸 알았다. O3의 라이벌이자 평소 숏 플레이를 가장 잘 하던 O4가 오늘 유난히 어프로치가 잘 안됐던 게 생각났다. 나이 드신 분들이 젊은 사람들보다 훨씬 더 잘 삐진다는 걸 알면서도 깜빡했다.

어느새 후반전 마지막 홀만 남기고 있었다. 슬쩍 시간을 확인하니, 오빠가 경기를 시작할, 열시 반이 다가오고 있었다. 갑자기 요의가 느껴졌다. 며칠 전, 자꾸 오줌이 마렵고 일을 보고나도 잔뇨감이 들어 비뇨기과에 갔더니 과민성 방광이라고 했다. 화장실을 마음대로 갈 수 없는 캐디한테는 제일 안 좋은 병이라 요즘은 좋아하는 커피까지 끊었다. 인터넷 검색을 해보니 스트레스가 뇌의 배뇨 중추를 자극해 방광이 비정상적으로 예민해져서 생기는 병이란다. 앞 팀 플레이가 늦어지고 있었다. 초조하게 기다리다가 뒤 팀 플레이가 궁금해 뒤를 돌아다보았다. 뒤 팀 숏 홀의 모습이 눈에 들어왔다. 그때였다. 와아, 함성 소리가 났다. 수지의 목소리였다. 수지가 채를 든 채 소리를 지르며 그린 위로 달려가더니 홀 컵에 묘하게 걸쳐 있는 볼 옆에 섰다. 동시에 볼이 수지의 발을 맞고 홀 컵으로 들어갔다. "홀인원이에요." 수지가 고개를 숙여 홀 컵 안을 쳐다보며 말했다. 굴곡이 있는 그린이었다. 티박스에서도, CCTV로도 잘 보이지 않을 각도에 볼이 서 있었던 게 기이했다. 분명히 바로 내 눈앞에서 벌어진 장면이 보고서도 잘 믿기지 않을 정도였다. 어디, 어디! 네 남자가 흥분을 감추지 못하며 달려왔다.

나는 얼른 고개를 돌리고 내 카트로 돌아왔다. 그때까지 심장 박동 소리가 조금도 수그러들지 않았다. 내 머릿속이 과부하 걸린 것 같았다. 볼이 어느 누구의 눈에도 잘 띄지 않게 홀 컵에 걸쳐 있던 것도 특이했고, 그 볼을 수지가 홀 컵에 다가가 멈춰 서면서 홀 컵 안으로 밀어 넣은 것도 기가 막힐 정도로 절묘했다.

정말 순식간의 일이었다. 와자지껄하는 소리가 우리 팀에게까지 들려왔다. 우리 팀 O4도 뒤를 돌아보며 덩달아 흥분했다. 나는 골프채 가방에서 드라이브 채를 꺼내 오너(이전 홀에서 제일 잘 친 사람)인 O3에게 건네주었다. 탁, 소리가 나자 나는 자동적으로 굿 샷을 외쳤다. 죄지은 사람처럼 심장이 여전히 떨리고 있었다.

　라운딩이 끝났다. 구내매점에서 먹는 둥 마는 둥 간단히 이른 점심을 해결하고 캐디 대기실에 앉아 있었다. 수지가 어떻게 그런 짓을 할 수 있는지, 희준 오빠는 경기를 잘 하고 있는지, 손끝이 달달 떨려왔다. 대기실을 나오는데 얼굴 가득 홍조를 띤 수지를 만났다. 수지가 나를 급하게 화장실 쪽으로 끌고 가더니 속사포같이 내뱉었다.

　"언니, C가 오늘 홀인원 했어. 오늘 진짜 제대로 한 턱 쏜대. 나도 불렀고, 언니도 같이 오래. 어때 오늘 저녁 시간 괜찮지?"

　아무 말도 못 하고 서 있는 내 얼굴을 보더니 수지가 두 손을 비비며 간청을 했다.

　"언니, 언니. 제발. 나 한번만 봐주라. 이번에만 같이 가주면 나, 언니 은혜 절대, 평생 안 잊을게. 알았지? 언니, 꼭."

　수지가 내 대답도 채 듣지 않고 대기실 쪽으로 가버렸다. 나는 그저 어안이 벙벙했다. 나는 물론 그 자리에 참석하고 싶지 않았다. 즉시 거절을 하지 못한 나 자신에 화가 났다. 방법은 하나였다. 오늘 오빠가 커트라인을 통과하는 것. 그러면 오늘 저녁 나는 오빠를 만날 거다. 그러면 수지도 어쩔 수 없을 것이다.

오늘 2부 팀은 Q4였다. 여왕벌 팀이라고 수지와 내가 붙인 약칭이다. 정회원도 아니고, 우리 골프장을 드나든 지 반년 밖에 안 됐지만 워낙 개성들이 강해 캐디들이 긴장하게 되는 팀이다. Q4는 제법 큰 레스토랑이나 술집을 경영하는, 40대 중후반의 여자들이다. 아직 젊음과 미모가 남아있고, 게다가 돈도 많아 화려하기 그지없고, 거칠 것 없이 행동하는 여걸들이다. 수지가 처음 내 앞에서 펑펑 울음을 터뜨렸던 날이 바로 수지가 Q4와 라운딩을 하고 돌아온 날이었다. 나는 수지가 무슨 큰 사고를 쳤나, 했다. 그날 수지는 하인 취급을 받았다며 분을 삭이지 못했다. 그중에서도 D가 제일 매너가 안 좋았다. 필요한 채를 그때그때 자기 앞에 미리 대령하고 있어야 직성이 풀리는 여자였다. 그날도 수지가 아이언 채를 조금 늦게 갖고 왔다고 반말을 하며 패악을 부렸다는 것이었다. 수지는 소주를 연거푸 마시면서 자기가 왜 이런 일을 해야 하냐는 말만 되풀이했다.

하나같이 다들 지기 싫어하고 입이 걸어, 툭하면 욕이 나오는 팀이라 나도 긴장이 됐다. 골프 실력이 좋고, 자기들만의 엄격한 룰을 갖고 플레이를 해서 크게 신경 쓸 건 별로 없지만, 판돈이 커 유독 퍼팅에 예민했다. 희준 오빠의 경기와 수지 일로 내 마음이 너무 산란했다. 정신을 잘 차려야 한다고 속으로 다짐했다.

5번 홀에서 드라이브를 마치고 카트를 끌고 가는데, 주머니 속에서 휴대폰 진동 벨이 울렸다. 나는 얼른 페어웨이에 떨어진 볼에 가까운 카트 길에 카트를 세우고, 채를 꺼내 주곤 휴대폰을 보았다. 희준 오빠에게서 온 문자였다. '어쩌냐, 9번 홀에서 드라이브가 악성 훅이 나 더블 보기 했어. 후반전에서 만회할 수 있을지 모르겠다. ㅜㅜ' 순간 다리에 힘이 풀려 휘청했다. 바로 문자를 하는데, 손이 떨려 계속 오자가 나왔다. 겨우 수정을 해 문자를 보냈다. '오빠, 장갑 벗을 때까진 모르잖아. 끝까지 포기하지 마세요. 그냥 최선만 다한다고 생각하고 하세요. 사랑해요.' 휴대폰 화면을 끄는데 눈앞의 잔디가 이중으로 보였다.

앞 팀의 플레이가 느리게 진행되고 있었다. 내기를 크게 하는 것 같았다. 나는 오빠 걱정에 마음이 진정되지 않아 먼 산을 바라보다가 그만 앞 팀이 퍼터를 다 끝내고 다음 홀로 이동하는 걸 보지 못했다. "야, 뭐해!" D의 호통 소리가 들렸다. 나는 얼른 골프채 가방에서 7번 아이언을 꺼내 D에게 건네줬다. D가 아이언을 휘둘렀다. 탁, 소리가 나면서 공이 똑바로 날아갔다. 나는 얼른 굿 샷을 외쳤다. 그런데 그린 근처까지 잘 날아가던 공이 갑자기 왼쪽으로 휘더니 둔덕을 맞고 물에 풍덩 빠졌다. D의 얼굴이 우거지상이 되었다. 나머지 멤버들이 와, 하며 대놓고 좋아했다. D가 잔뜩 인상을 쓰며 티박스에서 내려왔다. 나를 쳐다보는 D의 눈빛이 '야, 너 뭐야. 그게 굿 샷이야?'라고 말하고 있었다. 내 고개가 저절로 숙여졌다. 나의 간절한 응원에도 불구하고 그 홀에서 D는 트리플 보기를 범하고 말았다. 평소엔 곧잘 하던 어프로치 샷을 실수하고 퍼터까지 쓰리 퍼트를 했기 때문이었다. 두 번째 퍼터 땐 나도 신중에 신중을 기해 라이를 잘 봐주었지만 볼이 홀 컵을 한 바퀴 돌고는 바로 옆에 멈춰 섰다. 어처구니가 없다는 듯 D가 또 나를 째려보았다. 그 홀에서 나머지 세 명은 모두 온 그린을 했다. 두 사람은 파를 잡고 하필이면 D의

라이벌인 Q2가 버디를 했다. D의 지갑에서 목돈이 빠져나갔다. 나는 괜히 나 때문에 D가 트리플 보기를 범한 것만 같았다. 아랫배가 뒤틀리면서 방광에서 신호가 왔다.

그동안 캐디 일을 하면서 가장 견디기 힘든 때가 바로 이럴 때였다. 캐디가 라이를 잘못 봐서 볼이 안 들어갔다고 생각하는 골퍼들이 적지 않았다. 사실 라이는 골퍼들의 퍼팅 습관이나 퍼터 하는 방식에 따라 차이가 나기 마련이다. 그래서 부담을 느낄 수밖에 없지만, 대부분 골퍼들이 라이를 봐주기를 원하기 때문에 안 할 수도 없다.

전반전 8번 홀에서는 우리 팀이 모두 더블 보기를 했다. 핸디캡(홀의 난이도)이 별로 높지 않은 홀이었는데, 네 사람 다 실수를 했다. 다행히 9번 홀에서 D가 파 찬스를 잡았다. 나는 홀 컵의 기울기를 양 옆, 위아래 사방에서 꼼꼼히 관찰해 라이를 잘 봐주었다. 그런데 D의 퍼터가 아슬아슬하게 홀 컵 왼쪽을 스쳐 지나갔다. 결국 짧은 퍼터를 놓친 D가 내게 한 마디 했다. "너, 뭐야. 오늘 영 엉망이야. 라이도 제대로 안 놓고, 서비스도 빵점이고. 그러려면 캐디 하지 마. 다음부턴 너하고 절대 안 쳐야겠다."

9번 홀에선 전 홀 더블 보기를 만회하려는 Q4의 노력에도 불구하고 한 사람도 파를 잡지 못했다. 다들 신경질적으로 퍼터를 그린 위에 집어던졌다. 그린이 파일까봐 조마조마 했다. 오늘은 정말 나도 수지처럼 이 일을 때려치우고 싶다. 나름 자부심을 잃지 않으려고 지금까지 애써 왔는데, 이젠 모든 게 다 지긋지긋하다. 하지만 오빠가 전반 마지막 홀에서 더블 보기를 했으니 결혼은 또

미뤄질 테고. 이따가 수지에게 들볶일 생각이 들자 오줌보가 막 터질 것 같다.

　가을 햇살이 한결 부드러워졌다. 아직 라운딩이 끝나려면 한참 있어야 한다. 가능한 한 밝은 얼굴로 플레이를 도와주려 해도 마음대로 잘 되지 않았다. '오늘 무슨 일 있어?', '얼굴이 말이 아닌데.' Q4 회원들도 돌아가면서 나에게 한마디씩 했다. 몸도 마음도 제 모습을 유지하기가 힘들었다. 드디어 이제 마지막 한 홀만 남았다.

　조금 있으면 오빠의 경기가 끝날 거라고 생각하니 공포가 두드러기처럼 일어났다. 현재 티칭 프로인 오빠의 목표는 당연히 프로 골퍼다. 골프 연습장 티칭 프로는 대부분 월급제가 아니다. 고정적으로 20명 정도의 회원을 가지고 있어야 월 삼백에서 사백만 원의 수입을 올릴 수 있는데, 요즘은 워낙 티칭 프로가 많아 세미프로는 돼야 회원을 확보할 수 있다. 아니, 사실은 세미프로 자격증을 갖고도 일이 점점 줄어들고 있는 상황이다. 오빠 말에 따르면 세미프로 지망생은 매달 최소한 2백만 원 이상, 프로 지망생은 350만 원 이상의 경비가 든다고 했다. 하지만 아무 데서도 지원을 받지 못하는 오빠는 연습에만 매달릴 수가 없어 쉬는 날에 집중적으로 연습을 해왔다. 세미프로가 되더라도 정식 프로가 되려면 또 얼마나 걸릴지 알 수가 없는 상태였다. 이번에 대회 참가비 천만 원도 겨우 마련한 걸로 알고 있다. 이번에 떨어지면 내년 한 해를 또 어떻게 견뎌야 할지 감이 안 잡혔다.

화장실 변기에 앉으려는데 휴대폰이 진동을 했다. 손이 떨려 하마터면 휴대폰을 변기에 빠트릴 뻔했다. 18번 홀에서 극적으로 이글을 해서 이번에 통과할 거라는 오빠의 메시지였다. 갑자기 맥이 탁 풀리면서 눈물이 울컥 나왔다. 하지만 눈가를 찍어내고 빨리 일을 보고 나왔다. 역시 하늘이 무심하지 않았다. 환호성이라도 지르고 싶을 정도로 발걸음이 가벼웠지만, 감정 표현을 억눌렀다.

솔직히 이번에도 오빠가 떨어지면 내 마음을 내가 잘 컨트롤 할 수 있을지, 자신이 없었다. 만에 하나 나도 수지 같은 마음을 먹게 될까 봐, 그게 제일 무서웠다. 평범하지만, 반듯하고 행복한 삶을 사는 게 내 삶의 목표인데, 그걸 포기할까 봐 정말 두려웠다. 이까짓 캐디 일 하나도 힘들지 않다. 더 열심히 해서 돈을 착실히 모을 거다.

시간이 너무 더디 흘렀다. 드디어 마지막 18번 홀에 왔다. 또 아랫배가 묵직했다. 18번 홀이 끝날 때까지 참을 수 있을지 걱정이 됐다. 다행히 이번 18번 미들홀에선 네 명이 다 파 온(두 번 만에 그린 위에 볼을 안착시키는 것)을 시켰다. 이번 홀에선 또 웬일로 Q4가 다들 파를 잡았다. 역시 골프는 장갑을 벗을 때까진 알 수 없는 운동이다. 다행히 끝이 좋은 날이었다. D의 얼굴도 어느새 원래 표정으로 돌아와 있었다. 줄곧 D의 마음에 연동되었던 내 마음도 비로소 풀려났다.

드디어 라운딩이 끝났다. 나는 카트를 신발 터는 곳에 가까이 갖다 댔다. 잽싸게 점수를 기록하고 채가 다 있는지 확인한 뒤, 점수표를 D에게 주었다. 화장실이 급했다. Q4를 태우고 주차장을 향해 카트를 운전했다. 이때 휴대폰이 요란하게 울렸다. D가 전화를 받았다. "어머, 정말? 축하해, 정말 축하해!" 옆에 D의 높아진 목소리가 고막을 때렸다. 골프채 가방을 Q4의 차 트렁크에 하나하나 다 따로 실었다. 화장실이 정말 급했다. 네 사람을 카트에 태우고 얼른 클럽하우스를 향해 운전했다. 이때, 갑자기 D가 고개를 돌려 뒤를 쳐다보며 잔뜩 흥분된 목소리로 세 명을 향해 말했다.

"얘들아, 오늘 희준이가 통과했대. 행사가 다 마무리된 다음에 보자고 해야겠다. 우리 오늘 아예 3차까지 가는 거로, 오케이? 이런 날 한 잔 해야지 언제 하겠어."

"아, 걔? 니가 이번에 참가비 오백 줬다는 애?"

"어, 걔."

와! 아싸! 대박! 동시에 터져 나온, 세 여자의 탄성이 드넓은 가을 하늘로 퍼져나갔다.

그래비티

고속도로 위가 한산해지자 현의 마음이 조갯살처럼 서서히 열렸다. 연분홍빛 기운이 세상을 부드럽게 감싸 안은 날이었다. 사실 오늘 한 달 만에 부모님을 보러 요양병원에 가기로 한 날, 현은 가족 모두 함께 가기를 바랐었다. 그랬는데, 아내가 현에게 이번에는 그냥 혼자 다녀오라고 했다. 처음에 현은 많이 당황했다. 하지만 지금 현은 홀로 있는 이 시간이 황홀했다.

직장 때문에 귀양살이 하는 것처럼 혼자 나주에 멀리 떨어져 살고 있는 현이었다. 주말에 조금이라도 더 가족과 함께 있으려면 동행하는 게 마땅했다. 물론 지난 달, 가족 모두 그곳에 갔을 때 아직은 어린 천방지축 둘째 때문에 아내가 좀 힘들어했었다. 하지만 이번에 아내가 동행하지 않으려는 이유는 다른 데 있었다. 아내는 올해 초등학교에 들어간 큰 아들 준태의 영어실력이 다른 애들에 비해 낮다는 데에 큰 충격을 받았다. 리스닝이나 스피킹

실력은 문제가 없는데, 영어작문 실력이 크게 떨어진다고 했다. 애들 교육 때문에 남편과 떨어져 살기로 결심한 아내였다. 알고 보니 다른 애들은 영어유치원에 다니고, 영어학습지를 하는 것 외에 따로 영문과 대학원생들에게 영어작문 개인과외까지 받아왔더라는 것이었다. 이 일로 인해 아내는 애들 교육에 바짝 더 긴장을 하게 됐다. 요즘 아내는 자기의 교육 전선에 이상이 있다고 생각하고, 새로 큰 그림을 짜느라 정신이 없었다. 현은 점점 아내가 자기에게서 멀어져가고 있다고 느꼈다. 예전엔 둘이 비록 몸은 떨어져 있어도 마음은 한곳을 보고 있다고 생각했는데 지금은 아니었다. 이제 각자의 영토에 빛을 비춰주는 태양이 다른 것 같았다. 어쩌면 오 년 전, 처음 나주에 있는 H공기업에 발령 받았을 때 우겨서라도 가족 모두를 데리고 내려왔어야 했을지 몰랐다.

현은 차 속도를 줄이며 기흥 휴게소 안으로 들어섰다. 화장실에 갔다가 카페라테 한 잔을 테이크아웃해 다시 차 안에 들어왔다. 현은 스마트폰과 차량 블루투스를 연결해 유튜브에서 요즘 즐겨 듣던, 임헌일의 그래비티 공연실황 음악을 틀었다. 볼륨을 올리고 운전석을 뒤로 밀어낸 뒤 카페라테 한 모금을 마셨다. 드럼 소리가 둥 둥 울리자 현의 심장이 내려앉으면서 귓속 세포가 한껏 열렸다. 현은 점점 드럼과 기타, 그리고 매력적인 저음의 느릿하고 묵직한 화음에 빠져 들어갔다.

현이 한 번도 접해 보지 못한 어둠이었다. 하늘과 바다와 육지가 덩어리져 서로 잘 분간이 되지 않는 천지에 오로지 초승달과 두어 개의 별빛이 전부였다. 현은 소이와 나란히 끝이 보이지 않는 해변을 걸어나갔다. 삼십 분쯤 걸었을까, 오른쪽으로 해변을 따라 쭉 이어지는 소나무 숲이 나왔다. 자정이 넘은 시간이었고, 뒤돌아보면 리조트는 이미 보이지 않았다. 지구 위에 오로지 두 사람만 있는 듯했다. 아직은 낯선 소이였지만 한참을 걷다보니 현의 뇌를 비늘처럼 뒤덮고 있던 자의식이 조금씩 떨어져 나가기 시작했다. 의식이 사라지자 오감이 되살아났다. 지금 이 순간 살아있구나, 하는 생(生) 감각이 현의 온몸 구석구석에서 꽃처럼 피어났다. 아무 말이 필요 없었다. 아니 말을 해서는 안 될 듯했다. 거대한 정적 속에서 두 사람의 모래 밟는 소리만 사각거렸다. 아, 솔나무 향이다, 숨을 들이키는 순간, 옆에서 얌전히 걷고 있던 소이가 갑자기 몇 발자국 앞서 걸어 나가더니 제자리에 멈춰 섰다. 머리를 뒤로 젖히고 두 팔을 벌리며 제 자리에서 빙그르르 돌았다. 긴 검은 머리가 부채처럼 펼쳐졌다. 소이가 알 수 없는 멜로디를 흥얼거리며 팔과 다리를 엇박자로 휘감았다. 알 수 없는 춤사위였다. 소이가 옷을 하나씩 벗어던졌다. 멀리 뻗쳐 있는 허연 모래 무대 위에서 달빛 조명을 받으며 우윳빛 미끈한 여체가 흐느적거렸다. 마치 저 먼 밤하늘을 향해 자기를 제물로 받치려는 듯했다. 아니, 그건 자유의 현현이었다. 저 무애한 우주의 당당한 일원으로서 온몸으로 외치는, 자기의 자유에 대한 확인이자 향유이고, 동시에 다짐이었다. 천방지축 아프로디테의 알몸을 본 신들처럼 현의 몸이 달떠왔다. 마치 미의 여체에 자유의 홀로그램이 씌워진 듯했다. 현은 이게 바로 소이와 이 머나먼, 반도 끝자락 중도에까지 온 이유인 걸 깨달았다.

그래비티

기타 연주 소리가 현의 심장을 양손으로 잡아당기는 듯했다. 읊조리듯 터져나오는 저음의 목소리엔 고독과 비탄이 가득했다. 그래, 바로 이런 시간을, 사방이 막힌 혼자만의 공간에서 오로지 음악과 함께 하는 이런 시간을 기다렸던 거였다. 현은 지금 서울에서 꽤 떨어져 있는 요양병원을 선택한 형이 고마울 정도였다. 재작년, 형이 자기가 아는 사람이 원장으로 있다며 서울에서 너무 먼 곳에 부모님을 모신 것 때문에 화가 났던 게 떠올랐다. 아버지의 치매 증세가 심해지고, 엄마마저 고관절이 내려앉아 거동이 불편해지자 형이 힘들게 결단을 내린 행동이었다. 그땐 대놓고 말하지 못했지만 형과 형수가 꽤나 원망스러웠다. 현은 자기가 그때 왜 그토록 열을 받았는지 이해가 안 됐다. 픽 코웃음이 나왔다. 달마다 일정 금액을 내고, 딱 한번 얼굴을 보러 간다는 것 말고 자기가 엄마를 위해 하는 건 아무것도 없었다.

어느덧 인간의 목소리가 사라지고, 한결 작아진 드럼 소리를 배경으로 오로지 기타 두 대가 서로 호응하며 절규하기 시작했다. 이어 점점 빨라지는 기타 소리에 격한 드럼 소리가 가세해 연주가 한 순간, 마치 우주가 폭발이라도 할 것처럼 믿을 수 없는 속도로 달려갔다. 상처와 회한으로 잔뜩 옹이진, 현의 가슴 밑바닥을 마구 긁어대는, 이 세상 소리 같지 않은 소리였다.

현이 이 놀라운 음악을 처음 접한 건 광주 무등산 산자락에 있는 한 카페에서였다. 그날 현은 광주 시내에서 대학 동기인 P를 만나 저녁을 먹고, 2차로 그곳에 갔다. P가 자기 아지트라고 소개한 그 카페는 넓지는 않았지만, 온통 크림색으로 도배된,

꽤 모던하고 아늑한 느낌을 주는 곳이었다. 아무것도 장식되지 않은, 한쪽 벽면은 비워둔 채 몇 개 되지 않은 테이블이 삼면과 중앙에 띄엄띄엄 놓여 있었다. 현이 P를 따라 자리를 잡고 앉자 삼십 대 중반으로 보이는 주인 여자가 메뉴판을 들고 다가왔다. 구불거리는 긴 파마머리에 검정색 시폰 롱스커트를 입은 여자였다. 늘씬한 몸매에 아직 젊음과 미모를 잃지 않은 그녀는 P와 잘 아는 사이인 것 같았고, 왠지 돈벌이에는 그닥 관심이 없는 듯 초연한 분위기를 풍겼다. 마치 눈앞의 모든 것들에서 한 발자국 거리를 두는 듯했는데 의외로 목소리는 따뜻했다. 그곳은 한국 술은 팔지 않는 곳이었다. P가 술을 주문하고나자 현은 주위를 둘러보았다. 두 개의 벽면엔 색감이 뛰어나고 미세한 부분까지 그대로 드러난, 바다 풍경 사진과 광활한 사막을 찍은 사진이 하나씩 걸려 있었고, 카운터 밑, 세 줄의 책장엔 책들이 빼곡히 꽂혀 있었다.

이미 저녁을 먹으면서 현은 P가 대학을 졸업하자마자 미국으로 유학을 가 5년 만에 박사학위를 땄고, 재작년에 이곳 대학에 자리를 잡았다는 것을 들어 알고 있었다. P는 서울 소재의 대학으로 옮기고 싶긴 하지만, 이곳 생활도 그다지 나쁘진 않다고 너스레를 떨었다. 방학 땐 거의 한두 달씩 해외에 나가 있다, 고도 했다. 솔직히 현은 기분이 좋지 않았다. 대학교 때 거의 매일 놀기만 하던 P가 대학에 자리를 잡고, 4년 내리 장학생에다 영문학을 계속하고 싶어했던 자신은 준공무원 신세라는 게 어이가 없었다. 당시 현은 박사과정까지는 겨우 밀어붙였지만, 도저히 박사학위를 딸 수 있는 형편이 아니었다. 공부를 계속하려면 집안의 경제적 도움이 필요했고, 설혹 알바를 하면서 학위를 딴다

할지라도 국내 박사를 인정해주지 않는 분위기에 교수가 되는 건 불가능에 가까워 보였다. 더욱이 대학에 들어오자마자 사귀기 시작한 지금의 아내는 당시 집에서 하루라도 빨리 결혼하라는 압박을 받고 있었다. 결국 현은 영문학을 포기하고, 공기업 쪽으로 방향을 틀었다.

그날 현은 몹시 술이 당겼다. 자랑인지 신세타령인지 애매한 P의 말들을 한 귀로 흘려보내며 듣고 있는데, 카페 여주인이 옅은 미소를 지으며 다가왔다. 괜찮으시다면 조명을 낮추고 스크린을 켜도 되겠냐고 물었다. "벌써 열한 시야? 당근 좋지. 소이, 내가 이거 보려고 오는 거 잘 알잖아"하고 P가 입을 한껏 벌리며 말했다. "제가 요즘 이 음악에 꽂혔어요. 아마 교수님도 좋아하실 거예요." 소이가 두 사람 얼굴을 번갈아 쳐다보며 말했다.

이어 사방이 어둑해지더니 한쪽 벽면에 영상이 떴다. P가 의자를 스크린을 향해 돌려 앉았다. 현도 따라했다. 언제 가버렸는지 카페 안엔 손님이 두 사람뿐이었다. 컴컴한 어둠 속, 천장에서 내리쏘는 가느다란 초록빛 조명 아래 한 젊은 남자가 기타 줄을 튕기기 시작했다. 드럼 소리 하나하나, 기타 선율 하나하나가 귀에 인장이라도 찍듯 선명하게 현의 귀에 들어와 박혔다. 음들이 마치 가뭄 끝의 물방울처럼 현의 살갗 안으로 빨려 들어와 곧장 심장 속으로 똑 똑 떨어져 내리면서 파장을 그려나갔다. 저음의 부드러운 목소리가 상실과 갈망으로 신음하고 있었다. 놀랍게도 바로 지금 현의 마음을 정확히 읽어내고 있는 소리였다. 현은 가슴이 먹먹해지면서 벅차오르는 걸 느꼈다. 그러더니 한순간 인간의 소리가 지상에서 완전히 물러났다. 손가락이 부러지든가 아니면 금방이라도 뭔가가 박살날 것 같은, 기타 두 대와 드럼의 연주가 이어졌다. 현의 심장박동이 같이 빨라졌다. 이미 클라이막스에 도달한지 한참이나 지난 것 같은데 연주가 끝날 듯 끝나지 않고 계속 이어졌다. 현은 숨이 가빠왔다. 그냥 가만히 앉아 있기가 어려웠다. 연주가 끝나자마자 현은 겨우 음악 제목만 확인하고 카페를 빠져나왔다.

그날 밤, 현은 원룸 침대 위에 기대앉아 휴대폰 유튜브를 뒤져 그래비티라는 제목의 노래를 찾아들었다. 원곡은 버클리 음대 천재 음악가인 존 메이어가 작사, 작곡한 것이었다. 그런데 놀랍게도 임헌일의 노래와 연주가 존 메이어의 원곡보다 더 나았다. 현은 임헌일의 음악을 반복해서 듣고 또 들었다. 꼭 마약에 중독된 사람 같았다. 퇴근 후, 그 연주를 다시 들을 때마다 현은 젊은 시절 자기를 사로잡았던 감정의 회오리에 다시 휩싸이곤 했다. 문학과 본질적인 것에 충만한 삶에 대한 열정이 불타오르다가 금세 알 수 없는 열패감에 꼬꾸라지곤 하던 시절이 다시 살아난 듯 했다. 금방이라도 제임스 조이스처럼 자기의 모든 것을 바친 위대한 작가가 될 것 같은 확신에 빠져들다가 다음 순간 현실이, 그리고 재능이 이를 허하지 않으리라는 절망에 빠져들곤 하던 날들이었다.

그렇게 혼자 음악을 들으며 한바탕 난리굿을 하고나서 기진맥진해 하던 어느 날, 현의 마음속에 봄날 아지랑이 같은 어떤 것이 여릿 피어오르기 시작했다. 어쩌면 소이는, 요즘 이 음악에 꽂혀있다던 소이는, 이런 자기 마음을 이미 경험하고 있을지도 모른다는 생각이 들었다. 현은 이미 P를 통해 소이가 일 년에 두

달은 카페를 쉬고 여행을 다녀온다는 것과 열한 시부터는 자기가
듣고 싶은 음악을 스크린으로 감상한다는 것을 알고 있었다.
그리고 그녀가 지구본 위, 안 가본 곳이 거의 없다는 말을 들었을
때 현은 가슴이 쓰라렸었다. 직장과 가정, 요양원이라는 커다란
삼각형 안에 갇혀 있는 자기로서는 감히 꿈꾸기 어려운 삶이었다.
현은 그녀가 자기 옆을 스쳐지나갈 때 분명히 지구 위 머나 먼 이역
땅의 비릿한 바람 냄새를 맡은 것만 같았다. 솔직히 현은 그녀를
좀 더 알고 싶었다. 자기에게 놀라운 음악을, 아니 잃어버렸던
젊은 날을 선사한 그녀였다. 요즘은 직장에서 회식을 잘 하지
않는 분위기였다. 하지만 현은 어쩔 수 없이 회식이 있었다, 집에
가는 길에 한번 들렀다는 핑계를 대고 한번 그곳에 가봐야겠다고
마음먹었다.

주말에 서울에 다녀와 며칠을 망설이던 현은 목요일에 다시
그 카페에 들렀다. 시간을 잘 조절해 열시 반쯤 그곳에 도착했다.
그런데 가는 날이 장날이라고 테이블이 다 차있었다. 소이가 현을
반길 여유도, 현이 굳이 핑계를 댈 이유조차 없는 상황이었다.
현이 입구 근처에서 쭈뼛거리고 서 있자, 소이가 다가와 말했다.
"어떡하죠? 어떻게 잠깐 기다려 보실래요? 죄송해요." 이마 위로
올라가다 주춤 멈춘 눈썹 아래로 소이가 윙크를 해 보이더니
메뉴판을 주고 갔다. 현은 한쪽 구석에 가 서서 두툼한 갈색 가죽의
메뉴판 겉장을 넘겼다. '좋아서 하는 맥주집, SUBE. 수베는 1인
체제로 운영하는 우리 동네 작은 비스트로펍입니다. 영업마감 12
시, 주문마감 11시입니다. 국산맥주, 소주 없어요. 6인 이상 입장
불가합니다. 감정을 주체하기 너무 어렵거나 음량 조절에 자신

없는 분, 죄송해요. 손님 드실 재료는 그날그날 정성을 다해 구하고 요리합니다.' 현은 한 십 분 서 있다가 말없이 그곳을 나왔다. 실망보다는 뭐라 표현하기 어려운 좌절감이 더 컸다. 카페에서 소이는 마치 여왕처럼 군림하고 있었다. 현은 소이를 숭배하는 남자가 하나 둘이 아닐 거라는 확신이 들었다. P의 자신만만하고 호기 어린 얼굴도 떠올랐다. 현은 무거운 마음으로 서울에 있는 가족을 떠올렸다. 내일은 퇴근하기 무섭게 서울로 올라가리라, 주말 내내 가족과 함께 하리라 마음먹었다.

차가 벌써 대전을 지나고 있었다. 지저분해 보이는 모텔들과 아파트, 공장들이 점차 사라지고 자연 풍광이 현의 시야에 들어오기 시작했다. 오랜만에 미세먼지 하나 없이 새파란 하늘이었다. 저절로 현의 마음이 한 달 전, 뜻밖의 그날 밤으로 넘어갔다. P의 주선으로 대학 동창회가 처음으로 광주에서 열린 날이었다. 대학 동창회라고 해봤자 모두 열 명도 되지 않는 숫자였다. 그날 현은 사업이나 부동산 투자, 또는 주식 투자 등으로 재미를 본 동창들의 얘기를 들어주느라 무척 피곤했다. 현은 3차 가자는 동창들의 권유를 겨우 물리치고, 갈 길이 멀다는 핑계로 택시를 잡아탔다. 택시가 광주를 막 벗어나기 직전, 현은 갑자기 기사에게 차를 좀 돌려달라고 부탁했다. 그리고 수베 카페 앞에 내렸다. 11시를 조금 지난 시간이었다. 별 기대 없이 문을 열었는데 의외로 카페 안에 손님이 하나도 없었다. 현은 술이 확 깼다. 아직 스크린은 켜지지 않은 상태였다. 음악을 고르고 있는 소이와 현의 얼굴이 마주쳤다. 검정색 면 티셔츠에 다리의 곡선이 그대로 드러나는 청바지를 입고 머리를 뒤로 질끈 동여맨 소이의 얼굴에 현을 반기는 기색이 한지 위에 물감처럼 번져갔다. 소이가 지난번에 제대로 접대하지 못해 미안했다고 말하며 맥주를 서비스했다. 그리고 현에게 오늘은 특별히 현이 원하는 음악을 틀어주겠다고 했다. 현은 '그래비티'를 부탁했다.

어둠 속에서 소이와 오로지 둘이서 나란히 앉아 맥주를 마시며 임헌일의 공연을 보고 있자니 현의 가슴이 맥주 거품처럼 부풀어 올랐다. 연주가 끝나자마자 현은 소이에게 덕분에 이 음악을 알게 돼 너무 고마웠다고 말했다. 이번엔 크게 용기를 내 소이의 눈을 똑바로 들여다보며 말했다. 크진 않았지만 새까맣고, 표정이 있는 눈이었다. 아무것도 크게 신뢰하지 않는 듯한 눈빛이었지만 언뜻언뜻 호감이 내비치는 것 같기도 했다. 현은 수천 명의 경쟁을 뚫고 유일하게 여왕의 알현을 허락받은 자의 감동 비슷한 감정에 젖어들었다. 그런데 바로 그때 한 남자가 카페 문을 열고 들어왔다. 키도 크고 잘생긴, 색감과 질감이 꽤 고급스런 양복을 입은 남자였다. 그 남자는 자기의 외양과는 어울리지 않게 잔뜩 굳은 얼굴로 들어오더니 아무 말도 하지 않고 소이와 현을 번갈아 가며 쳐다보았다. 얼굴에 당황하는 빛이 역력했다. 이때 갑자기 소이가 한쪽 손을 내밀어 현의 손을 잡으며 말했다. "자기, 오늘은 좀 피곤하니까 그만 감상하고 일어나자." 자기 남자친구에게나 할 법한 말투였다. 소이는 그 남자에게 아는 체도 하지 않았다. 소이가 마감 준비를 하는 동안 머쓱해진 그 남자는 잠시 그대로 서 있다가 몸을 돌려 카페를 나갔다.

그날 밤, 현은 본의 아니게 소이의 과거를 알게 되었다. 그녀의

전남편이었던 아까 그 남자는 소개로 만나 결혼했는데 매일 늦게
집에 오던 남편이 일 때문에 부산에 내려가자, 뒤따라 내려갔지만
남편이 조금도 변하지 않아 너무 힘들었다는 것, 하루는 자기도
모르게 부산 해운대 파도 속으로 무작정 빨려 들어가다가 간신히
구조됐는데 그 뒤로도 남편이 자기는 건설업을 하는 사람이라
어쩔 수 없다고 말해 결국 삼 년 전에 이혼을 했다고 했다. 그리고
오늘 두 번째로 이곳을 찾아온 거라고 말했다. 현은 어둑한 불빛이
반사된 그녀의 눈동자를 들여다보았다. 엷은 눈물막 아래 그녀의
까만 눈동자가 어룽거리고 있었다. 진심과 부끄러움, 자존심과
상처를 그대로 드러낸 눈동자였다.

그날 이후, 거의 한 달 만에 현은 그 카페에 다시 들렀다.
자기가 생각하기에도 참 영웅적으로 그 긴 시간들을 잘 견뎠다고
생각했다. 현은 일부러 모임이 있었던 척하고 열한 시쯤 그곳에
도착했다. 소이는 수줍은 듯 암띤 얼굴로 현을 맞이했다. 두
개의 테이블에 사람들이 늦게까지 남아있었지만 다행히 그들은
자기들의 대화에만 몰두하고 있었다. 그날 밤 소이는 현을
위해 조용한 뉴에이지 음악을 틀어주었다. 화면에는 아일랜드
특유의 부드러운 대평야와 고색창연한 고성들이 나타났다.
영국의 대표적인 뉴에이지 작곡가인 엔야의 음악이라고 했다.
소이는 현의 바로 옆자리에 앉아 마치 친구처럼, 아니 연인처럼
나지막이 자기가 본 아일랜드의 절벽과 바다에 대해 이야기했다.
그리고 옆벽 한 면을 차지하고 있는 바다 풍경 사진을 가리켰다.
아일랜드의 바다였다. 층층이 눌린 수백 미터의 절벽이 서너 겹
세로로 주름 잡힌 채 이어지면서 드넓은 대서양 바다에 수직으로

내리꽂힌 풍경이었다. 자기가 직접 가 찍은 사진이라고 했다. 현의 가슴이 짓눌리면서 가냘픈 한숨이 비어져 나왔다. 꼭 한번 가보고 싶었던 아일랜드의 자연이었다. 현은 자기가 대학 시절 열광했던 제임스 조이스와 존 벤빌에 대해 이야기했다. 그리고 자기가 얼마나 그들의 작품을 좋아했는지, 그리고 그 속에 그려진 아일랜드의 황량한 들판과 바다를 보고 싶어 했는지 말했다. 현의 양 볼이 후끈 달아올랐다.

그날 밤, 소이는 현에게 이번 주 일요일이 자기가 한 달에 한번 쉬는 날이라며 혹시 그날 자기랑 증도에 같이 갈 수 있겠냐고 조심스레 물었다. 현은 속으로 너무 놀랐다. 이곳에 내려온 지 5년이 지났는데 증도는커녕 남해에도 한 번 가보지 못한 현이었다. 게다가 소이가 다른 남자들을 다 물리치고 자기를 선택해준 것이었다. 현은 당장 다음 날 아침에 아내에게 전화를 걸어 이번 주말엔 새 프로젝트 준비 때문에 서울에 못 올라간다고 말을 하고, 소이와 주말을 함께 했다.

지금 생각하면 그날이 너무 아쉽기만 했다. 묻고 싶고 알고 싶은 게 많았는데 하나도 제대로 묻지 못했다. 하지만 소득이 아주 없었던 건 아니었다. 그날 현은 참지 못하고, 주위에 남자들이 엄청 많을 텐데, 왜 저랑……, 하고 묻고 말았다. 소이가 아무 말도 하지 못하고 가만히 앉아 있었다. 현은 바로 자기가 어리석은 질문을 한 것을 깨달았다. 그런데 참지 못하고 바로 이이 또 다시 바보짓을 하고 말았다. "P도 당신을 좋아하는 것 같은데……." 현은 당장 자기 주둥이를 떼어내 버리고 싶었다. 소이가 곱게 말려 올라간 긴 속눈썹을 내리면서 고개를 숙였다. 돌올한 이마가 생각에 잠긴 모습이었다. 밑으로 곧게 내려간 그녀의 콧등을 바라보는 현의 가슴이 고통과 희망으로 방망이질 쳤다. 소이가 다시 속눈썹을 들어올리며 얼굴을 들었다. 눈꺼풀을 몇 번 슴벅이더니 서두르는 듯 빠른 말투로 나직이 말했다. "저는요, 바람둥이를 첫눈에 알아보는 눈을 가졌어요. 그리고 바람둥이는 싫어요. 대부분의 남자들이 그렇기는 하지만······." 소이의 목소리가 점점 작아지는 것과 반대로 현의 가슴팍은 터질 듯 커져만 갔다. 소이가 덧붙였다. "이혼하면서 결심했어요. 이제부턴 절대로 나를 희생하지 않겠다고. 세상의 통념이나 타인의 시선보다 내가, 내 행복과 자유가 더 우선이라고요."

현은 그런 소이가 좋았다. 바로 현이 그토록 바라지만 아직 갖지 못한 것, 그게 바로 자기 자신의 행복과 자유였기에. 이제 오늘만 지나면 다시 소이를 만날 수 있다는 생각에 현의 입이 벌어졌다. 현의 가슴팍 위로 자갈들이 마구 굴러다니는 듯했다.

차가 N톨게이트를 빠져나오자 현은 저절로 긴장됐다. 갑자기 무겁게 눈꺼풀을 들어 올리며 자기를 쳐다보던 엄마의 희멀건 눈동자가 떠올랐다. 곱상했던 엄마의 턱선은 일그러지고, 피부는 오래된 한지처럼 퇴색되어 있었다. 작년에만 해도 자기를 알아보던 엄마가 올해 들어 점점 더 알아보지 못했다. 갈 때마다 이번엔 어떨까, 현의 마음이 조마조마했다. 아까까지만 해도 한껏 부풀었던 현의 심장이 바늘에 찔린 풍선처럼 쪼그라들었다.

현은 주차장에 차를 세우고 흰 건물 안으로 들어갔다. 이층 엘리베이터에서 내리자 널찍하고 환한 라운지가 하늘색 환자복을

입은 노인들로 가득 차 있었다. 그들은 각기 다양한 자세로 맨 앞에
서 있는 사회복지사의 얘기를 듣고 있었다. 무릎 위에 스케치북이
하나씩 놓여 있는 정경이 나름 평화로워 보였다. 현을 먼저 발견한
정 간호사가 반갑게 인사했다. 현이 수인사를 하며 정 간호사에게
과일 봉투를 건네는데, 멀리서 무슨 신음 소리가 같은 게 들렸다.
우측 병동 쪽에서 나는 소리였다. 엄마가 누워있는 방 쪽이었다.
현과 정 간호사의 두 눈이 마주쳤다. 두 사람은 동시에 그쪽을
향해 뛰기 시작했다. 그리고 현은 활짝 열려 있는 2인 여자병실 문
앞에서 그만 못 볼 걸 보고 말았다. 아랫도리에 아무것도 걸치지
않은, 육중한 허연 몸집의 아버지가 침대 위에 누워 있는 엄마의
하체를 향해 상체를 구부리고 있었다. 아버지의 거뭇한 털 아래
커다란 송충이 같은 페니스가 뻗쳐 나와 있었다. 아버지는 엄마의
기저귀를 벗겨내려 악다구니를 쓰고 있었고, 엄마는 앙상한
두 손으로 기저귀를 부여잡고 있었다. 입에서 연신 가느다란
신음소리가 비어져 나오고 있는 엄마의 양쪽 발목 위에는 하의가
늘어진 수갑처럼 걸쳐져 있었다. 순간적으로 멈칫했던 현은 이내
간호사를 따라 침대로 달려가 아버지를 엄마에게서 떼어내려
했다. 하지만 아버지의 손은 억세고 요지부동이었다. 구십이
다가오는 노인네의 힘이 놀라웠다. 이어 어느새 다가온 남자
직원과 힘을 합쳐 겨우 아버지를 엄마에게서 떼어낼 수 있었다.

엄마는 그대로 혼절을 했다. 엄마의 상태를 이리저리 살펴본
간호사가 현에게 다행히 괜찮을 것 같다고, 한잠 푹 주무시고 나면
될 거라고 말했다. 현은 화장실에 들어가 수건에 물을 묻혀 와
땀을 흘린 엄마의 얼굴을 닦아주었다. 양볼이 푹 꺼져 들어간,

주먹만 한 얼굴이 잔뜩 일그러져 있었다. 현은 엄마가 한번만 눈을 뜨고 자기를 알아봐 주었으면, 아니 그냥 눈만이라도 떠 주었으면 간절히 바랐다. 현은 뼈밖에 남아 있지 않은 엄마의 손을 잡았다. 입을 벌린 채 힘겹게 숨을 쉬고 있는 엄마의 얼굴과 젖은 채 달라붙어 있는 엄마의 허연 머리를 쓰다듬으면서 현은 아버지에 대한 걷잡을 수 없는 증오심에 빠져들었다. 이 나이까지, 여기에서까지 엄마를 괴롭히다니. 치매가 생긴 아버지를 자식들이 모르게 쉬쉬하며 수년 동안 모시고 살았던 엄마가 원망스러웠다. 왜 그렇게 바보같이 살았냐고 엄마에게 따지고 싶었다.

의사는 현에게 천만다행이었다고, 조금 늦었으면 큰일날 뻔했다고 일러주었다. 엄마의 허약한 골절이 아버지의 몸무게를 감당하기 어려웠을 거라고 했다. 현의 눈앞에 아까 보았던 아버지의 고환이, 잿빛 털 아래 덜렁거리던 검붉은 불알이 다시 떠올랐다. 현은 두 손으로 얼굴을 쓸어내렸다. 견디기 어려운 수치심이 밀려들었다. 의사는 지난주에도 이런 비슷한 일이 한번 있었다, 이젠 어쩔 수 없이 당분간 아버지를 독방에 감금할 수밖에 없다고 말했다. 의사는 현의 동의를 구하는 듯 안쓰러워하는 표정을 지었지만, 현은 망설일 이유가 없었다. 의사의 말에 따르면 아버지가 시도 때도 없이 엄마를 보면서 예쁘다고, 너무 예쁘다고 말하고 다니더니 기어이 이런 일이 일어났다, 여자 환자와 남자 환자가 병실을 따로 써도 아무 소용이 없다고 했다. 현은 더 이상 앉아 있기가 힘들었다. 나중에 엄마에게 영양 주사를 한 대 부탁한다고 말하곤 인사하고 나왔다. 한시 바삐 그곳을 빠져나오고 싶었다. 현은 기진맥진한 상태로 차에 올랐다.

예상은커녕 상상도 못했던 일이었다. 현은 아무 생각도 하기 싫었다. 운전에만 몰두하며 달리고 있는데, 서서히 차가 밀리기 시작했다. 현은 휴식을 취하고 싶어 가까운 휴게소로 들어섰다. 다른 차들에서 가능한 한 멀리 떨어진 곳에 차를 주차시켰다. 그리고 운전석을 최대한 뒤로 밀고 시트를 눕힌 다음, 머리를 운전석 머리 받침대 위에 누였다. 현은 두 눈을 감았다. 문득 현의 머릿속에 다 말라버린 기억의 층들을 비집고 빛바랜 추억이 하나 불쑥 떠올랐다.

현이 중3 때였다. 그날 현은 학원 선생님이 몸이 안 좋아 일찍 집에 돌아왔다. 한파가 예상보다 빨리 몰아닥친 겨울날이었다. 현은 서둘러 현관문을 열었다. 신발을 벗는데 컴컴하고 오싹한 실내가 현을 맞이했다. 며칠 전부터 집안의 공기가 냉랭했지만 잊을 만하면 반복되곤 하던 분위기여서 크게 신경 쓰지 않았었다. 그런데 그날은 다른 날과 뭔가 달랐다. 신발을 벗고 거실로 들어서는데 비린내가 훅 났다. 현은 다급하게 엄마, 하고 불렀다. 아무 대답이 없었다. 이 시간이면 집에 없을 리가 없는 엄마였다. 얼른 벽을 더듬어 불을 켰다. 저만치 소파 위에 반듯이 누워 있는 엄마의 한쪽 팔이 늘어져 있었고, 팔목에선 피가 흘러내려 바닥에 달걀 크기의 검붉은 피 위로 떨어지고 있었다. 현이 달려갔지만 엄마는 꼼짝도 안 했다. 현은 얼른 서랍장에서 입박붕대와 밴드, 소독약과 솜을 챙겨 갖고 나왔다. 응급처치를 한 뒤 119를 불러 병원으로 갔다. 좀 늦었으면 일이 커졌을 거라고 의사가 말했을 때 현의 두 다리가 앞으로 꺾였다.

링거를 맞고 자정이 다 돼 집에 돌아왔는데 집엔 아무도 없었다. 현은 엄마를 조심스레 침대 위에 눕혔다. 아깐 몰랐는데 엄마의 두 볼엔 흐릿한 눈물 자국이 그려져 있었다. 몰랐는데, 그동안 한 번도 그렇게 심각하게 느껴본 적이 없었는데, 그 순간 엄마의 외로움이, 고통이 현의 가슴을 파고 들어왔다. 현은 엄마를 위해서 뭔가를 해야겠다는 생각이 들었다. 부리나케 주방에 가 손을 씻고, 요리책을 펴 보며 죽을 끓였다.

엄마에게 죽을 권했지만 엄마는 식사를 하지 못했다. 방에 들어와 책상 앞에 앉았는데 도무지 책이 눈에 들어오질 않았다. 현은 자기 방을 나와 안방에 다가가 살며시 노크를 했다. 아무 기척이 없어 문을 열고 들어갔다. 엄마는 침대 위에 아까처럼 미동 없이 누워 있었다. 현은 겁이 덜컥 났다. 엄마에게 다가가 어디 아프신데 없냐고 물었다. 엄마가 얇은 눈꺼풀을 겨우 들어 올렸다. "현아 미안해. 나 괜찮아, 미안하다." 당장이라도 엄마의 존재가 연기로 사라질 것만 같은 목소리였다. 현의 가슴이 미어졌다. "아냐, 엄마. 난 괜찮아." 엄마가 고개를 가만히 끄덕였다. 현은 방에서 나가려고 문을 열다 말고 다시 침대로 다가갔다. 이불을 들어 엄마 옆에 몸을 누였다. 다른 때 같았으면, 다 큰 놈이, 하며 밀쳐냈을 엄마였다. 불 꺼진 어두운 방 안에 두 사람은 아무 말 없이 가만히 누워 있었다. 멀리서 개 짖는 소리, 자동차 소리, 교회 종소리 같은 것들이 얽혀들다 사라져 갔다.

얼마나 지났을까, 엄마가 현을 향해 몸을 돌렸다. 현의 온 신경이 엄마의 일거수일투족에 모아졌다. 엄마가 현의 머리를 쓰다듬으며 말했다. "현아, 오늘 일은 아무한테도 말하지 마.

그리고 넌 이다음에 장가가서 절대 마누라 힘들게 하지 마. 알았지?"

현은 점심도 걸렀던 게 생각났다. 하지만 아무 생각이 없었다. 화장실에 갔다가 물만 마시고 차로 돌아왔다. 그리고 휴대폰을 꺼내 아내에게 전화했다. "그래? 생각보다 좀 늦게 도착하겠네." 말을 마친 아내가 전화를 끊으려다 말고 잠시 미적거렸다. "여보, 나 아무래도 영어 학원 강사 자리 한번 알아봐야겠어. 아니면 재능영어 선생 자리라도……."

어느새 색종이처럼 현란한 빛의 조각 띠들이 차창을 물들이고 있었다. 이어 하늘이 온통 붉은 빛으로 뒤덮였다. 온 세상이 알코올에 취한 듯했다. 둘째가라면 서러울 정도로 애주가였던 아버지는 그 혈기 넘치는 몸으로 잊을 만하면 새 여자에 빠지곤 했다. 그 와중에 없는 돈을 쥐어짜 형과 현을 공부시킨 사람은 엄마였다. 당연히 당신 자신을 위해선 일 원도 허투루 쓰지 않았다. 그래서 남은 건? 지금 이 나이까지 엄마가 아버지에게 저렇게 당하고만 살다니. 현은 너무 화가 났다. 너무 부정의했다. 어쩌면 자기가 일찍 결혼한 것도 그런 부모에게서 벗어나고 싶어서였는지 몰랐다.

그렇다면 아내는? 주희 역시, 지금 자기의 모든 꿈을 포기하고 아들과 딸을 위해 희생하고 있었다. 과 수석을 몇 번이나 할 정도로 주어진 현실에 최선을 다하는 주희였다. 현의 가슴이 무언가에 짓눌리는 듯했다. 자기가 지금 뭘 하는 존재인지 몰라 어이가 없었다. 자기가 그토록 거부하고 싶었던 아버지를 어느새 닮아버린 게 아닌가, 몸서리가 쳐졌다. 자기는 아버지와 완전 다르다고 생각하며 살아왔던 현이었다.

핏빛 하늘 위로 잿빛 어둠이 엉거주춤 내려앉고 있었다. 잔뜩 몸을 달군 하늘이 만취에 비틀거리는 듯했다. 현은 모든 게 혼란스러웠다. 인간은 땅이 끄는 힘에서 벗어나지 못하고 결국 땅속으로 사라져버릴 운명의 존재이다. 어쩌면 바로 그렇기 때문에 비록 한순간일지라도, 비록 한 뼘일지언정 하늘 위로 뛰어오르고 싶어하는지도 모른다. 그렇다면 혹시 아버지도 구질구질한 세상살이에서 벗어나 보고 싶었던 것이었을까? 그렇다면 나 역시 그 계보 위를 그대로 이어가고 있는 것이란 말인가. 현은 문득 소이라는 존재는 잠깐이나마 땅에서 벗어나고픈 자기 마음이 만들어 낸 허상일지도 모른다는 생각이 들었다.

하지만 허상이라도 어쩔 수 없었다. 현은 소이에게 달려가는 자기 마음을 붙들기가 너무 힘들었다. 참 어이없게도 지금 이 순간, 소이를 흠모하는 듯한 남자들에 대한 걷잡을 수 없는 증오심까지 올라왔다. 현은 자기 자신이 너무 한심했다. 아내는 없는 돈을 쥐어짜내 저토록 자식 교육에 헌신하는데 도대체 자기가 뭘 하려는 존재인지 알 수가 없었다.

잠시 뒤, 자기도 모르게 현의 손가락이 움직였다. 차 안에 그래비티 연주가 울려 퍼졌다. 이때 휴대폰 문자 오는 소리가 났다. 현은 힘없이 휴대폰 케이스 뚜껑을 열었다. 소이에게서 온 문자였다. '나, 지금 너무 힘드네. 오늘 하루 종일 손님들이 어떻게 하나같이 그렇게 진상들인지. 아무래도 휴가를 좀 가야겠어.

당신이 동행해 준다면 더할 나위 없이 좋을 텐데. 그건 그렇고,
오늘 늦게라도 여기 좀 들러줄 수 있어요? 술 생각이 나네요.'

그래비티 : 첫 해외 출장

이른 아침, KTX 차창이 옅은 안개로 부유스름했다. 현은 창에 두 눈을 갖다 대고 안개를 헤집어 보았다. 창밖은 허연 눈이 서리처럼 드문드문 내려앉은, 희누런 들판 세상이었다. 눈이 확실히 온 것도, 안 온 것도 아닌 어정쩡한 풍경이었다. 뉴스에 따르면 몇십 년 만에 가장 적게 눈이 온 겨울이라 했다. 반도 끝자락 나주에 발령받아 와 사는 현은 곧잘 한국 고유의 시골 풍경에서 위무를 받곤 했다. 자연을 자주 접할 수 있다는 게 그나마 머나먼 타지에서 혼자 떨어져 사는 설움을 보상해 주는 것이었다. 하지만 지금 현에게 자연 풍광은 아무 감흥도, 아무 의미도 없었다.

사실 현은 어제 저녁 퇴근하자마자 서울에 올라가려고 했었다. 그런데 이상하게 피곤했다. 그래서 아내에게 전화하고 예매표를 취소, 변경하고 잠에 빠져들었다. 새벽부터 서둘러서인지 현은 아직 정신이 개운치 않았다. 오늘 아내를 만나 다음 주말엔 장기

해외 출장을 갈 예정이라고 말해야 한다고 생각하자 먹은 것도 없는데 속이 거북했다. 더 일찍 얘기를 하려 했는데 그게 잘 안 됐다.

다음 주말, 현은 소이와 첫 해외여행을 다녀오기로 했다. 그런데 마음이 의외로 덤덤했다. 뭔가 지난여름 중도 여행 때와는 확연히 달랐다. 현의 마음이 저절로 그날 밤, 중도로 달려갔다.

자정이 넘은 시각, 한 번도 접해 보지 못한 짙은 어둠, 초승달과 두어 개의 별빛, 사각사각 모래 밟히는 소리, 자의식이 비늘처럼 떨어져 나가자 찾아온 생(生) 감각, 한여름 밤의 시원, 텁텁한 바닷바람, 코끝을 스치는 솔나무 향, 가없이 펼쳐진 허연 모래 해변, 훌훌 옷을 벗어던져 버리던 소이의 슬로모션 동작, 달빛 조명 아래 우윳빛 여체의 춤사위, 홀로그램이 씌워진 듯한 자유의 환영, 아니 자유의 현현.

현의 가슴팍이 기대감으로 부석거렸다. 이번 첫 해외여행에서 소이가 현에게 또 어떤 모습을 보여줄지 알 수 없었다. 다음 주말 아침 일찍 현은 카페 수베로 가 소이를 태우고 김해국제공항으로 달릴 것이다. 그리고 거기서 일본 나고야로 날아갈 것이다. 그러면, 그렇게 되면 그때부터 현은 모든 것을 잊고 소이와 함께 자유를 만끽할 것이었다. 모든 것은 다 그 다음, 그 다음의 일이었다.

현은 화장실에 가려고 자리에서 일어났다. 일을 보고 있는데 아직까지 단 한 번도 가족과 해외여행을 가지 못했다는 생각이 불쑥 튀어올랐다. 오로지 애들 교육에만 열정을 기울여온

아내 때문이었다. 심장에 모래가 잔뜩 낀 것처럼 현의 마음이
까끌거렸다.

*

카페 수베를 향해 달리는 현의 마음이 안정을 찾지 못했다.
현은 의식적으로 차 속도가 시속 100킬로미터를 넘지 못하게
하면서 마음을 가라앉혔다. 짧지 않은 생애를 살아오면서 기대가
클 때마다 실망하지 않은 경우가 거의 없었다. 그리고 비록 드문
일이지만 좋은 일은 항상 예기치 않게 찾아왔었다. 하지만 차가
광주로 들어서자 심장이 제멋대로 날뛰기 시작했다.

한 달 전, 현은 소이에게서 늦더라도 보고 싶다는 문자를 처음
받았었다. 하지만 현은 소이에게 미안하다, 자정 넘어 KTX에서
내릴 예정이라 못 볼 것 같다는 문자만 보내고 말았다. 너무 늦은
시간이기도 했지만 그날 현은 심신이 너무 지쳐 있었다.
그날 현은 요양원에서 엄마를 보고 서울로 운전해 가고 있었다.
그때 현은 얼이 반쯤 나간 상태였다. 엄마의 침대 위에서 길게
뻗쳐 나온, 커다란 송충이 같은 페니스를 그대로 드러낸 채 엄마의
기저귀를 벗겨 내려 악다구니를 쓰던 아버지를 간호사들과 함께
겨우 떼어내고 쫓기듯 요양원을 떠난 뒤였다. 구십이 다 됐지만
구십 킬로그램이 넘는 거구의 아버지였다. 현이 조금만 늦게
발견했더라면 엄마는 뼈도 제대로 추스리지 못할 뻔했다. 현은
자기 기저귀를 붙잡고 놓지 않으려 기를 쓰던 엄마의 모습이 자꾸

떠올라 괴로웠다. 평생 아버지의 바람기 때문에 힘들게 살아온 엄마가 이렇게 늙어서까지 고통 받는 게 너무 안타까웠다.

한숨 돌리려 휴게소에 들린 현에게 불현듯 엄마와의 옛 추억이 떠올랐다. 중3 때였다. 학원 선생님이 아파서 집에 일찍 돌아오던 날, 현은 손목을 그은 채 소파에 누워있던 엄마를 들쳐 업고 응급실에 갔었다. 그날 자정 넘어 집에 돌아와 침대 위에 누운 엄마는 현에게 너는 절대로 니 아버지 같은 사람이 되지 말라고 당부했었다.

그런데 그런 아버지를 바로 자기가 닮은 게 아닌가 하는 의혹이 불쑥 현의 가슴을 때렸다. 자기는 아버지와는 완전 다른 사람이라 생각하며 살아온 현이었다. 가시 돋은 불쾌감이 현을 덮쳤다. 게다가 조금 전 전화에서 아내가 아무래도 영어 방문교사라도 해야겠다는 말을 했다. 아내가 직업전선에 뛰어들기에는 아직 애들이 어렸다. 하필이면 바로 그때 현은 소이에게서 그 문자를 받았었다.

자정 넘어 나주 원룸에 도착해 잠을 청할 때까지 요양원에서 엄마의 기저귀를 벗기려하던 아버지의 희멀건한 몸뚱아리와 애들 교육비를 위해 굳은 결심을 한 아내의 칙칙한 얼굴이 번갈아가며 현의 눈앞에 어른거렸다.

물론 그 와중에도 현의 뇌리엔 증도의 검푸른 바닷가, 교교한 달빛 아래 보았던 소이의 매끄러운 몸피가 환각처럼 반짝이다 사라지곤 했다.

고민도 하고, 많이 망설이기도 했지만 현은 결국 일주일을 넘기지 못하고 카페 수베로 향했다. 차가 무등산 입구로 올라서자, 현은 마치 네 바퀴가 땅에서 붕 뜬 채 날고 있는 것 같은 기분이었다. 하지만 막 수베 문 앞에 도착한 순간, 뇌수에 얼음조각들이 한 바가지 부어지는 듯했다.

죄송해요. 수베는 한 달간 문을 닫습니다.
탁 트인 청명한 공기를 수혈 받고, 더 나은 모습으로 여러분을 찾아뵙겠습니다.

현은 버림받은 기분이었다. 어떻게 소이가 자기에게 문자 하나 남기지 않고 여행을 떠날 수 있는지 이해가 안 됐다. 적어도 그 정도는 얘기해줘야 하는 사이가 아닌가 했다. 그것도 모르고 이렇게 무골충처럼 소이에게로 치닫던 자기의 열정이 한심하기만 했다.

하지만 시간이 지남에 따라 현의 생각이 바뀌기 시작했다. 소이는 현에게 처음으로 보낸 문자에서 하루 종일 손님들이 하나같이 진상이라며 아무래도 휴가를 좀 가야겠다고 했었다. 그런데 현은 소이에게 금방 달려가지 못했다. 그리고 며칠 동안 마음이 영 편치 않아 수베에 가지 못했다. 당연히 소이가 그 이유를, 자세한 내막을 알 리가 없었다.

현은 그렇다면 소이가 혼자만의 여행을 말없이 떠날 수 있지 않을까, 하는 생각이 들었다. 더욱이 일 년에 한두 달 수베를 비우고 여행을 떠난다는 소이였다.

어느새 현은 소이가 여행하고 돌아와 둘이 만나는 순간만을 고대하게 되었다.

현은 소이로 인해 처음 알게 된, 임헌일의 그래비티를 한 달 내내 들었다. 그때마다 중도에서의 소이의 춤사위, 그 소리 없는 자유의 외침이 눈앞에 어른거렸다. 이제 그래비티 음악은 현에게 단지 젊은 시절의 문학에 대한 열정과 좌절을 소환, 위무해 주는 데에서 벗어나, 현실의 중력을 거슬러 자유의 빛 속으로 끌어올려 주던 여신에게로 이끌어주었다. 현은 이혼한 전남편이 수베에 찾아왔던 날에 소이가 속삭여주던 말, '세상의 통념이나 타인의 시선보다 내가, 내 행복과 자유가 더 우선'이라던 말을 수시로 떠올렸다. 그 메시지는 서울집과 직장, 그리고 요양원이라는 세 꼭짓점의 삼각형 안에 갇혀 살던 현에겐 마치 자유의 여신이 내린 신탁과도 같았다.

그런데 드디어 숨을 죽이며 문을 밀고 들어서는 순간, 현의 기대가 산산조각 났다. 현의 코앞에 P와 나란히 맥주를 마시고 있는 소이의 모습이 클로즈업됐다. P의 이야기에 고개를 갸웃 기울이며 듣고 있는 소이의 모습을 보자 현은 봐서는 안 될 장면을 본 것처럼 진저리가 쳐졌다. 그리고 무엇보다 충격적이었던 건 현을 본 순간, 소이의 얼굴에서 별다른 표정의 변화가 읽혀지지 않은 것이었다.

현을 반겨준 사람은 오히려 언제나 호탕한 미소를 잃지 않는 P 였다. 처음 현을 자기의 아지트라며 수베에 데리고 온 이래 전화 한통 주고받지 않았지만, P는 마치 어제 만난 사람처럼 현을 대했다. 소이가 가볍게 오셨냐고 인사하고 일어나 현에게 맥주를 갖다 주고, P옆에 와 앉았다.

두 사람은, 그러니까 P와 소이는 현 때문에 끊겼던 이야기를 이어나갔다. 여행 이야기였다. 옆에서 들어보니 소이는 이번에 미국 캘리포니아 여행을 하고 돌아온 듯했다. P가 미국 유학 시절 자기가 둘러보았던 곳들을 하나하나 끄집어냈다. 역시 공부보다는 노는 데에 더 프로였던 P다웠다. P가 감탄사를 연발하면서 캘리포니아 해변 드라이브를 들먹였다.

"아, 그래요, 그중에서도 빅스비 브릿지, 정말 멋있죠."

소이가 맞장구를 쳤다. P가 완전 흥분한 목소리로 말했다.

"당연히 산타바바라에도 들렸지?"

"그래도 미국 서부 여행의 꽃은 역시 데스 벨리죠."

고개를 한번 끄덕이더니 소이가 차분히 말했다.

"데스 벨리를 위하여!"

P가 잔을 들고 소이를 향해 외쳤다. 소이도 잔을 들어 P의 잔에 부딪쳤다.

한 모금 길게 들이킨 소이가 잔을 내려놓으며 말했다.

"지금도 데스 벨리의 그 묵연한 풍광이 눈에 어른거려요."

할 말이 없었지만 현도 한 마디 거들지 않을 수 없었다.

"그곳 사진을 많이 찍어오셨어요?"

"네."

소이가 현을 쳐다보지도 않은 채 짧게 대답하고 입을 다물었다. 현은 얇아질 대로 얇아진 자존심이 와장창 깨져 버리는 느낌이었다. P가 눈빛을 반짝이며 소이에게 물었다.

"이번 겨울에는 어디로 가고 싶어?"

"글쎄요, 아직 정하진 않았지만 오랜만에 유럽으로 가볼까 해요."

"아, 그럼 남프랑스 어때? 액상 프로방스에선 세잔의 아뜰리에를 방문하고, 아를르에선 고흐의 그림들을 실컷 볼 수 있어. 완전 강추!"

P가 한 옥타브 올라간 목소리로 말했다. 소이가 아무 대꾸 없이 맥주를 들이키자 이번엔 이탈리아 아말피 해안을 들먹였다. 죽기 전에 반드시 가봐야 할 곳이라며 엄지척까지 해보였지만 역시나 소이는 무반응이었다. P가 갑자기 고개를 돌려 현을 바라보면서 말했다.

"가만히 앉아 있지만 말고 너도 소이 씨가 가볼 만한 곳을 권해봐라, 임마."

순간 현은 당황했다. 외국은커녕 한국도 다녀본 곳이 몇 안 되는 현이었다. 현은 꼭 일부러 P가 자기를 골탕 먹이려고 그런 말을 한 것 같았다.

늘 그랬듯이 11시가 되자 소이가 자리에서 일어나 전등을 껐다. 그리고 스크린에 셀린 디온의 올림픽 기념 파리 공연 실황을 띄웠다. 레퍼토리나 무대 연출, 관객의 호응하는 모습 모두 훌륭한 공연이었다. 특히 셀린 디온이 부르는 샹송들은 한두 개를 빼고는 처음 듣는 노래들이었음에도 불구하고 현의 청각을 부드럽게 열고 들어왔다. 하지만 거기까지였다. 현은 도무지 셀린 디온의 노래에 집중할 수가 없었다. 입안은 바싹 마르고 엉덩이에 종기라도 난 듯 안절부절했다. 열두 시가 넘어 세 사람이 헤어질 때까지 현은 소이와 거의 말도 섞지 못하고, 눈빛도 제대로 교환하지 못했다.

현은 잠이 안 왔다. P가 화장실에 간 사이 분명히 소이와 이야기를 할 시간이 있었다. 그런데 웬일인지 소이가 자기와의 대화를 거부하는 듯했다. 현은 오늘 기분 안 좋은 일이라도 있었냐고 물어볼까 하다 말았다. 하지만 P가 화장실에서 돌아오자 소이는 언제 그랬느냐는 듯 곧 P와 대화를 이어나갔다. 현은 철저히 소외된 채 자기가 잘 알지도 못하는 낯선 나라 얘기들을 고문처럼 듣고 앉아 있을 수밖에 없었다.

모든 소음이 끊긴 야심한 시각, 현은 어느새 P와 자기 자신을 비교하고 있었다. P는 시간도 돈도 많은 지방대학 교수이고, 자기는 시간도 돈도 없는 준공무원일 뿐만 아니라, 외모나 성격마저 P보다 낫다고 하기도 어려웠다. 게다가 결정적으로 P는 가정이 없고, 자기는 두 아이의 아버지인 유부남이다. 유일하게 자기가 유리한 점은 소이의 말대로 P는 자유분방한 바람둥이일 가능성이 농후해 보인다는 점뿐이었다. 현은 '저는요, 바람둥이를 첫눈에 알아보는 눈을 가졌어요. 그리고 바람둥이는 싫어요. 대부분의 남자들이 그렇기는 하지만……' 라고 말하던 소이의 나직한 목소리를 또렷이 기억했다. 3년 전, 바람둥이 남편과 이혼한 소이의 진심이 담긴 말이었다.

현은 잠시 자기가 결혼을 하지 않았다면, 만약 그랬다면 직장을 때려치우고 아무 알바나 하면서 소이랑 음악과 여행, 그리고 문학에 빠져 살 수 있을 텐데, 하는 상상을 해보았다. 하지만 지금 어떻게 그 모든 걸 다 되돌릴 수 있단 말인가? 현은 고개를 흔들었다. 도대체 아무 죄 없는 아내에게 무슨 말을 할 수 있단 말인가.

현은 P를 질투하고 있는 자신이 절망스러웠다. 자기가 어쩌다 이런 거지같은 처지에 놓이게 됐는지 분노가 치밀었다. 대학 시절 놀기만 하던 P가 대학에 자리 잡고, 그토록 계속 공부를 하고 싶어 하던 자기는 준공무원 신세라는 게 억울하기만 했다. 그런데 불현듯 소이의 취향은 P보다는 자기와 더 맞을 거라는 생각이 현의 뇌리를 때렸다. 소이가 푹 빠져 지냈다던 임헌일의 그래비티는 결코 대중적인 음악이 아니었다. 인간 존재의 근본적 고독과 절망을 경험하지 못한 자는 절대 그 음악을 깊이 이해할 수 없는 것이었다. 소이의 영혼은 부잣집 아들로 태어나 양지만 찾아 인생을 장난처럼 살아온, 부박하기 짝이 없는 P같은 놈의 영혼하고는 질이 다를 게 분명했다. 게다가 그날 밤 중도에서 소이가 보여준 그 몸짓, 검푸른 하늘을 향해 인간의 자유를 온몸으로 웅변하던 그 춤사위는 누구에게나 보여주는 성질의 것은 결코 아니었다.

현은 소이와 이미 서로 영혼이 깊이 얽혀 있다는 생각이 들었다.

이제 잠을 청해야겠다고 이불을 뒤집어쓴 현의 뇌리에 혹시라도 P가 소이에게 음험한 마음이 있는 게 아닐까, 하는 걱정이 치솟았다. 생각할수록 그럴 거라는 느낌이 들었다. 아까 소이를 쳐다보던 P의 눈빛과 말투를 떠올리자 더욱 확신이 들었다. 만약 소이가 P와 여행을 가게 된다면? 적어도 그런 일은 일어나지 않아야 한다는 생각이 들자 현은 머리에서 징소리가 울리는 듯했다.

현은 하루하루 우울했다. 이제 매일 습관처럼 들었던 임헌일의 그래비티는 더 이상 현의 이루지 못한 꿈의 상실을 어루만져 주는 음악이 아니었다. 대신 현의 절망스러운 질투심, 소이와의 불확실한 미래에 대한 고뇌를 토해내는 음악이 되어 있었다. 그러기에 애초에 자기가 식구 모두 같이 나주에 내려가자고 했을 때 아내가 자기 말을 들었어야 했었다. 만약 그랬다면 소이와의 인연은 맺어지지 않았을지도 몰랐다. 하지만 그건 아니었다. 그건 핑계고 거짓 변명일 뿐이었다. 아니, 어쩜 대학교에 들어가자마자 아내와 사귀기 시작한 게 잘못이었을지 몰랐다. 365일 거의 24시간을 붙어다녔던 아내는 늘 친구 같은 동반자였다. 새로운 영감을 불러일으켜 줄 여인이 아닌 건 분명했다. 아니, 아니다. 이것 역시 핑계일지 몰랐다. 그게 아니라, 아내가 언젠가부터 애들 교육에만 매달리는 게 너무 지긋지긋했다. 아니, 그것도 아니었다. 그저 소이가 운명처럼 자기 앞에 나타난 것일 뿐이었다.

오늘은 과연 소이가 자기를 어떻게 대해줄지, 현은 도무지 감이 잡히지 않았다. 혹시라도 P가 있을까봐 그것 역시 신경이 쓰였다. 다행히 수베 안은 조용했다. 두 개의 테이블을 연인으로 보이는 남녀가 차지하고 있을 뿐이었다. 그래서인지 소이의 얼굴도 오늘따라 편안해 보였다. 현은 분명히 자기를 본 순간, 소이의 긴 속눈썹이 아래로 내려오면서 입 주위로 미소가 번지는 걸 본 듯했다.

현은 구석 자리에 앉아 진토닉을 시켰다. 소이가 잠깐만 기다려 달라고 말하더니 샐러드 안주를 손님 테이블에 갖다 주고 나서 진토닉 두 잔을 들고 현의 테이블에 와 앉았다. 소이와 잔을 부딪치는 순간, 현은 디오니소스가 신들의 화해와 용서를 위해 사용했다는 넥타르가 생각났다. 오늘따라 더 상큼한, 진토닉의 향이 순식간에 현의 말단신경에까지 쫙 퍼졌다. 현은 조금 늦은 감이 있긴 하지만 소이가 처음 문자를 보낸 날, 요양원에서 있었던 일을 조심스레 꺼냈다. 현의 얘기를 듣는 소이의 표정이 제법 진지했다. 물론 현은 그날 자기가 겪은 심정을 다 말하지 않았다. 하지만 바람둥이 아버지에 대한 분노와 희생만 하고 살아온 엄마에 대한 연민을 읊조리는 사이, 광대뼈 아래 소이의 얼굴 근육이 부드럽게 풀어지는 듯했다. 현은 감귤빛 조명을 받은 소이의 눈동자 안에서 진정성 넘치는 자기의 얼굴을 보았다. 소이의 눈동자가 그날 증도에서의 흑단색 바다 물결처럼 반짝였다.

현은 이제 비로소 소이가 자기를 이해한 듯했다. 현의 몸이 중력의 자장에서 벗어나기라도 한 듯 한껏 부풀어 올랐다.

그날, 소이는 현에게 따뜻했다. 현은 손님들이 다 가고 없을 때까지 든든한 남자친구처럼 그곳을 지키고 앉아 있었다. 술을 잘 마시지 못 하는 현이었지만 그날만큼은 술을 많이 마셨다. 손님들이 다 가버리자 소이가 수베 문고리를 안에서 잠가버렸다. 그리고 구석 조명등 하나만 켜놓고 까밀리아 카벨로의 하바나를 틀었다. 그 찰진 목소리와 농염한 리듬에 맞춰 몸을 느릿 움직이기 시작했다. 현의 마음이 소이의 몸동작에 그대로 얹혀 공중을 날았다.

하지만 이렇게 평온한 관계가 계속 유지되었던 건 아니었다. 무방비한 상태에서 소이의 짜증과 변덕의 무차별 폭격을 받는 날이 많았다. 그리고 그때마다 답답했던 건, 왜 소이가 그토록 감정기복을 보이는 것인지, 소이의 속내를 정확히 알 수 없다는 점이었다. 어떤 날은 현에게 왜 이제야 나타나냐는 식으로 짜증을 내다가, 또 어떤 날은 반가워하기는커녕 웬일로 왔냐는 식이었다. 또 소이는 버러지 같은 남자들 때문에 이 일을 집어치우고 싶다는 말도 심심치 않게 했다.

소이에게서 그런 얘기를 들을 때마다 현은 혼자 속으로 깜짝 놀라곤 했다. 생각할수록 혼란을 느꼈다. 자유의 화신인 그녀가 어떻게 그렇게 변덕스러울 수 있는지, 또 카페 운영을 하는 과정에서 생길 수밖에 없는 자잘한 일들에 대해 왜 그토록 짜증을 내는 것인지, 이해가 되지 않았다. 적어도 현이 알기에 소이는 잡스러운 세상살이에 오염되지 않은, 바람처럼 호연하고 순수한 영혼의 소유자였다. 그런데, 그런 그녀가 어떻게 그러지 않아도 끊임없이 흔들리고 부족하기 짝이 없는 자기를 더 비참한 사람으로 만들어 버리는 것인지 알 수 없었다.

그러던 어느 날, 현은 아내로부터 요양원에 있는 엄마가 돌아가셨다는 소식을 들었다. 매달 한번은 요양원을 방문했던 현이 몇 달째 가지 않고 있었다. 작년부터 치매증세로 자기를 잘 알아보지 못하는 엄마를 만나는 것도, 꼴도 보기 싫은 아버지를 다시 보는 것도 다 싫어 요양원 방문을 차일피일 미루고 있던 참이었다. 그런데 아내가 간호사로부터 전해 들었다며, 엄마가 임종하기 직전에 자기 이름을 몇 차례나 불렀다는 소식을 전해주었다. 그 순간, 현의 귓속에 칠판에 손톱이 긁히는 소리가 났다. 그리고 그 잔음이 한동안 귓바퀴 안을 떠나지 않았다.

장례식장을 지키고, 유골함을 납골당에 모시는 기간 내내 현은 임종 직전 도대체 무슨 정신으로 엄마가 자기를 찾았을까, 그때 엄마가 얼마나 외로우셨을까, 하는 생각에 사로잡혔다. 그리고 그때마다 엄마를 찾지 않은 자신을 용서하기 힘들었다.

그래도 그 와중에 가족의 존재가 현의 고통을 덜어주곤 했다. 장례를 치르는 동안 묵묵히 며느리 노릇을 하는 아내와 어느새 의젓해진 아들과 장례식장의 칙칙한 분위기를 바꿔주는 딸과 함께 하면서 현은 든든하고 따스한 가족의 존재를 새삼 느끼곤 했다.

현은 엄마가 마지막까지 자기에게 이런 경험을 선사하고 가시는구나, 하는 생각이 들었다. 물론 지친 심신이 깜박깜박 자기 회로를 이탈할 때마다 순간적으로 소이가 떠올랐다. 소이가 지금 자기를 기다리고 있을지 모른다는 불안감 같은 것이 한 차례 가슴에 번지다 사라지곤 했다.

그런데 며칠 서울집에서 휴식을 취한 뒤, 나주로 내려오면서 이제 그 요양병원엔 다시 가볼 필요가 없다는 생각이 들었다. 현의 마음이 조금씩 가벼워지기 시작했다. 그리고 이제 곧 소이를 볼 수 있다는 생각과 좀 더 편하게 소이를 만날 수 있다는 생각을 하는 자기 자신을 발견하곤 깜짝 놀랐다.

하지만 한동안 현은 수베에 가지 않았다. 아무래도 그러는 게 마음이 편할 것 같았다.

소이를 만나러 가는 시간이 가까워 오고 현은 소이가 자기를 예전처럼 반갑게 맞아줄 것인지, 걱정이 일기 시작했다. 장례 기간 내내 현은 소이에게 연락하지 않았었다. 시간도 없었지만 연락을 할 만한 상황도, 심정도 아니었다. 이제 현은 자기처럼 불성실한 남자를 소이 같은 여자가 연인으로 받아들여줄지 의심이 됐다.

아니나 다를까, 소이의 반응이 차가웠다. 현은 우두커니 자기 테이블에 혼자 앉아 있었다. 수베 안에 손님이 많았지만, 짬을 내서 현의 테이블에 올 수도 있을 텐데 소이는 끝까지 오지 않았다. 현은 자존심이 상했다.

나중에 문을 열고 나오면서 소이에게 엄마 장례식 때문에 그동안 못 왔다는 말을 하려다 말았다.

시간이 어정쩡하게 그냥 지나갔다. 현은 자기 마음을 종잡을 수 없었다. 소이를 원하지만 무엇 하나 제대로 해줄 수 있는 게 없었다. 그렇다고 가정을 버리고 싶은 것도 아니었다. 자기가 아버지를 증오하듯 딸 미라가 자기를 혐오한다는 건 상상만 해도 끔찍했다. 가정을 유지하되 그녀의 연인으로 사는 게 최선이긴 하지만 결코 쉬운 일이 아니었다. 소이는 늘 자기에게 불만이 있는 듯했다.

현은 자기가 저주받은 자가당착에 빠진 것만 같았다. 겉으론 무표정하게 일상생활을 해나갔지만 밑에선 격렬한, 그러나 무기력한 전투가 벌어졌다. 사는 게 지겨웠다. 몸과 마음이 동맹이라도 맺은 듯 똑같이 무겁고 힘들었다. 산뜻한 기분으로 하루를 시작하던 때가 언제였는지 기억이 안 날 정도였다.

크리스마스 분위기가 조금씩 살아나기 시작하던 어느 날, P에게서 전화가 왔다. P가 현에게 광주에서 대학 동창회 모임이 있다고 꼭 참석하라고 했다. 현은 별로 내키지 않았지만 참석했다. 기분전환이 필요했다.

모임이 끝나 다들 흩어지자 P가 현의 소매를 끌며 수베에 가자고 했다. P는 무등산 쪽으로 들어가기 직전, 제과점에 들러 케익을 사더니 꽃집에 가 장미 꽃다발을 샀다. 현은 예감이 좋지 않았다. 역시나 오늘이 소이 생일이라고 P가 운전대를 잡으며 말했다. P의 광대뼈가 한껏 올라가 있었다. 어쩐지, 예감이 안 좋은 일은 애당초 시작하지 말았어야 했다. 현은 왜 이렇게 자기가 바보 같은지 알 수 없었다. 현은 볼멘소리로 물어보았다.

"왜 혼자 가지, 나를 끌어들이는 거냐?"

"야, 친구 좋다는 게 뭐야. 이럴 때 좀 도와주면 안 돼? 나 이번 겨울에 소이랑 여행 좀 같이 가고 싶은데 소이가 허락하질 않아. 뭐 여자가 나 같은 남자를 다 마다하는지 모르겠다. 카페 주인인 주제에 말이야, 안 그래? 넌 딱 봐도 모범생 같이 생겼잖아. 끼리끼리 논다고, 니 덕분에 나도 쓸데없이 여자 뒤꽁무니나 쫓아다니는 놈으로 보지 않을 거 아냐, 임마."

"너 그런 놈 맞잖아."

"야, 임마. 나도 이제 곧 사십이야. 이번 여행만 갔다 오면 참한 여자 만나 결혼해야지."

현은 속으로 역겨웠다. 당장 차에서 내리고 싶었지만 그럴 수 없었다.

두 사람은 수베에 도착했다. 한 쪽 구석, 크리스마스트리엔 큼지막한 미색 볼들이 은은한 빛을 내비추고 있었다. 열한 시가 다 돼 가고 있었다. P가 양손에 케익과 꽃다발을 들고 떠들썩하게 들어서자 모두들 자동적으로 고개를 돌려 우리를 쳐다봤다. 소이의 얼굴에 반가워하는 미소와 미간 주름이 거의 동시에 나타났다 사라졌다.

다른 손님들이 다 나가버리자 P가 소이에게 꽃다발을 공손히 바쳤다. P가 오늘은 자기가 서빙을 하겠다며 소이를 자리에 앉혔다. P가 주방 안으로 가버렸다. 어색하게 마주 앉은 현의 눈과 소이의 눈이 마주쳤다. 소이가 얼른 자기 시선을 거뒀다. 현의 가슴이 철렁했다.

소이의 앞치마를 걸쳐 입은 P가 금새 와인과 잔, 마른안주를 꺼내왔다. 카페 주인 같은 모습이었다. 소이가 어떻게 자기 생일인 줄 알았냐며 P를 보고 방긋 웃었다. 자기가 모르면 누가 아느냐, 자기는 소이에 대해 모르는 게 없다고 P가 너스레를 떨었다.

"이번 겨울엔 어디 갈 거야? 유럽?"

"아, 아니요. 이번엔 어디 동남아에 가서 며칠 조용히 있다 올까 해요. 여행 갔다 온 지도 얼마 안 되고, 또⋯⋯."

"또, 뭐?"

소이가 아무 말이 없자 P가 다급하게 물었다.

"그냥 마음이 복잡해서."

"이렇게 아름다운 여인도 고민이 있나? 난 이해가 안 되네. 예쁜 여자는 고민하면 안 돼요. 그건 인류의 죄악이야."

P가 뭐가 좋은지 혼자 웃어 젖혔다.

"뭐야, 뭐가 고민이야? 내가 해결해 줄게. 이참에 그냥 같이 여행 가는 게 어떨까, 소이."

현의 가슴이 덜커덩거리기 시작했다. 현은 자기가 왜 여기에 앉아 있는지 이해가 안 됐다.

"아, 아니요. 전 그냥 따뜻한 데 가서 수영이나 하고 책이나 보면서 있다가 올까 해요. 저 여행 혼자 가는 거 아시잖아요."

"아, 그런 데에 혼자 가면 위험할 텐데. 특히 소이 같은 여자는 안 돼. 혹시라도 보디가드가 필요하면 언제든 연락해, 소이. 알겠지?"

소이가 보일 듯 말 듯 고개를 끄덕이자 P가 새끼손가락을 내밀며 말했다.

"자, 약속."

소이가 헛웃음을 지으며 마지못해 자기 새끼손가락을 들어 P의 새끼손가락에 걸었다. 현은 속이 니글거렸다. 소이가 와인을 한 모금 마셨다. 현도 따라 들이켰다. 현의 잔이 빈 걸 보고 P가 와인 병을 들어 현의 잔에 와인을 따르고 자기 잔에도 따랐다. 정말 자기가 이 수베의 주인인 것 같았다.

"동남아시아라…… 아, 내가 좋은 데 하나 아는데. 소개해 줄게."

소이가 아름다운 속눈썹을 깜빡이며 P를 쳐다보았다. P는 요즘 핫한 곳이라며 베트남 푸꾸옥의 빈펄 리조트를 소개했다. 우리나라로 치면 제주도 같은 곳인데, 해변과 호텔 수영장이 바로 맞붙어 있고, 비치파라솔 아래 긴 의자에서 책 읽기에 딱 좋다고 말했다. 심심하면 툭툭 타고 워터파크나 아쿠아리움에도 갈 수 있고, 사파리까지 있어 며칠 쉬기는 그만이라는 것이었다. 비행기 시간도 다섯 시간이니까 유럽보다는 훨씬 가깝고, P가 덧붙였다. 역시 여행에 관한 한, 모르는 게 없는 P였다. 현은 빠져나오려는 긴 한숨을 집어삼켰다.

그날 세 사람은 와인을 제법 마셨다. 그리고 마지막에 가서는 아델의 음악을 틀어놓고 소이와 P가 춤까지 췄다. 물론 중도에서의 춤이나 얼마 전 하바나 음악에 맞춰 춘 춤과는 다르게 소이는 아주, 아주 최소한의 몸동작만 보여줬다. 하지만 아름다웠다. 현의 가슴이 새가 마구 쪼아대듯 아파왔다.

하루하루 현의 고민이 깊어갔다. 자기 앞에서 P와 스스럼없이 춤을 추던 소이가 괘씸했다. 아무 남자나 유혹을 하는 쉬운 여자가 아닌가, 의심됐다. 생각할수록 중도에서의 소이, 자유를 온몸으로 구가하던 소이의 이미지가 작은 카페에서 손님들에게 서비스를 제공하는 여자라는 것과 연결이 잘 되지 않았다. 현의 느낌대로라면 소이는, 천상의 자유를 현에게 소환해 주는 소이는, 한밤에 구질구질한 일상에 찌그러진 범부들의 시중이나 드는 그런 여자일 수 없었다.

이때 불쑥 소이가 자기가 생각하고 있는 그런 여자가 아닐지도 모른다는 생각이 현의 뇌리를 건드리고 지나갔다. 소이는 결코 자기가 겉만 보고 느낀 것처럼, 자기보다 한 차원 높은 자유를 숨 쉬고 있는 자가 아닐지 몰랐다. 실제의 소이는 녹록치 않은 현실 앞에서 한없이 위축되고 이리저리 방황하는 연약한 한 여인에 불과할지 몰랐다.

하지만 또 다른 한편으로 생각해 보면 소이의 입장이 이해되지 않는 것도 아니었다. 소이로서는 호감을 느껴 여행도 같이 갔지만, 가정이 있어 확실하게 자기를 챙겨주지 못하는 현이라는 남자나, 진정성이 별로 없어 보이는 P라는 남자 어느 누구에게도 온전히 자기 마음을 열어주기는 어려울 것 같았다. 소이의 눈빛이 아무리 초연해 보여도 소이 역시 사랑할 남자를 찾는 한 여인에 불과할지 몰랐다. 현은 너무나 당연한 이 사실을 자기가 그토록 쉽게 간과할 수 있었다니, 어이가 없었다.

그런데 황금빛 달빛 아래 빛나던 소이의 매끈한 나체를 떠올릴 때마다 현의 가슴에 걸리는 게 하나 있었다. '그때 왜 나는 옷을 벗지 못했을까', 하는 의문이었다. 그때마다 현은 마치 그 이유가 바로 그녀가 자기보다 한 층 더 높은 자유를 호흡하고 있어서이지 않을까, 하는 생각을 했었던 것 같았다.

현은 자기 속에 각인되어 있는, 소이의 이미지를 떨쳐내기가 결코 쉽지 않다는 것을 인정할 수밖에 없었다. 그것이 잘못된 망상에 불과한 것일지라도 소이에게로 달려가는 자기 마음을 어찌할 수 없을 것 같은 불길한 예감이 들었다. 아니, 어쩌면 자유의 화신으로서의 그녀의 이미지를 자기가 지켜주어야 할 것 같은 느낌마저 들었다.

또다시 현은 불안했다. 만약에, 만에 하나, 정말 P가 소이와 함께 여행을 떠난다면? P나 소이나 여행 마니아이지 않은가. 돈도 많고 여행도 할 줄 아는 P를 소이가 마다할 이유가 있을까? 유부남도 아닌 P를. 현은 소이를 놓치고 싶지 않았다. 최소한 P의 연인이 되는 것만은 막고 싶었다.

현은 자기 마음을 종잡을 수 없었다. 그러지 않아도 부실했던 장이 더 나빠져 살이 쭉쭉 빠져나갔다. 심신이 지쳐서인지 직장에서도 전에 없던 실수를 연발했다. 자기를 바라보는 직장 동료들의 눈동자가 싸늘하게 식어가는 모습을 발견하는 날이 잦아졌다.

거듭된 고민 끝에 결국 현은 소이와 해외여행을 가기로 마음먹었다. 여태 그런 적은 없었지만, 조금 무리를 해서 연차를 최대한 긁어모아 일주일 휴가를 내면 될 것이었다. 문제는 돈이었다. 소이가 유럽 여행에서 동남아시아 여행으로 바꾼 게 혹시 자기 주머니 사정을 생각해서 그런 게 아닌가, 하는 생각이 퍼뜩 들었다. 달리 방법이 없었다. 은행에서 오백만 원 정도 대출을 더 받는 수밖에 없었다. 앞으로 일 년 간 극도의 내핍 생활을 견뎌내면 감당할 수 있을 금액이었다. 다만 식구들과의 외식이나 딸내미를 위해 돈 한 푼 쓸 수 없다는 게 마음에 걸렸다.
현은 다음 날 바로 소이에게 달려가 함께 여행을 가자고 제안했다. 소이의 긴 속눈썹이 올라가면서 눈망울이 눈꺼풀 안에서 몇 번 숨바꼭질 했다. 소이의 눈망울 조리개가 서서히 풀어지면서 그 고운 눈망울에 주황색 조명 빛이 부드럽게 내려 앉았다. 현은 잔인하게 고문당해 왔던 소망이 오래 참아왔던 한숨을 길게 뿜어내는 모습을 보는 듯했다.

*

천안역에 도착하기 직전, 현은 토막잠에서 깨어났다. 옆에 있던 할머니가 부스럭거리면서 보따리를 챙겼다. 자리에서 힘겹게 일어난 할머니가 한쪽 손으로 자기 오른쪽 엉덩이 아래쪽을 툭툭 치면서 현의 앞을 지나갔다. 요즘 같은 세상에 보따리라니. 순간 현의 가슴 깊숙한 곳을 뭔가가 푹 찌르며 들어왔다. 갑자기 돌아가신 엄마가 생각났다. 늘 저런 보따리를 들고 다니던 엄마였다. 고관절이 안 좋아 오른쪽 엉덩이를 두들기는 모습도 똑같았다. 난데없이 엄마에 대한 그리움이 현을 집어삼켰다. 둘째 아들이자 막내인 현을 딸처럼 아끼던 엄마였다. 현의 코끝이 시큰했다.

현은 고개를 돌려 창밖을 바라보았다. 어느새 안개가 걷혔는지 창밖이 눈부시게 환했다. 빌딩들의 윤곽이 다 자로 그은 듯 선명했다. 이제 조금 있으면 용산역에 도착할 것이다. 현은 허리를 쭉 펴고 가방을 확인했다. 손을 들어 의자 등받이에 눌린 뒷머리를 가다듬는데, 문득 자기가 감당하기 어려운 일을 벌려 놓았다는 생각이 들었다. 급작스레 차가운 물을 뒤집어 쓴 듯 정신이 화들짝 깨어났다.

소이 역시 진정으로 자유로운 사람이 아니라, 자유롭고 싶어 하는 한 여인에 불과했다. 현은 자기가 현실이라는 중력에서 벗어나려 했지만, 결국 또 다른 현실, 더 무거운 중력의 자장 안에 들어가 있음을 깨달았다. 자유는 내 속에서 내가 찾아나가는 것이지, 다른 사람의 자유를 빌릴 수는 없는 것이었다.

하지만 그 모든 것을 되돌릴 힘이 있을까, 아직 현은 자신이 없었다.

현이 벨을 누른 순간, 딸 미라가 현관으로 한 걸음에 달려왔다. 미라가 현의 가슴팍에 와 안기더니 한 손에 든 A4 용지를 흔들며 말했다.

"아빠, 아빠. 우리 담 주말에 홍콩 가. 봐, 이게 비행기 표래."

어리둥절해 하는 현에게 아내가 다가와 코를 찡긋하며 말했다.

"여보, 나 이번에 돈 좀 벌었어. 우리도 해외여행 한번 가보자. 남들은 다 간다는데, 우리만 못 가니까 좀 그랬어. 어때, 놀랐지?"

우산

아들이 귀찮은 듯 전화를 빨리 끊었다. 여자는 너무 의외였다. 지금 오지 말고 저녁 먹고 천천히 오라니. 아까 5시경에 아들에게서 '엄마, 나한테 올 수 있어?'라는 메시지를 받았었다. 그래서 그때부터 정신없이 주문받은 김밥을 싸고, 식당 안을 정리하고 이제 막 시간을 낸 거였다. 여자는 맥이 탁 풀렸다. 아무리 생각해도 이상했다. 그 시간에 그런 문자를 보내다니. 회사에서 일찍 일을 끝내고 너무 피곤해 집에 와 잠이 들었던 걸까? 여자는 이제 어떻게 할까, 잠시 망설였다. 다시 식당에 갔다가 나올 일은 아니었다. 열 평밖에 안 되는 김밥집이지만, 아줌마들 눈치 보며 힘들게 나왔다. 어차피 아들 원룸이 있는 신사동 가로수길까지 가려면 시간이 제법 걸릴 테고, 도착할 때쯤이면 아들도 일어나서 저녁을 먹어야 하지 않을까, 싶었다. 여자는 그냥 아들 집 근처로 가야겠다고 마음먹었다. 비로소 거리 풍경이 여자의 두 눈에 들어왔다. 여자들의 옷소매가 길어져 있었다. 어느새 가을이 왔나, 마음이 스산했다.

며칠 전, 그러니까 아들이 스타트업 회사에 들어간 첫날, 아들은 전화해서 엄마, 아빠 덕분에 좋은 곳에 산다고 고맙다고 했다. 여자는 남편에게 그 말을 전하면서 흐뭇한 마음으로 잠자리에 들었었다. 사실 약간 무리를 해서 얻어준 원룸이었다. 아들이 생애 첫 입사하게 된 회사가 집에서 다니기에는 너무 멀었다. 여자는 좀 비싸더라도 회사에서 가까운 곳에 방을 얻어주자고 했고, 남편도 동의했다. 어차피 월급을 받을 거니까 월세를 첫 달만 내주는 셈이었다. 아들은 늘 강남에 살고 싶어 했다. 말이 씨가 된다고 아들이 드디어 강남에, 그것도 가로수길에 살게 된 것이었다.

여자는 마음이 편치 않았다. 오늘은 아들이 나흘 째 출근하는 날이었다. 다섯 시면 아직 퇴근할 시간이 아닐 텐데, 아까 아들이 보내온 문자가 자꾸 마음에 걸렸다. 첫 출근하고 며칠은 아무 문제가 없었다. 다만 어제 저녁 7시쯤 아들한테 걸려온 전화가 신경이 쓰였다. 아들이 회사에서 건 전화였다. 아들은 지금 회사에 자기 혼자라며, 다들 먼저 퇴근했다고 씩씩거렸다. 다음날 중간발표 해야 하는 일을 하고 있는데, 팀장이 자기가 하던 일까지 맡겨버리고는 바로 퇴근해 버렸다는 것이었다. 금방 끝낼 수 있을 거라는 말을 남기고서. 원래 예민한 애였다. 여자는 걱정이 됐다. 밤에 집에 돌아와 남편에게 얘기하자, 남편이 바로 아들에게 전화했다. 아들은 아무 말도 하기 싫다는 듯 빨리 전화를 끊었다. 그리고 오늘 아침 8시에 여자는 아들을 깨워줄 겸 전화를 걸었다. 다행히 아들의 전화 목소리는 나쁘지 않았다.

우산

여자는 신사중학교 정거장에서 버스에서 내렸다. 하마터면 정거장을 지나칠 뻔했다. 순간 가슴이 철렁했다. 어느새 비가 그쳐 있었다. 여자는 우산을 말아 한 손에 들었다. 여자가 신호등 앞에 서 있는데, 마침 아들한테서 전화가 왔다. 아들 목소리가 아까와는 달리 또렷했다. "어디야?" "응, 나 너희 집 근처. 아직 밥 안 먹었지?" "엄마는?" "응, 아직. 같이 먹자."

여자는 아들이 일러주는 대로 가로수길을 따라 걸었다. 럭셔리한 매장들 사이 보도블록과 도로가 오고가는 젊은이들과 차들로 빽빽이 차 있었다. 좀 걸었다 싶은 순간 휴대폰이 다시 울렸다. 여자는 얼른 손에 들고 있던 휴대폰 지갑을 열어 통화 쪽으로 화면을 밀었다. 그런데 이상하게 밀리지가 않았다. 손가락에 뭐가 묻었는가, 순간 의심을 했지만 그럴 리가 없었다. 신호음이 계속 울렸다. 여자는 한동안 제자리에 서서 계속 왼손, 오른손 손가락을 바꿔가며 밀어보았다. 아무리 해도 연결이 되지 않았다. 휴대폰 화면 위쪽을 보니까 배터리 표시에 실낱 같은 빨간 줄이 그어져 있었다. 배터리가 다 나간 것 같았다.

여자는 아들이 왜 엄마가 전화를 안 받나, 동동거릴 것 같아 애가 탔다. 주위를 둘러보았다. 저만치 앞쪽 건물에 아이폰 매장이 눈에 들어왔다. 여자는 부리나케 그 거대한 직육면체 공간 안으로 들어갔다. 직원으로 보이는 젊은 남자에게 다가가 미안하지만 배터리를 좀 충전하고 싶다고 말했다. 직원이 죄송한데, 여기는 배터리를 충전하는 곳이 아니라고 말했다. 여자의 마음이 다급했다. 여자가 급히 전화를 해야 한다고 하자, 테이블 앞에 앉아 있던 젊은 여자고객이 자기 휴대폰을 건네주며 쓰시라고 했다. 여자는 고마워하며, 아들에게 전화했다. 다행히 아들의 목소리가 차분했다. 조금만 짜증스러운 일이 있어도 성질을 버럭 내는 아인데. 여자는 휴대폰을 돌려주며 한숨을 내쉬었다. 바보같이 충전도 안 하고 갖고 나오다니. 어젯밤 충전하는 걸 깜빡했다. 요즘 들어 실수가 잦아지고 있었다.

며칠 만에 본 아들의 얼굴이 까칠했다. 수염이 짧게 올라왔고, 표정이 너무 어두웠다. 아들에게 무슨 일이 있는 게 분명했다. 여자의 등골에 냉기가 쫙 엉겨 붙는 것 같았다. 두 사람은 인파를 헤치며 걸었다. 사람이 너무 많아 옷자락이 마구 스쳤다. 뭐 하러 이걸, 걸리적거리게. 아들이 여자의 손에서 장우산을 뺏으며 말했다. 아들이 고개를 좌우로 돌리며 걸음을 옮겼다. 의외로 음식점이 별로 눈에 띄지 않았다. 여자는 밥 생각이 전혀 없었다. 다만 이 복잡한 거리를 빨리 벗어나고 싶었다. 이때 앞장 서 걷던 아들이 갑자기 걸음을 멈췄다. 여자가 그 옆에 와 서자, 아들이 말했다.

"나 오늘 출근 안 했어."

순간 여자의 심장이 철퍼덕 주저앉았다. 모든 생체 흐름이 일시에 정지하고, 신경회로가 엉켜버린 듯 아무 생각도 할 수 없었다. 두 사람 곁으로 많은 사람들이 스쳐지나갔다. 아들이 옆 골목으로 돌아들었다. 여자도 그 뒤를 따랐다. 다행히 거리가 조금 한산했다. 겨우 여자의 정신이 모아졌다. '아예 출근을 안 하다니. 벌써 마음을 접은 건가. 이렇게 빨리? 그럼 도대체 어쩌려고.'

회사 대표에게서 연락이 왔다는 아들의 말을 듣자마자 환하게 변하던 남편의 얼굴이 떠올랐다. 바보같이 너무 정직하게 기쁨을 드러낸 얼굴이었다. 하기야, 정말 오랫동안 기다려왔던 취직이었다. 이렇게 허무하게 무너질 줄은 생각도 못했다. 뭐 먹을까, 아들이 물었지만 여자는 아무 생각이 없었다. 아들도 뭘 먹어야 할지 모르는 것 같았다. 조금 더 걸어가자 아들 원룸을 구해 주었던 부동산 중개소가 보였다. 원룸을 구하러 돌아다니던 날, 남편은 자기도 하루 학원을 빼먹고 같이 돌아보자고 했지만 여자가 단호히 거절했었다. 공부를 시작한 지 얼마나 됐다고. 여자는 남편이 하루 빨리 공인중개사 자격증을 따기를 원했다. 삼 년 전, 정년퇴직한 남편은 퇴직금을 주식투자로 반 이상 날렸다. 올봄 부부는 중대한 결심을 했다. 여자는 김밥집을 차리고, 남편은 학원을 다니기 시작했다.

옆에서 아무 말 없이 시무룩하게 걷던 아들이 말을 툭 내뱉었다.

"여긴 내가 있을 곳이 아닌가 봐."

여자의 가슴에 통증이 왔다. 심장에 박혀 있던 가시 하나가 발딱 일어서는 것 같았다. 한때 여자의 가슴팍을 온통 헤집고 다니던. 그때도 아들은 이 말을 했었다. 엄마, 여긴 내가 있을 곳이 아닌가봐. 우여곡절 끝에 어렵사리 들어간 미국 대학을 2년 정도 다니던 아들이 한밤중에 전화해서 한 말이었다. 평소에 한국의 입시 위주 교육의 문제점을 성토하던 아들이 고3을 앞둔 어느 날, 미국으로 유학을 가겠다고 선언을 했다. 그 뒤, 참 지난한 과정이 시작되었다. 공부를 썩 잘 하지는 못했지만, 그리 못하지도 않았던 애였다. 갑자기 진로를 바꾸는 게 쉬운 일이 아니었다. 고3을 거의 형식적으로 마친 아들은 졸업을 하자마자 강남에 있는 SAT 학원을 다녔다. 나중엔 아예 뉴욕으로 건너가 SAT 시험 준비를 했다. 2년이란 세월을 보내고 아들이 비록 명문대는 아니지만 미국 대학에 버젓이 입학했을 때 여자는 남편의 품에 안겨 눈물을 흘렸다. 하지만 미국 대학은 졸업이 만만치 않은 곳이었다.

아들이 길가의 음식점 안으로 들어갔다. 독특한 향이 코끝에 와 닿았다. 동남아시아 음식 향료 냄새 같았다. 홀은 넓었지만, 다행히 사람이 많지 않았다. 두 사람은 구석진 자리에 가 마주 앉았다. 메뉴판을 보니 가격이 싸지 않았다. 어차피 오늘은 돈이 문제가 아니었다. 여자는 메뉴판 사진을 보고 아무 거나 골랐다. 아들이 다가온 종업원에게 주문을 했다. 여자는 고개를 돌려 창밖을 내다보았다.

"왜, 나 보기 싫어?"

아들이 퉁명스럽게 물었다. 여자는 얼른 고개를 돌려 아들을 쳐다보며 말했다.

"아, 아니."

"근데, 왜 날 안 쳐다봐."

"아니, 그냥."

아들이 불만에 가득 찬 얼굴로 여자를 힐끗 쳐다보았다. 여자는 물어보고 싶은 말이 너무 많아 뭐부터 물어봐야 할지 알 수 없었다. 한동안 두 사람은 아무 말도 하지 않았다. 잠시 뒤, 여자 앞에 음식이 나왔다. 차돌박이 고기 국물에 국수가 들어있는 음식이었다. 먹자, 그렇게 말했지만 여자는 국수를 몇 젓가락 들다 말았다. 처음엔 깨작거리던 아들은 고개를 숙이고 열심히 먹고 있었다. 여자는 느리게 국물을 떠먹었다. 아들은 아직 아무 말도 하지 않고 있었다. 여자가 먼저 입을 열었다.

"난 니 문자 받고 니가 오늘 좀 일찍 퇴근했나, 했다. 출퇴근이 좀 자유로운 곳이라 해서."

"……."

"중간발표 해야 한다며, 그건 다 한 거야?"

"아니."

아들이 시큰둥하게 말했다. 여자는 아들이 어떻게 저렇게 무책임하게 말을 할 수 있는지, 도무지 이해가 안 됐다. 찬물을 한 모금 마시며 끓어오르는 가슴을 다스렸다. 아들이 중간발표 해야 하는 게 너무 어렵다고 했던 게 생각났다. 여자가 차분하게 말했다.

"처음에 하려면 누구나 다 잘 모르잖아. 모르는 건 물어보면서 하면 되잖아."

"갑자기 팀장이 자기가 하던 일을 나한테 던지더라니까. 금방 할 수 있는 일이라며. 내가 자기 비선가? 개새끼."

여자가 용기를 내 말했다.

"그래도 넌 신입이니까, 하라는 대로 해야지."

"……."

"너, 오늘 출근 안 해서 회사에서 연락 안 왔어?"

"일요일에 나와서 일하래."

휴우, 여자의 어깨가 안도감으로 내려앉았다. 여자는 다시 젓가락을 들었다. 여전히 식욕이 나질 않았다. 숟가락을 들어 또 다시 국물만 몇 번 떠먹다 말았다. 아들은 얼굴을 그릇에 박고 부지런히 먹고 있었다. 여자는 아들이 다 먹을 때까지 기다렸다. 저렇게 잘 먹을 수 있다니, 여자는 마음이 헛헛했다. 식사를 끝내고 물을 마시고 난 아들의 얼굴이 다시 굳어졌다. 여자의 관자놀이가 다시 펄떡거렸다. 아들이 침을 뱉는 듯한 말투로 말했다.

"회사 같지도 않아, 직원도 적고."

그래서 어쩌자구, 그래서 안 다니겠다고? 여자는 차마 묻고 싶은 말을 입 밖에 내지 못했다. 잠시 둘 다 뜨악한 표정으로 앉아 있었다. 여자는 아들의 얼굴을 쳐다보았다. 여자 어깨 너머 벽 쪽으로 시선을 던진 아들의 작은 두 눈이 두어 번 깜빡거렸다. 여자는 그 눈 속을 읽어낼 수가 없었다. 여자가 계산을 하고 두 사람은 밖으로 나왔다. 어디로 가야 할지 몰라, 둘 다 잠시 식당 앞에 서 있었다. 아들이 말했다.

"날 괜히 뽑았다고 생각하겠지."

여자의 마음이 아려왔다. 알면서, 알면서 왜 그런 거야. 여자는 하고 싶은 말을 안으로 삼켰다. 아들이 나직이 말했다.

"하루 여덟 시간은 너무 힘들더라. 한 여섯 시간만 일하는 데 없나?"

우리나라에 여섯 시간 일하는 직장이 어디 있어?, 여자는 아들에게 면박을 주고 싶었지만 애써 참으며 말했다.

"한 두 시간만 더 버티면 되잖아…… 안 그래?"

"엄마가 한 자리에 앉아서 일을 안 해봐서 그래. 차라리 육체노동을 할까?"

"그건 더 힘들어. 한 시간도 버텨내기 힘들걸?"

"어디 갈까?" 아들이 말을 잘랐다.

"글쎄, 좀 걸을까?"

아들이 걸어왔던 길을 따라 걸음을 옮겼다. 여자도 나란히 걸었다. 그런데 음식점에 우산을 두고 온 게 생각났다. "아, 참. 우산." 여자가 다급하게 말했다. "에이, 씨!" 아들이 다시 음식점으로 방향을 틀면서 신경질적으로 반응했다.

여자는 말없이 아들이 가져온 우산을 받아들었다. 두 사람은 골목을 빠져나와 큰 도로로 나왔다. 여자는 아들을 따라 오른쪽으로 돌았다. 길가 거대한 상점들 입구마다 젊은이들이 떼 지어 밀려들고 밀려나오고 있었다. 여자는 방향을 알지 못했다. 아들의 뒤를 바짝 쫓았다. 조금 걸어가자 도로가 오른쪽으로 꺾여 있었다. 아들이 도로 끄트머리에 가 섰다. 90도 각도로 양쪽에 기다란 횡단보도가 있었다. 잠시 망설이던 아들이 길을 건너지 않고, 오른쪽으로 방향을 틀었다. 여자도 뒤를 따랐다. 길가엔 사무실 빌딩들이 쭉 이어져 있었다.

갑자기 50미터 전방이 온통 컴컴했다. 길이 끊어질 리는 없는데, 참 이상했다. 불빛이 하나도 없다는 게 너무 낯설었다. 방금까지만 해도 휘황찬란하고 시끌벅적한 거리였는데, 바로 그 곁에 이렇게 공활한 어둠이 딱 버티고 있다니. 여자는 무서움이 일었다. 더 이상 다가갈 수가 없어 제자리에 멈춰 섰다. 마치 한 치 앞을 내다볼 수 없는 자기 미래를 보는 것 같았다. 아들도 놀랐는지, 다시 돌아가자고 했다.

두 사람은 다시 가로수길로 들어섰다. 여자는 찻집을 찾아 두리번거렸다. 마침 오른쪽 샛길 입구, 건물 이층에 찻집이 보였다. 두 사람은 밀크티 광고판이 붙어 있는 건물 입구 안으로 들어섰다. 늦은 시각이라 안에 사람이 많지 않았다. 여자가 아무거나 시키라며, 카드를 아들에게 건네주고 구석진 자리에 가

앉았다. 여자의 맞은편 창가에 젊은 남자 둘이 환한 표정으로 서로 마주보고 이야기에 열을 올리고 있었다. 여자는 저들의 젊음이 부러웠다. 그리고 저들처럼 저토록 눈부신 젊음에 끼지 못한 아들이 안쓰러웠다. 주문한 차가 나오기까지 두 사람은 아무 말 하지 않았다. 여자가 따뜻한 로얄 밀크티를 한 모금 마시고나자 아들이 무겁게 입을 열었다.

"팀장이 다른 신입사원한텐 중요한 일을 맡기고, 나한텐 일 같지도 않은 일만 시켜."

여자는 혼란스러웠다. 아들이 자기가 관심도 없는, 힘든 일을 시켜 불만인 줄로만 알았었다. 여자가 빠르게 머리를 굴리며 말했다.

"앞으로도 계속 그러리라는 법은 없잖아. 다음번엔 어떨지 모르잖아."

"나를 무시하는 게 분명해. 똑같이 입사했는데 말이야."

여자는 답답했다. 아들이 여자의 말을 듣지 않고, 자기 감정에만 사로잡혀 있는 게 분명했다. 여자는 아들의 눈을 똑바로 직시하며 목소리에 힘을 실어 말했다.

"어차피 여기 오래 있지는 않을 거잖아. 이건 그냥 첫 시작일 뿐이니까. 그래도 여기에서 배운 게 나중에 너한테 분명히 도움이 될 걸."

여자의 눈길이 집요하게 아들의 눈동자를 쫓았다. 하지만 엄마의 시선을 비껴선, 아들의 눈동자는 움직일 줄 몰랐다. 아들이 말했다.

"아무리 생각해도 사람 차별하고 있어. 내가 그런 취급을 받아야

우산

하다니. 이래 봬도 미국 유학까지 갔다 온 사람인데 말이야."

아들이 말을 마치자마자 차가운 레몬에이드를 들이켰다. 여자는 '넌 제대로 졸업도 못하고 왔잖아' 하고 말하고 싶은 걸 꾹 참았다. 여자는 시원한 물이 생각났지만, 그냥 따뜻한 밀크티를 마셨다. 온몸이 나른해지면서 피곤이 몰려왔다. 여자는 애써 신경을 한곳에 모으며 말했다.

"아들, 이 세상에 첫술에 배부른 건 없어. 나중에 니가 진짜 하고 싶은 걸 하기 위한 준비과정이라고 생각해."

"아니, 나 내일도 회사에 안 갈 거 같애."

여자의 몸 안에서 뭔가가 뚝 끊어져 나갔다. 살짝 현기증이 일면서 눈앞 사물이 흐릿했다. 여자는 다시 용기를 끄집어내 말했다.

"아니, 그러지 말고. 이번 한번만 고비를 넘겨봐. 오래 다니란 말은 안 할 게. 그냥 이번 한 번만, 딱 한 번만 참아봐."

"팀장이 딱 내 뒤에 앉아 있어. 내가 무슨 일 하는지 다 감시하는 것 같아."

여전히 아들은 여자의 말을 듣지 않고 있었다. 여자는 뒷목이 뻣뻣하게 굳어지는 걸 느꼈다. 너, 그래서 도대체 어쩌자는 건데, 혼잣말이 여자의 가슴 안에서 소용돌이쳤다. 침묵이 이어졌다. 여자는 지금이 아주 중요한 순간이라는 걸 힘겹게 의식했다. 머리를 쥐어짜야만 했다. 여자가 말했다.

"아빠도 그러시더라. 회사에서 여덟 시간 동안 다 일하는 거 아니라고. 그냥 대여섯 시간만 일하면 된대. 그러니까, 지금은 시작이니까 그렇지, 점점 요령이 생길 거야. 짬짬이 휴식하는 방법이 있을걸, 아마. 엄마 봐, 하루 14시간 일하잖아."

"엄마도 힘들겠지. 그래도 엄마는 그냥 돈이나 받고, 마음대로 왔다 갔다 하고, 중간 중간 쉬는 시간도 많잖아. 힘든 건 아줌마들이 다 하고."

아들 입에서 아줌마라는 단어가 튀어나오자 여자는 자기가 식당에 전화하지 못한 게 기억났다. 지금 시간이면 이미 퇴근을 했을 시간이었다. 휴대폰 배터리가 나가 전화도 안 됐을 터였다. 애를 많이 태웠을 게 분명했다. 그러나 지금은 그게 문제가 아니었다.

"야, 임마. 니가 잘 몰라서 그렇지. 엄마가 그냥 돈만 받는 줄 알아? 엄마가 잔일은 다해. 아줌마들 비위는 또 얼마나 맞춰야 하는데. 그냥 쉽게 돈 버는 사람은 이 세상에 단 한 사람도 없다."

"일 같지도 않은 일만 계속 시키고, 겨우 해 가면 몇 번이고 고치라고나 하고. 아니면, 다들 하기 싫은 일이나 던져주고."

"처음이잖아. 며칠이나 됐다고. 아직은 잘 모르잖아."

"내가 그렇게 무시 받고 일하는데…… 엄만 그게 어떤 건지 모를 거야."

아들이 말을 마치고 입을 닫아버렸다. 여자는 아들이 여전히 자기 말을 듣지 않는다고 느꼈다. 누가 자기 숨구멍을 틀어막는 것처럼 답답했다. 아들이 아빠 안부를 물었다. 여자는 누가 누굴 걱정하는지, 아들이 역겹게 느껴졌다. 불과 몇 년 전에만 해도 떵떵거리는 중견기업 부장이었던 남편이었다. 남편을 떠올리자 여자의 가슴이 아파오면서, 온몸이 혼곤해 왔다. 간신히 부여잡고 있는 마음의 끈을 놓아버리고 싶은 심정이었다. 하지만 지금 이 순간이 우리 모두에게 너무 중요한 순간이었다. 여자는 비장한 마음으로 입을 열었다.

"어쨌든 내일 출근해. 엄마가 바라는 건 단 하나야. 이번 고비만 한번 넘겨봐."

아들은 아무 대답이 없었다. 오늘따라 아들의 얼굴색이 짙어 보였다. 원래 하얀 앤데, 조명 탓인지도 몰랐다. 여자는 너도 내일 출근해야 하고 나도 일찍 일어나야 하니까, 그만 가자며 자리에서 일어났다. 앉아 있는 게 너무 지겨웠다.

두 사람이 밖으로 나오자 비가 오고 있었다. 여자는 또 우산을 놓고 온 게 생각났다. "뭐야, 또! 씨." 아들이 다시 건물 안으로 올라가 우산을 갖고 내려왔다. 어느새 거리는 많이 어두워져 있었다. 길가 상점들마다 점원들이 부지런히 문 닫을 준비를 하고 있었다. 여자는 갑자기 어떻게 집에 가야 하나, 생각이 나지 않았다. 겨우 버스정류장 쪽으로 걸어가야겠다고 생각해냈을 때 택시 한 대가 보였다. 모범택시였다. 여자는 타고 싶지 않았다. 아들이 그냥 타라고 했다. 여자도 너무 기운이 없어 그냥 모범택시 안에 몸을 실었다. 알고 보니 모범택시 가격이 일반 택시에 비해 30퍼센트 정도만 비쌌다. 다행이라고 생각하는데, 여자의 가슴이 옥죄어오면서 점점 숨쉬기가 어려웠다. 여자는 가슴을 주먹으로 몇 대 쳤다.

'개새끼, 늙은 엄마도 이렇게 고생하는데 젊디 젊은 놈이, 나쁜 놈.'

여자는 머리를 뒤에 기대고 눈을 감았다. 아들은 미국에서 돌아오자마자 한국 대학에 들어가기 위해 입시학원을 다시 다녔다.

대학을 졸업하고는 로스쿨에 들어간다며 또 로스쿨학원을 일 년 다녔다. 서울에서 제일 먼 대학 로스쿨에 간신히 입학했지만, 법 공부를 안 했던 애라 공부하기가 쉽지 않았다. 그래도 변호사 자격증이라도 있으면 평생 든든할 것만 같았는데, 아들은 변호사 자격시험에서 계속 떨어졌다. 결국 재작년에 깨끗이 포기하고 취업을 준비했다. 서류를 내는 족족 떨어졌다. 그러다가 이번에 처음으로 취업을 한 거였다. 아들 뒷바라지에 노년을 위해 모아둔 돈도 거의 다 거덜이 났다.

다음 날, 금요일 아침에 여자는 식당에 조금 늦게 출근했다. 주문할 게 많았다. 주문할 때마다 자꾸 하나씩 빼먹어 다시 전화해야 했다. 오이와 당근, 우엉을 썰어 김밥 재료를 준비하는데, 여자의 가슴이 계속 두근거렸다. 오늘 아들이 출근했을까, 하는 생각이 일분이 멀다하고 여자를 괴롭혔다. 그래도 아침 여덟 시에 아들을 깨워줄 겸 전화했을 때 아들의 목소리는 나쁘지 않았다. 여자는 너무 두려워 출근이라는 말도 꺼내지 못하고 전화를 끊었다. 남편도 조금 안심하는 듯했다. 남편은 아까 여자를 식당 앞에 내려주면서 아들에게서 연락이 오면 바로 전화하라고 당부했다. 하지만 점심시간이 지나도 아들에게서 아무런 연락이 오지 않았다. 여자는 최대한 신경을 쓰지 않으려고 노력했다. 오후 5시가 지났다. 아직까지 아무 연락이 없었다. 남편 전화만 한 번 왔다. 여자는 가슴에 압박붕대를 감은 것처럼 답답했다. 그래도 끝까지 아들에게 전화하지 않았다.

여자는 9시에 퇴근하고 집에 왔다. 현관에서 번호 키 누르는 소리가 들리자마자 남편이 총알같이 여자에게 다가왔다. 남편이 다급하게 물었다. "아직, 아무 소식 없어?" "응."

두 사람은 나란히 소파에 앉았다. 남편의 눈썹이 한껏 위로 당겨졌다. 신경이 예민해질 때마다 나오는 남편의 표정이었다. 남편이 거실 테이블 위에 놓여 있는 휴대폰을 들어 조심스레 아들에게 전화했다. 여자의 목줄이 조여 왔다. 갑자기 남편의 목소리가 커졌다.

"갔다고? 회사 갔어?"

남편이 고개를 돌려 여자의 얼굴을 쳐다보았다. 남편의 눈동자가 있는 대로 벌어졌다.

"그래, 애썼다. 그럼 편히 쉬어라."

전화를 끊자마자 남편이 자리에서 벌떡 일어났다. 한 발자국 앞으로 떼던 남편이 갑자기 멈춰 서서 고개를 돌렸다. 불안한 얼굴로 여자에게 물었다.

"혹시, 얘가 거짓말을 한 건 아니겠지?"

여자가 단호하게 말했다.

"어, 아닐 거야. 걔 거짓말은 안 해."

"나가자, 나가서 맥주라도 한 잔 하자."

두 사람은 아파트 입구에 있는 슈퍼마켓, 파라솔 앞에 마주 앉았다. 남편이 여자의 종이컵에 맥주를 넘치게 따랐다. 여자는 아들이 어제 자기가 한 말을 들어준 게 너무 고마웠다.

다음 날, 오후 5시쯤 남편이 식당 문을 열고 들어왔다. 이 시간에 와서 식당 문 닫을 때까지 도와주는 게 토요일마다 남편이 하는 일과였다. 남편의 얼굴이 잔뜩 긴장해 있었다. 남편이 다급하게 여자에게 물었다.

"전화 왔어?"

"아니, 아직. 이상하네, 아직까지 퇴근 안 했을 것 같진 않은데. 내가 두 번이나 전화했어. 그때마다 뚝 끊고 '나중에' 하고 문자 보냈어. 일이 아직 안 끝났나?"

여자가 남편을 쳐다보며 말했다. 남편이 고개를 갸우뚱하며 그래? 하고 말했다.

손님들이 들어왔다. 남편이 굳은 얼굴로 테이블 서빙을 했다. 금방 여섯 시가 됐다. 벽시계를 흘긋 올려다보던 남편이 여자에게 말했다.

"내가 지금 한 번 걸어볼게."

남편이 구석으로 걸어가 전화를 걸었다. 웬일로 아들이 전화를 받았다. 여자가 한쪽 귀를 남편의 휴대폰 쪽에 바짝 갖다 댔다. "어디야?" "집이요." "일 끝났어?" "네." "그럼, 됐다. 편히 쉬어라." 남편이 쫓기듯 전화를 끊었다. 남편의 입꼬리가 귀에 가 걸렸다. 오늘은 남편이 한 달에 한 번 있는, 동기들과 모임이 있는 날이었다. 자식이 취직하면 무조건 술을 사게 되어있는 모임이었다. 여자는 남편의 뒤를 따라 식당 밖으로 나왔다. 남편이 씩 웃으며 말했다.

"다행이네. 이제 당신도 걱정하지 마."

토요일 저녁 식당 일은 비교적 한가했다. 여자는 조금 일찍 식당 문을 닫았다. 온몸이 욱신거렸다. 어서 집에 가서 샤워라도 하고 푹 쉬고 싶었다. 몰랐는데 비가 오고 있었다. 여자는 우산을 쓰고 지하철을 향해 걸었다. 지하철 입구에 막 들어서려는 순간, 여자는 걸음을 멈췄다. 아까부터 안에서 뭔가 이물질 같은 것이 계속 쑤석거렸다. 불길한 예감이 먹물처럼 번져나갔다. 여자는 가방을 뒤져 휴대폰을 꺼냈다. 마음을 진정시키며 아들에게 전화했다. 한동안 신호음만 울렸다. 전화를 받은 아들의 목소리가 잔뜩 잠겨 있었다. 여자가 잠시 머뭇거리다가 한 마디 내뱉었다.

"정우야, 너 오늘 회사 갔지?"

"으응, 왜?"

순간 여자의 뇌리에 아들이 출근했다면, 점심시간에 자기에게 전화하지 않을 리가 없다는 확신이 들었다. 짜증을 내기 위해서든, 자랑을 하기 위해서든, 잠깐 머리를 쉬기 위해서든.

"그런데 왜 낮에 전화 안 했어?"

아들이 아무 말도 하지 못했다. 잠시 정적이 오고갔다. 여자의 심장 박동이 빨라졌다. 여자가 다시 물었다.

"팀장이 일요일에 나와서 일하라고 했다며? 근데 오늘도 나가서 일한 거야?"

아들이 계속 침묵을 지켰다. 짧은 순간, 여자의 머릿속에 온갖 상념들이 팔딱거렸다. 여자는 겨우 용기를 끄집어내 물었다.

"그럼, 어떻게 워, 월요일에 출근할 거니?"

"아, 아니. 나, 그만 다닐려고."

"뭐?"

"엄마, 미안해."

"너, 너. 저, 정말…… 아, 알았다."

지퍼를 여는 여자의 손이 마구 떨렸다. 휴대폰을 가방에 넣는데 휴대폰이 바닥에 떨어졌다. 갑자기 세상이 한 걸음 뒤로 물러나더니 검은 물결이 일렁였다. 여자는 그 거센 흐름에 밀려 그대로 나뒹굴어질 것만 같았다. 겨우 휴대폰을 집어 일어나는데 현기증으로 몸이 휘우뚱했다. 여자는 옆 난간 손잡이를 꽉 잡았다. 막혔던 숨을 고르며 잠시 그대로 서 있었다. 비오는 날, 지하철 입구가 몹시 혼잡했다. 아무래도 이대로 집에 갈 순 없었다. 여자는 접었던 우산을 다시 펼쳤다. 밤거리를 걷기 시작했다. 비가 내리는 세상은 온통 칙칙하고, 길바닥은 번들거렸다. 어디선가 바람이 불어왔다. 가로수 나뭇잎들이 가을비와 함께 무너져 내렸다. 여자의 마음이 마구 소용돌이치며 길바닥 위를 나뒹굴었다.

여자는 우산을 쓴 채 무작정 길을 따라 걸었다. 얼마나 걸었는지, 지하철 몇 정거장을 지나쳤는지, 아무 생각도, 아무 느낌도 없었다. 정신을 차리고 보니, 그새 빗줄기가 드세져 있었다. 바람도 제법 불었다. 아들이 아빠한테 거짓말을 한 게 분명했다. 원래 거짓말은 안 하는 애였다. 얼마나 아빠한테 미안했으면 그랬을까, 여자의 마음이 저려오면서, 이젠 거짓말까지 한다는 사실에 분노가 치솟았다. 아까 낮에 아들과 전화하고 좋아 어쩔 줄 몰라 하던 남편의 얼굴이 떠올랐다. 남편하고 자기 자신 모두 측은하면서도 혐오스러웠다. 여자의 마음이 마구 롤러코스터를 탔다.

여자는 지금껏 아들에게 하고 싶은 말을 다 하지 못하며 살아왔다. 마음 다치지 않게, 자존심 상하지 않게. 정성을 다해 귀한 인물로 길러 내고 싶었다. 젊었을 적엔 우리 세 식구 모두 제법 그럴싸하게 보였었다. 미래엔 뭔가 더 좋은 일들이 기다리고 있을 거라고 생각하면서 살아왔다. 귀하게 기르면 귀한 사람이 될 줄 알았다. 그랬는데, 이 모든 게 다 헛된 짓이라니. 여자는 속으로 중얼거렸다. 그 놈은 별것도 아닌 일 갖고 불만만 늘어놓고, 자기 앞가림도 못한다. 나이가 몇인데. 엄마, 아빠가 기를 쓰고 산다는 걸 두 눈으로 똑똑히 본 놈이 할 짓은 아니다.

갑자기 세찬 비바람이 불었다. 순식간에 우산이 뒤집혔다. 휙 날아가려는 우산을 여자가 겨우 붙잡았다. 우산을 다시 접었다 펴는데 우산살이 하나 부러져 있었다. 비가 제법 많이 내리고 있었다. 여자는 다리가 저려왔다. 어깨도 으슬으슬 추웠다. 여자는 자리에 멈춰 서 주위를 둘러보았다. 20미터 전방에 한 분식집이 눈에 들어왔다. 자석에 끌리듯 그 앞으로 다가갔다. 유리창 안으로 허리가 잔뜩 굽은 할머니가 엉덩이를 뒤로 쭉 뺀 채 떡볶이를 국자로 뒤적거리고 있었다. 그 옆엔 어깨가 구부정한, 백발의 할아버지가 설거지를 하고 있었다. 여자는 춥고 배고팠다. 문을 열고 들어갔다. 살이 부러진 우산을 입구에 세워두고 안으로 들어갔다. 떡볶이를 시켰다. 주문을 받는 할아버지의 얼굴에 피곤이 가득했다. 할아버지가 힘겹게 접시를 내밀어 할머니에게 건네주자, 할머니가 느릿느릿 접시 안에 떡볶이를 담았다. 그들의 동작이 서로 짝이 잘 맞았다. 떡볶이는 아주 맛이 있었다. 여자는 두 노인네가 이 정도 맛을 낼 수 있다는 게 경탄스러웠다. 여자의 눈에서 눈물이 찔끔 나왔다. 여자는 술이 생각났다. 소주를 주문했다. 술을 마시면서 언제까지 두 분이 이 일을 할 수 있을까, 하는 생각을 해봤다. 어쩌면 먼 훗날 자기도 남편과 함께 이 일을 하고 있을지 몰랐다. 딱 십 년만 고생하자, 그 다음엔 함께 여행이나 다니자던 남편의 얼굴을 떠올리며 여자는 소주를 한 잔 더 따랐다. 이때 휴대폰 문자 오는 소리가 들렸다. 여자는 가방에서 휴대폰을

꺼내 화면을 보았다. '여보, 뭐해? 빨리 오지 않고. 당신 좋아하는 고구마 케이크 사왔는데.'

여자는 분식집 문을 열고 나왔다. 어느새 빗줄기가 가늘어져 있었다. 술기운이 올라왔다. 택시를 타야겠다고 생각했다. 몇 걸음 옮기던 여자가 멈칫 제자리에 멈춰 섰다. 여자는 다시 몸을 돌려 분식점으로 향했다. 분식점 입구에 쓰러져 있는, 망가진 우산을 챙겨 들었다. 여자는 한숨을 길게 내쉬며 힘겹게 문을 열고 나왔다. 취기에 비틀거리는 걸음을 재촉했다.

진눈깨비

쾅, 쾅, 쾅.

가방을 싸는데 노크 소리 같지 않은 소리가 세 번 크게 울렸다. 깜짝 놀란 혜선은 이 시간에 올 만한 사람이 없는데, 의아했다. 박 교수였다. 덩치가 좋은 박 교수의 불그레한 사각 얼굴이 돌덩어리처럼 잔뜩 굳어있었다. 순간 무슨 일이 있구나, 하는 예감이 혜선의 뇌리를 송곳처럼 뚫고 지나갔다. 혜선이 애써 옅은 미소를 띠며 인사하는데, 박 교수가 눈인사도 없이 성큼성큼 안으로 들어왔다. 테이블 근처에 와 다리를 쩍 벌리고 서더니, 거친 손동작으로 넥타이의 매듭을 풀어 헤쳤다. 박 교수의 크고 떡 벌어진 상체에서 뭐라고 말하기 어려운 독기가 쌩, 하니 뿜어져 나왔다. 혜선의 뒷목이 쭈뼛 곤두섰다. 앉으세요, 혜선은 부드러운 자기 목소리를 의식하며 소파를 향해 걸음을 옮겼다. 박 교수는 소파에 앉지 않았다. 혜선도 앉을 수가 없었다. 박 교수가 양복

단추를 풀어 앞자락을 뒤로 휙, 젖히더니 두 손을 허리에 걸치고 큰 소리로 말했다.

"야, 쌍년아!"

혜선은 어안이 벙벙해서 무슨 말인지 알아들을 수가 없었다. 갑자기 주위가 흐릿 뭉개지면서 빙그르르 도는 듯했다. 혜선은 심한 현기증을 느꼈다.

"이제 그만 해쳐먹고 그만 둬!"

온 몸에서 힘이 쭉 빠져나가 혜선은 그대로 소파 위에 털썩 주저앉았다. 혜선은 아무 말도 할 수가 없었다. 근육이 몽땅 달라붙은 듯 꼼짝달싹 할 수가 없었다. 병든 병아리처럼 꺾여버린 혜선의 머리 위로 박 교수의 목소리가 천둥처럼 내리쳤다.

"강의, 강의 그만 두란 말야! 나이를 그렇게 쳐 먹어가지고……."

박 교수의 입에서 튀어 나온 침이 숨 쉬기 어려워 헐떡거리는 혜선의 어깨 위로 떨어졌다. 혜선의 가슴이 벌렁거리면서 두 손이 부들부들 떨려오기 시작했다. 혜선은 어찌할 바를 몰랐다.

"그럼 이제 강의 그만 두는 걸로 알겠어, 알겠지! 개 같은 년!"

박 교수가 바닥에 침을 탁 뱉고 그대로 나가버렸다. 눈앞이 가뭇하더니 혜선의 머리가 그대로 의자 등받이 위로 쓰러졌다.

혜선의 정신이 흐릿하게 돌아왔다. 잠시 가슴에 손을 얹고 숨을 몰아쉬는데 목이 탔다. 물을 마시러 자리에서 일어나려는데 무릎이 지탱을 못해 혜선은 그만 제자리에 다시 주저앉았다. 숨이 가빠왔다. 이대로 꼭 죽을 것만 같았다. 의자 등받이에 머리를 기대 숨을 몰아쉬었다. 저절로 눈꺼풀이 내려왔다.

혜선이 다시 눈을 떴을 땐 온 주위가 다 고요했다. 창밖도 어스름하니 해가 진 것 같았다. 혜선은 억지로 정신을 모아 생각을 좀 해보려 애썼다. 이 꼴로는 도저히 집에 들어갈 수 없었다. 노모가 보면 무슨 일이 일어났구나, 눈치 채지 않을 리가 없었다. 혜선은 겨우 자리에서 일어나 물을 한 모금 마시고 휴대폰을 들었다. 오늘 학교에 갑자기 일이 생겨 내일 집에 들어간다고 말했다. 저녁하고 내일 아침은 그냥 미역국을 덥혀 드시라고 말하곤 휴대폰을 내려놓았다. 국을 넉넉히 만들어 놓은 게 천만다행이었다. 혜선의 두 뺨 위로 뜨거운 눈물이 흘러내렸다. 혜선은 가방을 챙겨 비척비척 밖으로 나왔다.

혜선은 차를 몰아 학교에서 제일 가까운 개인병원에 갔다. 입원 수속을 마치고, 침대 위에서 링거 주사를 맞으며 잠에 빠져들었다. 얼마나 지났을까, 혜선은 간호사의 인기척에 잠에서 깼다. 간호사가 수액걸이에서 링거 병을 빼내 나가자 혜선의 의식이 서서히 돌아왔다. 크레졸 냄새가 진동하는 어둑한 병실 안, 새벽 2시였다. 혜선은 힘겹게 일어나 화장실에 갔다가 물을 한 모금 마시고 다시 침대 위에 누웠다. 쌍년! 아까 박 교수가 내뱉은 이 단어가 혜선의 가슴팍에 망치로 못질 하듯 내리쳤다. 평생 들어보지 못한 말이었다. 어떻게 이런 일이 있을 수 있는지. 잘못 처방된 극약을 먹은 듯 몸 안에서 무언가가 격렬하게 뒤틀렸다. 이제 차분히 생각을 모아야 한다, 도대체 무슨 일이 일어났는지 정리해 보아야 한다. 혜선은 자동인형처럼 자꾸 뇌까렸다.

2년 전, 학교에 거세게 불어 닥쳤던 과통폐합 바람이 생각났다. 당시 기획처장으로 있었던 박 교수는 정부의 정책 방향에

적극적으로 부응함으로써 대학지원금을 더 많이 따내려는 재단의 구조조정 요구를 진두지휘했었다. 졸지에 자기가 다니던 과가 없어지게 된 학생들이 연일 반대시위를 하고, 해당학과 교수 두 명이 사표까지 제출했었다. 이렇게 기초학문을 경시하고, 대학을 취직학원으로 몰고 가는, 근시안적인 교육방침에 대한 항의문에 혜선도 서명을 했었다. 그러나 거기까지였다. 혜선은 그 이상의 적극적 반대운동을 하지 못했었다. 당시에 혜선은 노모가 무릎관절 수술을 받느라 매일 대학병원을 출퇴근하다시피 했었다. 그때 학교를 그만두었던 곽 교수가 작년에 암으로 사망해 장례식장에 갔던 기억이 지금도 생생했다. 혜선은 당시에 박 교수를 엄청 혐오했지만, 박 교수에 반대하는 행동을 실제로 한 기억은 없었다. 혜선은 자기 자신이 혐오스러웠다. 특별히 가까이 지내는 교수들도 별로 없고, 든든한 남편도 없이 노모뿐인 자신을 박 교수가 완전 개무시하리라는 건 충분히 예상할 수 있는 일이었다. 그렇다고 마냥 이러고만 있을 수는 없었다. 이대로 물러나는 건 자신에게도 불명예이지만, 객관적으로도 허용될 수 없는 일이었다. 시정잡배들 사이에서도 일어나선 안 될 일이 최고 교육의 전당에서 일어나면 안 되는 것이다. 병원에서 퇴원하고 오늘 오후엔 이 교수의 집 앞에 찾아가서 이 교수를 만나야 한다. 현재 우리 과에서 제일 나이가 많은 이 교수는 정년이 얼마 남지 않은, 혜선과는 지금까지 좋은 파트너십을 이어온 교수였다.

노모의 임플란트 재수술은 8년 전에 했던 첫 수술보다 몇 배는 더 끔찍했다. 문제의 왼쪽 위 어금니 양쪽 잇몸 뼈가 부족하여 아래턱에서 뼈를 채취하여 뼈 이식을 하는 시술이었다. 혜선은 밖에서 시술이 끝나길 기다렸다. 혜선의 두 귓속으로 노모의 실뱀처럼 가느다란 신음소리가 쇠꼬챙이처럼 파고들었다. 혜선은 두 팔로 가슴을 감싼 채 고개를 푹 숙였다. 근육이 다 빠져나간, 쪼그라든 체구에서 삐어져 나오는 노모의 앓는 소리가 비어져 나올 때마다 혜선의 웅크린 어깨가 움찔거렸다.

혜선이 이 교수를 만나고 온 다음날 아침, 엎친 데 덮친 격으로 밥을 먹던 중에 노모의 임플란트 이빨이 빠졌다. 처음에 노모는 빠져버린 이빨을 감추려고 했다. 딸에게 미안해서 어쩔 줄 몰라 하는 노모의 얼굴을 보고 있자니 혜선의 가슴이 저려왔다. 어금니라 그냥 지나칠 수 없었다. 토요일이라 서둘러야 했다. 혜선은 노모를 모시고 전에 임플란트 수술을 받았던 동네치과에 들렀다. 놀랍게도 치과병원 간판이 바뀌고, 병원 외관이 완전히 달라져 있었다. 집 근처에 있는 병원인데 언제 공사했는지도 몰랐다는 게 이상했다. 안으로 들어가 보니 벽과 바닥이 모두 대리석으로 마감돼 있었고, 소파도 널찍한 고급 가죽소파로 쾌적하게 배치되어 있었다. 혜선은 이 정도 인테리어면 상당히 돈이 들었을 텐데, 그 돈은 언제 다 뽑을까, 쓸데없는 걱정을 하며 차례를 기다렸다. 아니나 다를까 의사가 바뀌어 있었다. 새파랗게 젊은 의사였다. 노모의 치아 상태를 보고 난 의사가 아무래도 임플란트 재수술을 하는 게 나을 것 같다고 말했다. 혜선이 구십을 바라보는 나이에 괜찮겠냐고 묻자, 치아가 나이에 비해 아주 건강하기 때문에 가능하다고 말했다. 혜선은 한번 생각해 보겠다고 말하고 병원을 나왔다. 그날 저녁 밥을 먹으며 혜선이 노모의 의사를 타진해

보았더니 노모는 임플란트 재수술을 마다하지 않는 눈치였다. 혜선은 속으로 깜짝 놀랐다. 하지만 건강엔 그저 식사를 잘 하는 게 제일 중요한 일이기에 노모의 삶에 대한 의지가 고맙기도 했다. 혜선은 다만 노모가 너무 고생하지 않기만을 속으로 바랐다.

노모의 신음소리가 끊길 듯 끊기지 않고 계속 이어졌다. 혜선의 이마에 진땀이 나면서 두 손을 맞잡은 손바닥이 꿉꿉했다. 혜선은 5년 전, 처음 임플란트 시술을 했던 함 원장에 대해 맹렬한 분노를 느꼈다. 왜 이 나이에 이 고생을 해야 한단 말인가. 임플란트를 한번 하고 나면 2, 30년은 간다고 했던 말이 생각났다. 마치 함 원장이 우리를 피해 멀리 도망간 것처럼 느껴졌다. 세상 끝에라도 찾아가서 멱살이라도 잡고 싶은 심정이었다. 더 이상 노모의 신음소리를 견딜 수 없어 혜선은 의자에서 벌떡 일어났다. 신기하게도 소리가 잦아들었다. 드디어 영원히 끝나지 않을 것만 같았던 고문이 끝이 났다. 혜선은 너무 지쳐 일어나지도 못하는 노모를 잠시 그대로 놔두고, 의사를 만났다. 젊은 의사는 골 이식 성공 여부는 5, 6개월 지나야 알 수 있다며 일단 며칠 후에 실밥을 제거하러 오라고 했다. 덧붙여 극히 사무적인 말투로 유동식 위주의 식사와 반대쪽 이빨을 주로 사용할 것을 권했다. 아니, 수술의 성공 여부가 불확실하다니, 혜선은 너무 기가 찼다. 순간 젊은 의사가 어떻게든 수술을 받게 하기 위해 일부러 재수술 과정을 자세히 알려주지 않은 것 같은 생각이 들었다. 혜선은 요즘 학교 문제로 너무 정신이 없어 시술 과정에 대해 좀 더 꼼꼼하게 물어보지 않은 자신에게 너무 화가 났다. 노인에게 이렇게 모질게 힘든, 게다가 불확실한 시술을 권한 의사의 면상을 한 대 갈겨주고 싶은 마음을 참느라 몹시 힘이 들었다. 반송장이 되어 거의 기다시피 걸음을 옮기는 노모를 부축하여 치과를 겨우 빠져나왔다.

오전 수업이 다 끝나도록 이 교수에게선 아무 연락도 오지 않았다. 혜선은 점심을 먹자마자 바로 연구실에 들어와 노모에게 전화를 했다. 노모가 귀까지 어두워졌는지, 혜선의 말을 잘 알아듣지 못했다. 혜선은 점심 드셨냐는 얘기를 전달하기 위해 소리를 몇 번이나 크게 내질러야 했다. 노모의 목소리가 너무 작아 알아듣는 데도 애를 먹었다. 혜선은 이 교수가 언제 올지 몰라 전화를 빨리 끊었다. 휴우, 이제 전화하는 것도 쉽지 않은 일이 되어버린 것 같았다. 이게 다 임플란트 재수술 후유증 때문일 것이었다. 나이에 어울리지 않을 정도로 밝고 낭랑하던 노모의 목소리가 어디로 가버렸는지. 몸 안에 내장이라도 하나 사라진 듯한 상실감에 혜선은 잠시 망연했다. 혜선은 다시 초조한 마음으로 이 교수를 기다렸다. 생각해 보니 이 교수와는 좋은 기억이 많았다. 이 교수가 이 학교에 자리 잡을 당시엔 영문과에 교수가 네 명 밖에 없었다. 그땐 과교수들과 조교, 대학원생들 모두 서로서로 참 가깝게 지냈었다. 이 교수와는 학회에도 같이 다니고, 세미나도 함께 개최하곤 했었다. 노총각이었던 이 교수가 장가를 가 집들이를 하던 날, 새댁이었던 예쁘장한 부인이 작은 아파트에 상다리가 부러질 정도로 정성스레 상을 차려 과식구들을 모두 초대했었다. 지금은 다 지나간 이야기였다. 대학의 규모가 커지면서 이런 분위기는 사라진 지 이미 오래다. 오후 수업 시간이

다 되어 가는데도 이 교수한테서 연락이 없었다. 혜선은 좀 한가한 시간에 오려나 보다 생각하며 뽀글뽀글 올라오는 불안을 눌렀다. 원래 고아한 인품에 느긋한 성격의 사람이었다.

오후 수업은 유난히 힘들었다. 혜선은 조금 일찍 수업을 마쳤다. 이상한 기류를 느꼈는지 머뭇거리는 대학원생들에게 몸이 좀 안 좋다고 말하곤 이 교수를 차분하게 기다렸다. 기다리는 것 말고는 다른 아무것도 할 수가 없었다. 한 시간이나 지났는데 개미 한 마리 오지 않고, 이 교수에게선 전화 한 통화도 없었다. 혜선은 하는 수 없이 이 교수에게 전화했다. 아, 참, 깜빡했네요, 바로 가겠습니다. 이 교수가 금방 전화를 끊었다. 혜선은 맥이 확 풀렸다. 어떻게 깜빡할 수 있나, 어처구니가 없었지만 만나보면 알 것이었다. 10분도 채 안 돼 노크소리가 났다.

숨을 몰아쉬며 문을 열고 들어온 이 교수의 낯빛이 칙칙하고 어두웠다. 아까 전화 목소리와 다르게 큰 근심이라도 있는 사람 같았다. 조바심치던 심장이 제 박자를 찾아나가는 걸 느끼며 혜선은 따뜻한 녹차 두 잔을 테이블 위에 올려놓았다. 이 교수가 서름서름한 표정으로 입을 열었다.

"그동안 자주 찾아 뵀어야 했는데, 죄송합니다."

"무슨 말씀을…… 다들 바쁘신데요."

잔을 들어 녹차를 마시는 이 교수의 양미간 근육이 살짝 삼각형 모양으로 올라왔다. 찻잔을 내려놓고 자세를 바로 고치고 난 이 교수가 혜선을 똑바로 보지 못하며 말했다.

"뭐라고 말씀드려야 할 지 모르겠습니다. 며칠 동안 교수님들 한 분 한 분을 만나 얘기해 봤는데……."

혜선은 침을 꼴까닥 삼키며 이 교수의 말에 주의를 집중했다.

"다들 안타까워하면서도 막상, 막상 액션을 취하려고 하질 않더라구요."

혜선은 누군가 엄청난 무게로 명치께를 내리누르는 듯 통증이 느껴졌다. 그리곤 호흡이 원활치 않으면서 머릿속 기능이 하나씩 마비되어 갔다. 이 교수가 죄지은 사람처럼 머리를 푹 숙인 채 미동도 않고 앉아 있었다. 이 교수의 정수리 머리가 전에 비해 형편없이 비어 있었다. 침묵이 빙하처럼 엉기고 있었다. 혜선이 기운을 쥐어짜내 겨우 입을 열었다.

"네, 잘 알겠습니다. …… 저 때문에 애 많이 쓰셨어요."

"마땅히 제가 해야 할 일이죠. 그런데 일이 잘 안 돼서…… 너무 죄송합니다. 다들 박 교수가 원래 그런 사람이라고만 말하고, 가급적 박 교수와 직접 부딪치기 싫어하더라구요."

"박 교수가 총장을 꿈꾼다는 말이 있던데."

혜선은 박 교수의 탐욕스럽고 음험한 표정을 떠올리며 최대한 태연하게 말했다. 이 교수가 갑자기 목소리를 높여 말했다.

"그런 사람이 되면 안 되지요. 절대로 안 된다고 생각합니다."

"네에…… 그럼, 이제 그만, 이만 가보세요. 감사합니다."

혜선은 점점 인내심을 잃어가는 자신을 느끼며 최대한 예의 있게 말했다.

이 교수가 어름어름 몇 마디 더 하다 연구실을 나가자 혜선은 심장이 금방이라도 폭파할 것만 같았다. 영문과 교수들 얼굴이 하나 하나 떠오르면서 안에서 욕지기가 올라왔다. 병신 같은 것들. 혜선은 자리에서 발딱 일어났다. 머리가 핑그르르 돌았다. 창가로 다가가 창문을 활짝 열어 젖혔다. 아름드리 은행나무의 이파리가 투명한 늦가을 햇살 아래 진한 황금빛으로 마지막 생명을 불태우고 있었다. 갓 태어난 병아리 털같이 연노랗던 은행잎이 엊그제 같은데 어느새……. 혜선은 차가운 유리창에 이마를 갖다 댔다. 야, 쌍년아! 박 교수의 거친 목소리가 환청처럼 고막을 때렸다. 혜선의 눈가가 젖어왔다.

　과에서 혜선이 제일 싫어하는 교수가 바로 박 교수였다. 박 교수는 학교에서 인문대학 학장, 대외협력사업 단장, 영상문화센터회장, 문화산업단장, 기획처장 등 온갖 보직을 두루 다 섭렵했고, 전국적인 규모이든 지역 규모이든 닥치는 대로 영문학회회장, 영상문학회회장, 영화비평학회장, 디지털문화학회장 등을 도맡아 해 왔다. 그렇다 보니 박 교수가 과에 머무는 시간은 별로 없었다. 당연히 수업도 곧잘 빼먹는 걸로 알고 있다. 조교나 행정직원과의 마찰도 빈번했다. 박 교수는 조금만 일처리가 늦거나 마음에 안 든다 싶으면 천장이 들썩할 정도로 호통을 쳤다. 얌전한 교수들이 때로 나무라고 싶은 일이 있으면 박 교수에게 떠넘기고 싶어할 정도였다. 또 어쩌다 과 회식이 있는 날이면 그때마다 시내에서 제일 비싼 음식점을 잡고, 음식점 주인 앞에선 조직의 보스처럼 행세했다. 들리는 말에 의하면 시내 유명한 일식집 주인들이 명절 때마다 박 교수에게 그럴싸한 선물공세를 한다는 것이었다. 혜선은 박 교수가 정말 마음에 들지 않았다. 하지만 입이 열 개라도 할 말이 없었다. 박 교수를 처음 교수로 뽑을 때 그를 반대하지 않았다. 반대하기는커녕, 어처구니없게도 대학후배인 그를 씩씩하고 박력이 넘치는, 학자로서는 보기 쉽지 않은 능력자로 생각했다. 박 교수는 특히 신임교수 채용 때 자기의 모든 역량을 발휘했다. 교수 채용 때마다 상당히 자기 잇속을 챙겼을 게 뻔했지만 혜선은 일일이 따져볼 마음도 능력도 없어 그냥 먼발치에서 바라만 보았다.

잠에서 깬 것 같은데, 눈앞의 모든 것이 아령칙했다. 햇살이 설핏 비쳐드는 이곳이 어딘지, 지금이 새벽인지 저녁인지 가늠되지 않았다. 혜선은 무지근한 몸을 꼼지락거려 보았다. 마디마디가 삐꺼덕거렸다. 갑자기 노모가 식사해야 한다는 생각이 혜선을 번쩍 일으켰다. 혜선은 이불을 황급히 걷어냈다. 거실로 비칠비칠 걸어 나오는데, 감기 초기 증상처럼 어깨가 으슬으슬 춥고, 코가 맹맹했다. 냉기로 선뜩한 거실 안을 무거운 정적이 주인인 양 지배했다. 이틀째 두 늙은이가 온종일 침대에만 누워있었다. 혜선은 거실 불을 켜고, 노모의 방으로 가 방문을 살며시 열어보았다. 퀴퀴한 공기 속에 노모가 어깨를 잔뜩 웅그린 채 벽을 향해 돌아누워 있었다. 이불 밖으로 나온 노모의 손이 개구리 발같이 깡마른 채 거죽만 남아 있었다. 혜선의 가슴이 칼끝에 베인 듯 쓰라렸다. 임플란트 재수술 이후 노모는 입맛을 싹 다 잃어버린 것 같았다. 혜선은 방 보일러를 올리고, 얼른 주방으로 향했다. 놀이터가 내다보이는, 열린 주방 창문을 통해 차가운 바람이 한 움큼 불어 닥쳤다. 혜선은 얼른 창문을 닫았다. 바람 손님이 투다닥 투다닥 계속 자기의 내방을 알렸다. 혜선은 멍하니, 바람에 맥없이 휘날리는 낙엽의 모습을 내다보았다. 서러움이 울먹울먹 기어 올라왔다.

이곳 대학에 발령을 받고 내려온 지 십 년이 되던 해, 아버지가 지병으로 돌아가셨다. 혜선은 바로 노모를 서울에서 내려오게 해 모시고 살았다. 아니, 사실은 노모가 자기를 모시고 살았다. 혜선은 십오 년간이나 노모의 더없이 따사롭고 섬세한 보살핌을 받고 살아왔다. 그런데 끄떡없었던 노모의 건강이 작년부터 급격히 나빠지기 시작했다. 마치 혜선이 정년퇴직하기를 기다렸다는 듯한 순간 무장해제된 것 같았다. 일제강점 시절에 경성제국대를 다녔던 노모는 결혼하고 난 후부턴 오로지 가족을 위해 살아왔다. 노모는 누구에게나 더 없이 따뜻했고, 자식에겐 오롯이 희생했다. 혜선은 한 번도 노모가 인간의 도리에 어긋나거나, 인간의 양식을 저버린 행동을 하는 걸 본 적이 없었다. 외롭고 힘든 유학생활을 견디게 해준 사람도 노모였고, 혜선의 교수 생활을 무사히 마치게 해준 사람도 노모였다. 어쩌다 혜선이 전화로 조교에게 반말이라도 할라치면 노모는 옆에서 혜선을 따끔하게 나무랐다. 혜선이 대학교수랍시고 방종하거나 오만하지 않게 살아온 것도 다 노모 덕분이었는지 모른다. 노모가 정성스럽게 차려놓은 저녁상을 물리고 나면 두 사람은 나란히 천변을 산책했다. 집에 돌아오면 노모는 당신 방에 들어가 책을 잡았다. 늦은 밤이 돼서야 노모는 거실에 나와 혜선과 함께 TV를 보다가 같은 시각에 잠자리에 들곤 했다. 남들은 지금껏 혼자 살아온 자신을 참 안됐다는 시선으로 바라봤지만 사실 엄마와 함께해 온 세월은 축복이었다. 어디에서도 그만한 삶의 파트너를 만날 수 없다는 걸 혜선은 너무나 잘 알았다. 매사에 대한 견해와 느낌이 놀라울 정도로 흡사한 노모와 혜선은 모든 걸 함께 의논하며 살아왔다.

이제 다시는 그런 시절이 돌아오지 않을 것이었다. 작년에만 해도 노모의 몸이 피폐할지언정 정신은 얼음장처럼 맑고 짱짱했다. 올 들어 몸이 부쩍 더 쇠약해진 노모는 대부분의 시간을 침대 위에 누워서 지낸다. 시들어가는 육체와 더불어 노모의 영혼도 조금씩 퇴색되어 가는 느낌이 확연했다. 아, 이젠 그 고귀한 영혼의 자투리나 겨우 그림자만, 그것도 어쩌다 가끔 스치듯 만날 수 있을 뿐이었다. 어떻게 이렇게 늦가을 바람에 뒹구는 낙엽처럼 그냥 스러져버리고 말 수가 있단 말인가? 진정, 자기가 알고 있는 그 한없이 선량한 노모의 영혼은 실체도 없이 사라지고 만단 말인가?

혜선이 공들여 만들어 놓은 호박죽도 전복죽도 노모는 별로 먹지 않았다. 노모가 한동안 안 하던 기침을 다시 했다. 혜선은 애가 탔다. 이식한 뼈가 제대로 자리 잡으려면 많이 먹어야 한다. 노모는 식사량보다 더 많은 양의 약을 먹었다. 밥 먹는 것도, 약 먹는 것도, 소화시키는 것도 모두 다 너무 버겁게만 보였다. 노모의 기침소리가 점점 더 발아졌다. 혜선은 바짝 긴장이 됐다. 이렇게 제대로 먹지도 못하는 노모가 감기까지 걸린다면, 임플란트 재수술 과정을 어떻게 다 견뎌낼 수 있을지 의구심이 들었다. 꼭 뼈 이식을 하면서까지 재수술을 해야 하는 건지, 그 새파랗게 젊은 의사 놈을 믿을 수가 없었다. 좀 더 신중했어야 했었는데. 으으으. 혜선은 걷잡을 수 없는 분노와 뼈아픈 자책감에 휩싸여 어찌할 바를 몰랐다.

다음 날 혜선은 대학후배이면서 예전에 가까이 지냈던 국문과 여자교수, 모윤주 교수에게 전화해 학교 앞 레스토랑에서 점심을 같이 먹자고 했다. 문학을 전공하는 여자교수들이 모여 만든 여성주의문학 연구모임의 초대 회장이었던 모 교수는 논문을 발표하고 토론을 주재할 때마다 두각을 나타낸 인재였다. 다혈질에 화통한 성격인 모 교수는 무엇보다 맺고 끊는 부분이 정확한 사람이라 늘 신뢰가 갔다. 점심을 먹으면서 혜선은 박 교수와의 일을 차분히 이야기했다. 모 교수는 도저히 이해할 수 없다며 고개를 절레절레 흔들더니, 작은 눈이 커지면서 한동안 입을 다물지 못했다. 모 교수의 낯선 표정을 마주 보고 있던 혜선의 얼굴이 조금씩 달아올랐다. 혜선은 묘한 수치심에 휩싸이면서 혹시 그동안 내가 과에서 무슨 잘못한 일이 있지 않았을까, 하는 의아심이 들었다. 한 번도 생각해 보지 못한 일이었다. 하지만, 소설 한 줄도 쓰지 못한 무능한 사람이긴 해도, 적어도 윤리적인 면에선 늘 자부심을 가질 만하게 살아왔다. 순간 혜선은 여성주의문학 연구모임을 작년에 정년퇴임하면서 그만둔 일을 떠올렸다. 혜선의 마음이 금방 좌불안석으로 바뀌었다. 벌린 입이 다물어지면서 모 교수가 아랫입술 한쪽 끝을 이빨로 잘근잘근 깨물기 시작했다. 풀기 힘든 문제 앞에서 생각을 모을 때 하는 모 교수의 행동이었다. 모 교수가 아주 비장한 얼굴로 빠르게 말했다.

"어떻게 그럴 수가…… 도저히 이해가 안 되지만, 지금 중요한 건 대책이니까요, 어떻게 하는 게 좋을까요, 교수님?"

"사실, 지난주에 이 문제로 우리 과 교수님들이 과회의라도 열어주기를 바랬는데, 그게…… 그게, 잘 안 돼서……."

"어머, 어떻게, 어떻게 그럴 수가 있어요? 같은 교수 입장에서. 나중에 다 자기 문제가 되는 거 아니에요?"

혜선은 아무 말도 할 수가 없었다. 혜선은 모 교수의

비분강개하는, 이글거리는 눈길을 피했다. 모 교수가 한 옥타브 올라간, 끝이 갈라진 목소리로 말했다.

"모든 걸 다 떠나서 인간된 도리가 아니잖아요. 더욱이 대학이라는 데에서."

모 교수의 항변 앞에서 혜선은 몸 둘 바를 몰랐다. 우리 과 망신을 시키는 것만 같았다. 하지만 일을 제대로 처리하는 게 더 급했다.

"아무래도 난 밖에 있는 사람이고, 박 교수는 함께 몸을 담고 있으니까……, 그럴 수도 있겠죠."

"아니요, 전 도저히 이해가 안 돼요, 교수님."

모 교수가 흥분이 가시지 않는 표정으로 말했다.

"어쨌든, 그건 그렇고. 그래서 제가 생각해 본 건……."

"네, 교수님, 그게 뭐에요?"

모 교수가 가슴을 한껏 내밀며 말했다.

"그건……, 우리 대학 여자교수협의회에서 한번 이 사건을 다루어보면 어떨까 해요. 이건 여자교수의 문제이기도 해서……."

혜선은 재직 시 자기가 여자교수협의회 활동을 열심히 하지 않은 걸 상기하면서 살짝 얼굴을 붉히며 말했다.

"알았어요, 교수님. 그게 좋겠네요. 맞아요, 만약에 교수님이 남자였다면 그렇게는 못 했겠죠. 알았어요, 교수님. 제가 한번 해볼게요."

"죄송해요. 부담을 줘서. 모 교수가 수고하겠네요. …… 도저히 그냥 지나갈 수는 없는 문제라……."

혜선은 모 교수 앞에서 고개를 숙였다. 한참 선배인 자기

꼴이 말이 아니라는 생각이 들었다. 고개를 드는데 눈앞이 아뜩해져왔다.

"아니에요, 교수님. 당연히 그렇게 해야죠. 저도 정말 그렇게 생각해요."

혜선은 고개를 숙이고 두 팔을 들어뜨린 채 한참동안 숨을 몰아쉬었다. 폐가 오징어처럼 바짝 짓눌린 것 같이 통증이 왔다. 가슴을 좀 펴보려 해도 잘 되지 않았다. 금방 깨어난 꿈의 영상이 아직 선명했다. 노모가 관을 붙들고 통곡을 하고 있었다. 속이 훤히 들여다보이는 투명한 관이었다. 그 관 속엔 혜선, 자신이 두 손을 모은 채 똑바로 누워 있었다. 자기가 죽은 게 분명한데 마음은 날아갈 듯 가볍고 평화로웠다. 자기의 존재가 무겁고 거추장스러운 육신이라는 갑옷에서 이제 완전히 벗어났다는 느낌이 확연했다. 문제는 노모였다. 한동안 관 앞에서 몸부림을 치던 노모가 그대로 바닥에 꼬꾸라져버렸다. 노모의 입에서 흰 거품이 일면서 그만 의식마저 잃고 말았다. 혜선은 혼자 남아 괴로워하는 노모에 대한 연민으로 가슴이 찢어질 듯 아팠다. 노모에게 다가가고 싶은 데 꼼짝 할 수가 없었다. 기이한 꿈이었다. 혼자 남겨진 자의 고통이 오싹할 정도로 생생하게 느껴졌다. 혜선은 한참 동안 그 여운에서 벗어날 수가 없었다. 기침으로 고통스러워하는 노모를 볼 때마다 인간의 육체가 끔찍하게 느껴졌었는데, 그래서 꾼 꿈인지 몰랐다.

실밥을 뽑으러 치과에 가야 하는데, 거의 아무것도 먹지 못해 걷기조차 힘든 엄마를 모시고 나갈 엄두가 나질 않는다. 어젠 오랜만에 하나뿐인 엄마의 피붙이, 이모에게서 전화가 왔는데도 엄마는 받질 못했다. 평생 손에서 놓지 않았던 책도 이젠 전혀 보질 않고, 예전 같으면 딸의 고뇌를 그냥 지나칠 리 없었던 분이 지금은 전혀 무감각하다. 오로지 딸의 행복을 향해 뻗어있던 엄마의 신경 안테나가 이젠 고장이 났다. 임플란트 재수술 이후에 급격하게 일어난 일들이다. 엄마의 눈, 귀, 목, 그리고 정신까지 이 모든 기능들이 한 단계씩 스러져 가는 게 그대로 다 보였다. 엄마는 주위의 사람들과, 아니 이 세상과 조금씩 분리되어 가고 있다. 날마다 몸피가 쪼그라들고 있다. 그토록 다정했던 존재가 돌이나 흙처럼 하나의 사물로, 결국엔 티끌 같은 한 점으로 소멸해가고 있다는 느낌이다. 죽음이란 그런 것이란 걸, 나도 그러리라는 걸 아는데도 좀처럼 받아들여지지가 않는다.

창문을 여니 금방이라도 눈이 쏟아져 내릴 듯했다. 혜선은 오늘 첫눈이 온다는 예보가 생각났다. 이왕이면 눈이라도 펑펑 쏟아졌으면, 혜선은 목화솜같이 탐스런 눈꽃송이를 그려 보며 주방으로 나갔다. 기침이 심하게 났다. 겁이 더럭 났다. 자기까지 감기에 걸리면 노모를 보살피기 어렵다. 오늘은 몸을 잘 보신하여 감기를 물리쳐야 한다고 생각하며 냉장고 문을 열었다. 바지락을 꺼내 소금물에 담가 놓고 노모 방에 갔다. 문을 열어 보니, 뭔가 부패의 내음이 확 끼쳐왔다. 오그라든 노모의 몸이 전혀 미동도 하지 않았다. 순간, 혜선의 머리카락이 일제히 곤두섰다. 두려움을 몰아내며 혜선은 노모에게 다가가 얼굴을 들여다보았다. 휴우. 이젠 눈도 어두워진 건지 혜선은 혼란스러워 하면서 자기 가슴을 쓸어내렸다. 노모의 이마가 식은땀으로 축축했다. 혜선의 손길에 노모가 끄먹끄먹 힘겹게 눈꺼풀을 들어 혜선을 올려다보았다. 아아, 도저히 살아있는 사람의 눈동자라고 할 수가 없었다. 초점을 잃은, 완전히 탈색해버린 눈동자였다. 혜선은 속으로 질겁을 했다. 마치 텅 빈 우물 안 칙칙한 어둠을 본 듯했다. 아무것도, 전혀 아무것도 존재하지 않고, 오로지 먹물 같은 무(無)만이 자리하고 있었다. 혜선은 울컥, 설움이 복받쳤다. 혜선은 화장지로 노모의 이마의 땀을 닦아주고 이마에 착 달라붙은 노모의 희누른 머리를 어루만져 주었다. 엄마, 우리 저녁 먹고 머리 감아요, 혜선이 속삭이듯 말했다. 일어나 나오는데 눈앞이 온통 어룽어룽 가물거렸다.

혜선은 노모에게 몇 숟가락이라도 더 먹게 하고, 욕실에서 별로 남지 않은 노모의 머리카락을 감겨주었다. 젖은 머리를 드라이기로 말리는데, 거울에 비친 노모의 얼굴이 말이 아니었다. 노모의 목에선 계속 가르랑거리는 소리가 나고 기침도 멈추질 않았다. 머리를 다 말렸는데도 노모는 아무 표정 없이 죽은 듯 앉아 있었다. 단 한 번도 감사의 표시를 잊지 않았던 분이었는데. 혜선의 가슴 한 모퉁이가 쿵, 내려앉았다. 혜선은 쫓기듯 노모의 얼굴에 자기 얼굴을 갖다 대며 말했다. 엄마, 나 방학하면 우리 일본에 온천 하러 가자. 그러니까 잘 먹고 빨리 감기 나아야지. 혜선이 말해도 노모가 아무 대답이 없었다. 내 말을 못 알아들었나, 혜선은 소름이 쫙 끼쳤다. 노모는 아무런 의식도 없어 보였다. 이런 적은 없었는데. 노모를 겨우 침대에 누이고 나자 혜선은 탈진이라도 할 것 같았다.

혜선은 침대에 가 누웠다. 몇 년 전 노모를 모시고 히로시마

료칸 여행을 간 적이 있었다. 혜선이 특별히 신경 써 골라 간 곳이었다. 정원도 가옥도 모두 정갈한 전용 노천 객실에서 두 사람은 정성 가득한 서비스를 받았다. 혜선은 이젠 더 이상 그런 여행을 할 수 있을 것 같지 않았다. 혜선은 이대로 자기 삶이 끝나가고 있다는 느낌이 강하게 들었다. 남겨진 건, 노모와의 이별과 연금, 그리고 부실한 건강뿐이라는 생각에 가슴이 먹먹했다. 제대로 된 사랑 한번 못 해본 한심한 인생이었다. 미국으로 유학 가기 전과 미국 인디애나 대학 유학 시절, 딱 두 번 결혼할 기회가 있었다. 하필이면 두 번 다 혜선이 결정적으로 바쁠 때 나타난 사람들이었다. 힘겹게 유학 준비를 마친 혜선에게 다가온 H와 한창 박사논문 준비에 정신이 없을 무렵 우연히 알게 된 K가 혜선에게 적극적으로 구애를 했었다. 혜선은 유학을 가느냐 마느냐, 그리고 논문을 완성하느냐, 아니면 K를 따라 뉴욕으로 가느냐의 갈림길에 있었다. 두 사람 다 지금은 얼굴도 잘 생각나지 않지만, 그때 만약 H나 K를 선택했으면 인생이 어떻게 달라졌을지, 혜선은 상상하기 쉽지 않았다. 당시 혜선은 그 무엇보다 엄마를 실망시킬 수 없었다. 당신이 이루지 못한 꿈을 혜선이 이루어 주기를 바라던 엄마의 간절한 소망을 혜선은 한시도 잊을 수 없었다. 당신 집까지 팔아가며 유학 뒷바라지를 해온 엄마였다. 하루라도 빨리 학위를 끝내고 한국에 돌아가야 했다. 고개를 옆으로 돌리지 않고 살아온 외길 인생이었다. 남들이 읽어주지도 않는 몇 권의 번역 책과 머지않아 흔적도 없이 사라질 몇 편의 논문들을 들고 모욕적인 똥물을 뒤집어 쓴 채 더 이상 노모도 없는 낯선 길로 접어들어야 하다니. 그까짓 대학 강의를 안 나가는 건 아무것도 아니었다. 다만 엄마가 없는 삶을 살아야 하는 게 극도로 두려웠다. 엄마의 육체와 이별하고, 엄마의 영혼과도 끝이란 말인가. 혜선은 엄마의 영혼이 가뭇없이 사라져 버린다는 것을 도무지 믿을 수가 없었다. 단테도 저 세상에서 죽지 않은 영혼들을 만나지 않았는가. 하지만 도대체 어떤 영혼을 만난단 말인가. 젊었을 적, 가장 영롱했던 엄마의 영혼인가, 아니면 이미 시들어버린 지금의 영혼인가. 단테는 자기가 한 때 만났던, 그때 그 모습의 영혼을 만나면 되지만, 나는? 나처럼 그 모든 변모의 과정을 다 겪은 나는 어쩌란 말인가!

영혼 불멸을 굴뚝같이 믿고 싶지만, 난 이미 쇠락해가는 육체와 함께 영혼도 서서히 빛을 잃어가는 걸 몸소 경험했다. 꼭 싸르트르의 말을 빌리지 않더라도 인식이 허락하지 않는 걸 믿기엔 우린 지나칠 정도로 이미 현대 과학의 자식이다. 남는 건 추억뿐이다. 기적처럼 하얀 눈이 내리던 료칸에서 사케 한 잔씩 들고 마주보던, 그 천국 같던 행복. 정성 어린 식탁 앞에서 오순도순 이야기를 나누던 그 다정함. 어릴 적 말랑한 엄마의 젖을 만졌을 때 손바닥으로 전해지던, 그 무량한 위무.

기대하지 않았는데 뜻밖에 오후 늦게 모 교수에게서 전화가 왔다. 혜선이 학교 앞으로 가겠다고 말해도 모 교수가 기어이 혜선의 집 앞으로 오겠다고 했다. 모 교수의 목소리가 밝지 않았다. 혜선은 자꾸 엉겨 붙으려는 불길한 예감을 떨쳐버리려 애썼다. 혜선이 집 앞 카페 문을 열고 들어서자 한 손으로 턱을 받친 채 창밖을 내다보던 모 교수가 자리에서 일어나 혜선을 반겼다. 커피를 주문하려는 혜선을 기어이 못하게 말리고, 모 교수가 커피를 주문하고 자리에 와 앉았다. 혜선이 커피를 한 모금 마시는데 떨리는 손을 주체 못해 기어이 흘리고 말았다. 혜선은 부리나케 냅킨으로 입가를 닦아냈다. 모 교수가 고개를 숙인 채 말했다.

"교수님, 죄송해요."

혜선은 등짝이 서늘해지며 갑자기 오한이 나는 듯했다. 두 사람은 한참 동안 아무 말 하지 못했다. 혜선이 어두운 표정을 풀며 먼저 입을 열었다.

"모 선생, 고개 들어요. 뭐 잘못한 게 있다고. 그래, 다들, 다들 아무런 대응책도 내놓지 않았어요?"

"네에……."

"커피 마셔요. 다 식겠네."

모 교수가 커피를 마시고 나서 입술 한쪽 끝을 살며시 깨물더니 입을 열었다.

"어쩌면, 어쩌면 그렇게 하나같이. 다들 제 얘기에 분개했어요. 어떻게 그럴 수가 있냐구. 그런데, 그러고 나서는 끝이에요. 제가 조심스럽게 우리 여자 교수들이 그냥 가만히 있을 수 없는 거 아니냐구. 최소한 성명서라도 내야 하지 않냐고 했어요. 그런데……."

"그런데 더 이상 아무 말도 없었다는 거죠?"

혜선은 호흡을 가다듬으며 말했다.

"혹시 사학과 이숙영 교수도, 별 다른 말이 없었어요?"

"말 놓으세요, 교수님. 저, 정말, …… 정말 도저히 이해가 안 돼요, 교수님. 교수님이 정년한 지 얼마나 됐다구. 자기들도

다 닥칠 정년인데요. 보나마나 다들 명예교수를 하고 싶어 할 걸요? …… 저, 저라도 어떻게 해야 할 텐데. 어떻게 해야 할지 몰라서…… 교수님이 가르쳐주세요. 뭐든지 할게요."

눈썹을 치켜 뜬 모 교수의 이마가 굵직한 가로 주름으로 물결쳤다. 혜선은 더 이상 모 교수를 괴롭히면 안 된다는 걸 직감했다.

"수고했어요. 나 땜에 정말 수고 많았네. 그럼, 그만 일어나죠."

혜선은 커피를 마저 마시고 자리에서 일어났다. 모 교수가 그냥 자리에 앉은 채 일어날 줄 몰랐다. 그럼, 나 먼저 갈게요. 혜선은 모 교수를 놔두고 종종걸음으로 카페를 나왔다.

혜선은 좀 걷고 싶었다. 혜선은 동네 아파트 단지를 빠져나와 천변을 향해 걸음을 옮겼다. 승복을 펼쳐 놓은 듯 짙은 먹빛 하늘 아래, 헐벗은 벚나무들이 완만한 곡선으로 이어진 천변 길을 따라 쭉 늘어서 있었다. 얼마 남지 않은 붉은 잎새들이 힘없이 매달려 있고, 길가엔 고동색 낙엽들이 수북했다. 혜선은 정처 없이 무작정 걸음을 옮겼다. 저 멀리 천변이 끝나는 지점에 M산이 얇은 구름 막에 가려 오늘따라 더 아득했다. 마치 현세가 아닌 저 세상에 속해 있는 듯, 아무리 걸어도 다가갈 수 없을 것만 같았다. 혜선은 무념무상으로 느리게 발걸음을 옮겼다. 얼마쯤 걸었을까, 가느다란 하얀 우담바라 꽃이 휘날리기 시작했다. 눈이었다. 첫눈이었다. 혜선은 너무 반가워 눈물이 날 지경이었다. 하지만 애석하게도, 기다리던 탐스런 눈꽃송이가 아니었다. 먼지 같고, 비 같은 진눈깨비였다. 이때 천을 따라 찬바람이 일더니, 혜선의 얼굴 정면을 향해 눈가루를 뿌려댔다. 걸음을 멈추지 않고 옮기는 혜선의 얼굴을 매서운 하얀 꽃망울들이 마구 때리며 지나갔다. 혜선은 더 이상 두 눈을 뜨기가 힘들었다. 혜선은 제자리에 걸음을 멈춰 섰다.

혜선은 그동안 자기가 젊은이들의 앞길을 가로막고 있었다는 걸 깨달았다. 박 교수가 바로 그들의 염원을 대변하고 있었다는 것까지 통렬하게 느꼈다. 그래, 박 교수 같은 인간도 쓸모가 있는 거다. 한순간 혜선의 가슴이 뻥 뚫리는 것 같았다. 혜선의 입가 한쪽이 일그러지면서 얼굴 전체로 옅은 미소가 퍼져나갔다. 저만치 거무스름한 하늘 위로 희끗희끗한 진눈깨비가 미친 듯 군무를 추어 댔다. 진눈깨비는 금방 그칠 것 같지 않았다. 혜선은 끝이 보이지 않는 천변 길을 따라 소용돌이치는 눈발 속으로 천천히 걸어 들어갔다.

생일날

승우가 눈을 떴을 땐 이미 한낮이 꽤 지난 시각이었다. 승우의 몸이 아우성을 쳐댔다. 승우는 화장실로 들어가 속을 게워 냈다. 샤워까지 하고 나자 정신이 좀 들었다. 수건으로 젖은 몸을 닦는데 세면대엔 누리끼리한 땟국이, 화장실 바닥엔 길고 짧은 머리카락이 적잖았다. 화장실 당번인 영미의 눈엔 이런 게 보이지 않는 건지, 승우는 마땅찮은 마음으로 거실로 나왔다.

크지 않은 거실 안도 아무렇게나 던져 놓은 옷가지들과 과자봉지들로 지저분했다. 윤주는 벽을 마주한 채 컴퓨터 게임만 하고 있었다. 승우는 자기를 알은체도 안 하는 윤주가 조금 섭섭했지만 그냥 아무 말도 안 했다. 냉장고 문을 열어 2리터짜리 생수병을 꺼내 벌컥벌컥 들이켰다. '씨발.' 냉장고 안엔 생수병 말고 아무것도 없었다. 주방 수납장 문을 열어 컵라면 하나를 꺼냈다.

승우는 거실 바닥을 대충 치우고 나서, 거실 탁자 앞에 주저앉아 컵라면을 먹기 시작했다. 휴대폰을 켜보니 엄마한테서 전화가 두 통, 문자가 하나 와 있었다.

'승우야, 별 일 없지? 전화 안 받네. 오늘이 니 생일이다. 나중에 시간 나면 전화 한번 줘. 목소리 듣고 싶다. 방금 너한테 십만 원 보냈어. 맛있는 거 사먹어. 승우야, 이번에 니 아빠 교장으로 승진하실 거 같다. 그리고 놀라지 마. 아빠가 너 이제 그만 집에 들어오래. 그동안 니 아빠 많이 달라지셨어. 하루라도 빨리 정리하고 들어와. 보고 싶다. 그리고 참, 승우야, 절대 아무것도 아닌 일 갖고 욱하지 말고. 엄만 언제나 니 걱정뿐인 거 알지?'

작년 가을, 자퇴하고 집을 나올 때 승우는 굶어 죽는 한이 있어도 다신 아빠를 보지 않으리라 결심했었다. 씨름을 그만둘 거라면 집 근처에 얼씬도 하지 말라던 아빠였다. 자기를 마주할 때마다 '아휴, 이 지지리 못난 놈. 내 새끼 맞아?'라고 노골적으로 말하고 있는 아빠의 눈을 승우 역시 다신 보기 싫었다. 이제 그만 집에 들어오라는 아빠의 말은 씨름을 하지 않아도 된다는 걸 의미했다. 이제 와서? 늦었지만, 그래도 기분이 나쁘진 않았다. 눈물이 조금 올라오려다 말았다.

승우는 컵라면 국물까지 싹 비웠다. 컵라면 용기를 치우고 물을 마시고 나니까 속이 좀 가라앉는 것 같았다. 윤주는 등을 보인 채 여전히 게임 삼매경에 빠져 있고, 기철과 영미는 보이지 않았다. "윤주야, 기철이 형 어디 갔어?" "어, 몰라." 윤주가 귀찮다는 투로 말했다. 무슨 일이 있어도 어제까지는 돈을 주기로 철썩같이 약속했던 기철이 또 사라져버렸다. 승우는 찜찜한 마음으로 기철에게 전화를 걸었다. 기철이 '짜샤, 어젯밤엔 들어오지도 않고 오늘 아침엔 일어나지도 않은 놈이 뭔 할 말이 있냐'고 대거리를 할 게 분명했다. 기철이 전화를 받지 않았다.

이때 양반다리를 하고 삐딱하게 걸쳐 앉은 윤주의 허연 허벅지가 승우의 눈에 들어왔다. 승우의 성기가 팬티 안에서 꿈틀했다. 승우는 윤주를 향해 부드럽게 말했다. "윤주야, 너 이리 좀 와 봐." "왜." 승우는 윤주의 무심한 목소리가 섭섭했다. "할 말이 있어."

승우는 침을 삼키며 윤주가 올 때까지 기다렸다. 윤주가 허벅지 위로 치마를 내리며 걸어와 승우 옆에 조금 떨어져 앉았다. 승우가 윤주 곁으로 다가가 윤주의 허벅지에 손바닥을 올려놓았다. "하지 마!" 윤주가 승우의 손을 치우며 말했다. "왜 그래." 승우가 당혹감을 감추며 나직하게 말했다. "나 오늘 컨디션 졸라 별루야." "왜?" 승우의 가슴속이 재그럭거렸다. "몰라, 그냥." 윤주의 얼굴이 오랫동안 빛을 보지 못한 패랭이꽃처럼 풀죽어 있었다. 승우는 그런 기분을 누구보다 잘 알고 있었다. 눈부신 햇살이 비추어도, 하루 24시간이 거저 주어져도 멀쩡한 사지로 뭘 해야 좋을지 알 수 없는 그런 기분을. 자기도 모르게 며칠 전 일이 떠올랐다.

초저녁 겨울비가 추적추적 내리고 있었다. 좀 전, 윤주가 기철의 말을 듣고 처음 일 나간 뒤부터 승우의 기분이 영 말이 아니었다. 승우는 아무것도 할 수가 없었다. 시간이 말할 수 없이 더디 흘렀다. 결국 열한 시가 다 돼서야 윤주가 기어들어 왔다. 턱이 가슴팍에 닿을 정도로 고개를 푹 숙인 채 승우와 눈도 마주치지 않았다.

윤주의 얼굴색이 곰팡이가 핀 듯 고르지 않았다. 대상을 알 수 없는 분노로 승우의 콧구멍에서 더운 김이 뿜어져 나왔다. 그랬는데, 지금껏 윤주가 방에서 나오질 않고 있었다. 기철도, 영미도 나가고 없고, 집안엔 오로지 승우와 윤주 둘뿐이었다. 승우는 여전히 아무것도 할 수가 없었다. 그저 거실 안을 서성이다가 손때 낀 비닐 인조 소파 위에 앉았다 일어났다를 반복했다.

사방이 칙칙하게 어두운데 방안에선 개미 소리 하나 나지 않았다. 윤주가 저 방안에 진짜 있긴 한가, 하는 의혹이 솟구쳤다가 스러져갔다. 이대로 가만히 있으면 온몸이 공중분해해버릴 것처럼 답답했다. 급하게 외투를 걸치고 밖으로 튀어나갔다. 편의점에 가서 참치 캔하고, 계란, 마른 김을 사왔다. 손에 익진 않았지만 윤주가 좋아하는 김치볶음밥을 만들어 수북이 접시 위에 담았다. 계란 후라이를 위에 얹고, 김 부스러기를 골고루 뿌려 식탁을 차렸다. 승우에겐 지금 자정이 넘은 시간이라는 의식이 전혀 없었다. 지금껏 자기가 아무것도 먹지 않은 게 이제 생각났다.

승우가 방문을 두드렸다. 아무 대답이 없었다. 승우는 겁이 덜컥 나 방문을 열어보았다. 바닥에 깔린 싸구려 요패드 위에 자그마한 모래언덕처럼 누런 누비이불이 봉긋 솟아 있었다. 승우는 조심스레 다가갔다. "윤주야, 밥 먹어." 승우는 윤주의 등허리께에 살며시 손을 얹고 흔들어 보았다. 아무 미동도 없었다. 승우는 조금이라도 온기가 전해지길 바라는 마음에 손을 얹은 채 그대로 가만히 있었다. 느릿, 모래언덕이 무너지며 윤주의 얼굴이 나타났다. 불그스름한 눈자위에 포위된, 암갈색 눈동자가 승우를 올려다보았다. 꼭 젖을 뗀 지 얼마 안 되는 강아지 눈동자 같았다.

잔뜩 겁에 질린, 애처로운 눈망울 앞에서 승우의 몸 안 내장이 다 녹아내리는 듯했다.

'이런 애가 세상 밖으로 나오다니.' 승우는 윤주를 보호해주고 싶었다. 윤주를 위해서라면 못할 게 없을 듯했다. 오롯이 헌신하고픈 마음에 승우의 가슴팍이 빡빡하게 차올랐다. 가슴이 저릿저릿 하면서 사이사이 황홀감이 번져나갔다. 눈앞 세상이 갑자기 사라졌다. 자기 자신마저 사라지고, 오로지 윤주만이 존재했다. 승우로서는 처음 경험하는 감정이었다.

승우의 품안에서 윤주가 쿨렁쿨렁 욕지거리를 쏟아냈다. 승우의 호흡이 불규칙한 윤주의 숨결을 그대로 따랐다. 어느샌가 윤주가 잠이 들어있었다. 윤주의 가녀린 숨소리에 승우의 눈꺼풀이 저절로 감겨왔다.

승우는 눈알을 찌르는 빛살에 놀라 잠에서 깼다. 주위가, 뭔가 느낌이 달랐다. 창가로 다가가 창문을 열어보았다. 와우. 땅위엔 온통 새하얀 눈, 하늘 아랜 투명한 햇살뿐이었다. 승우는 상체를 내밀어 차갑고 신선한 공기를 힘껏 들이켰다. 순간, 승우의 머릿속을 환히 밝히며 수없이 많은 보석 알갱이가 일시에 반짝거렸다.

그래, 한시라도 빨리 윤주와 이곳을 떠나는 거다. 물론 방법은 아직 묘연했다. 그래도 상관없었다. 그게 무엇이든 윤주와 함께 하리라 생각하니, 목구멍 안이 뜨겁게 달아올랐다. 승우는 마치 새로 태어난 기분이었다.

승우의 속이 다시 아려왔다. 오늘이 내 생일이라는 말도, 엄마의 문자 얘기도 다 목구멍 안으로 쏙 들어가 버렸다. 윤주의 치마를 들어올리고 싶은 마음도 사라지고, 어서 기철을 만나야겠다는 생각만 들었다. 이때 휴대폰이 울렸다. 어제 만난 기봉이한테서 온 전화였다. 승우가 전화를 받지 않자 기봉이 바로 문자를 보내왔다. '오늘 니 생일이라며, 해장해야지.' 어제는 승우가 돈이 없어 기봉이 술값을 냈다. 오늘은 승우가 낼 차례였다. 승우는 기봉에게 만나자고 문자하고 곧바로 기철에게 전화를 했다. 기철이 또 전화를 받지 않았다. '씨발, 개새끼.'

승우는 오피스텔을 나오면서 윤주에게 오늘 아무 데도 가지 말고 집에 꼭 있으라고 했다. 오늘 내로 반드시 기철을 만나고 올 거라고 말하고 집을 나섰다. 윤주가 힘없이 고개를 끄덕였다.

기봉은 승우의 중학교 동창으로 승우의 거의 유일한 친구였다. 대학 입시에서 떨어지고 재수를 하려던 기봉이 마음을 바꿔, 내일모레 입대를 앞둔 상태였다. 기봉은 술에 취하면 무슨 말인지 통 알아들을 수 없는 말만 하지만 승우로서는 달리 선택할 여지가 없는 술친구였다. 승우는 신시가지 사거리에서 내렸다. 가로등 불빛이 길게 뻗은 도로 위로 젊은 욕망들을 풀어내고 있었다. 골목을 돌자 전방에 막창 끝판왕이란 글자가 오색 불빛으로 깜빡거렸다. 승우의 오감이 퍼드덕 깨어났다.

승우가 문을 열고 들어가자 기봉이 옆 테이블, 쥐색 후드티를 입은 젊은 애랑 얘기를 하고 있었다. 오랜만에 만난 초등학교 동창이라고 했다. 한눈에 봐도 어깨와 가슴팍이 다부져 보이는 쥐색 후드티의 손등엔 짙은 청색의 용꼬리 문신이 비어져 나와 있었다. 쥐색 후드티 옆에는 삼선슬리퍼를 끌고 나온 검정 야구모자가 앉아 있었다. 얼굴이 허옇고 몸통이 가는 놈이었다. 기봉이 승우에게 함께 합석하자고 했다. 승우도 마다할 이유가 없었다. 넷이 서로 적당히 통성명을 했다. 기봉이 승우를 둘에게 자동차 보험과 관계된 일을 한다고 소개했다. 쥐색 후드티가 야구모자는 공무원 시험 준비 중이라고 소개하고, 자기는 잠깐 일을 쉬고 있는 중이라고 했다. 네 명의 나이가 똑 같았다.

"오늘 애 생일이야."

기봉이 둘에게 승우를 가리키며 말했다. 둘이 화색을 하며 반겼다. 승우가 종업원을 불러 술을 주문했다. 순식간에 다들 기분이 좋아졌다. 승우는 목이 탔다. 어서 빨리 술을 목구멍 뒤로 넘기고 싶었다. 주문한 술이 나오고 이어 적당히 구워진 막창이 나왔다. 승우는 잽싸게 잔을 돌렸다. 막창으로 배가 어느 정도 차자 담배 생각이 났다. 승우는 담배 한 개피를 기봉에게서 얻어 가지고 주차장으로 나왔다.

어느새 어둠이 완전히 내려앉았다. 승우는 담뱃재가 수북이 쌓인 갈색 항아리 쓰레기통이 놓여있는 한쪽 구석으로 걸어갔다. 휴대폰을 확인해 봤는데 아직 기철에게선 아무 소식도 없었다. 승우는 담벼락에 기대 담배에 불을 붙였다.

이때 저쪽 구석 가로등 아래 담배를 꼬나물고 이쪽을 쳐다보고 있는 어떤 놈의 영상이 승우의 시신경을 건드렸다. 청바지에 검정색 나이키 점퍼를 입은 놈이었다. 아까 비좁은 화장실 안에서 얼핏 어깨를 스쳤던 놈 같기도 했다. 승우는 정색을 하고 그쪽을 쳐다보았다. 청바지가 고개도 까딱하지 않고 승우의 시선을 맞받아쳤다. 이쪽을 째려보고 있는 게 분명했다. 승우의 기분이 곤두박질쳤다. 승우가 담배 연기를 한번 길게 뿜어내고 나서 말했다. "뭘 봐?" "내 눈 갖고 내가 쳐다보는데, 네가 무슨 상관이야?" 승우의 내장 안 어딘가가 움찔했다. '오늘 내 생일날인데, 기분 참 더럽네. 저 놈이 감히 눈깔을 부라려? 아니, 아니야. 그냥 쌩 까자, 그냥 쌩 까자.' 승우가 말했다. "죄송해요. 저 싸우기 싫어요. 시비 걸지 말고 가세요." "너 몇 살이냐?" "스물한 살이다." "나이도 어린 놈이 어디서." 승우는 숨이 턱 막히는 듯했다. "씨발, 좆나 꼭지 도네." "무슨 말버릇이 그래? 말조심해라, 임마." 승우는 참기가 어려웠다. "아구창 닥쳐. 씨벌 새끼." "너 뭐라고 했어. 그래, 너 돈 많은가 본데, 한판 뜨자." 청바지가 꽁초를 땅바닥에 획 던지며 말했다. "날 샜네. 젠장." 승우의 몸 안에서 피가 출렁거렸다. 승우는 눈 깜짝할 새 몸을 날렸다. 승우의 주먹이 청바지의 얼굴을 향했다. 청바지가 얼굴을 살짝 돌리자 승우의 주먹이 빗겨갔다. 청바지의 주먹이 승우의 왼쪽 뺨을 치고 지나갔다. 열이 뻗친 승우의 주먹이 청바지의 얼굴을 제대로 가격했다.

이때 쥐색 후드티가 밖으로 나왔다. 어느새 옆에 다가온 쥐색 후드티가 청바지의 손목을 잡았다. 후드티가 말했다. "그냥 가시죠. 죄송합니다. 이 친구가 좀 취했습니다." "넌 뭐야. 니가 뭔데." 청바지가 후드티의 손을 뿌리치며 말했다. "그냥 먼저 가시죠." 후드티가 점잖게 말했다. "니가 먼저 가. 짜샤." 청바지의 말이 끝나기도 전에 후드티의 양 볼 근육이 욱신거렸다. "뭐? 니가? 짜샤?" 순식간에 후드티가 청바지의 멱살을 잡았다. "다시 말해 봐, 새꺄." 후드티가 두 손으로 청바지의 목을 누르기 시작하자 청바지의 낯빛이 점점 붉어졌다. 힘이 약해진 틈을 타 후드티의 손아귀에서 벗어난 청바지가 주먹을 날렸다. 잘못하면 싸움이 커질 게 분명했다. 승우는 청바지의 허리를 잡으며 둘 사이를 떼어놓으려 했다. 아무 소용이 없었다. 순간 후드티의 왼손이 청바지의 머리채를 휘어잡았다. 뒤로 젖혀진 청바지의 얼굴을 후드티가 오른손 주먹으로 여러 차례 가격했다. 청바지의 왼쪽 눈가가 찢어지면서 청바지의 얼굴이 아래로 꺾였다. 후드티가 청바지의 종아리를 세게 걷어찼다. 청바지가 땅바닥 위에 무릎을 꿇었다. 청바지가 낮은 포복을 하며 옆에 주차해 있는 은색 소나타 뒷바퀴에 다가갔다. 뒤따라 온 후드티가 두 손으로 청바지의 상체를 세우고 멱살을 잡은 채 주먹 한 방을 제대로 날렸다. 청바지가 힘없이 바닥에 쓰러졌다.

　옆에서 구경하던 승우의 마음이 괴로웠다. 솔직히 후드티가 이제 그만 했으면, 했다. 승우가 다시 싸움을 말리려고 하는데, 후드티가 오른발로 청바지의 옆구리를 찼다. 신음 소리를 토해내며 청바지가 몸을 옆으로 꼬았다. 후드티가 발로 청바지의 등을 두어 번 밀자 청바지의 몸이 굴러 땅바닥 위에 바로 누여졌다. 이때 기봉과 야구모자가 주차장으로 막 나왔다. 씩씩거리고 있는 후드티와 바닥에 누워 있는 청바지를 본 순간, 둘의 얼굴이 흥분으로 부풀어 올랐다. 둘은 곧장 달려와 번갈아 가며 청바지의 배와 허벅지를 발로 마구 찼다. 청바지가 도로를 향해 엉금엉금 기어가기 시작했다. 후드티가 뒤따라가 다시 청바지의 상체를 세우고 청바지의 얼굴을 주먹으로 내리쳤다. 퍽, 청바지가 길 위에 일자로 뻗었다.

이때 청바지 친구로 보이는 검은 패딩이 청바지 이름을 부르며 뛰어왔다. 청바지 얼굴을 보자마자 검은 패딩이 휴대폰을 꺼내 신고를 하려고 했다. 순간, 신고하면 절대 안 된다는 생각이 승우의 뇌리를 스쳤다. "넌 뭐야, 새끼." 승우가 주먹으로 검은 패딩의 콧등을 세게 때렸다. 이들 주위로 사람들이 모여들기 시작했다.

승우는 일행과 함께 정신없이 뛰었다. 한 이십 분쯤 지났을까, 도저히 숨을 참을 수 없게 되자 네 명은 일제히 허리를 꺾고 양 무릎 위에 두 손을 올린 채 숨을 몰아쉬었다. 짭새가 뜰 게 분명했다. 일단 모두 찢어지기로 했다. 승우는 교차로에서 택시에 올라탔다.

집에 돌아왔는데 집안에는 아무도 없었고 거실은 다시 어질러져 있었다. 둘러보니 영미가 집에 들어왔다 나간 흔적이 보였다. 영미가 윤주를 데리고 나갔을 게 분명했다. 바로 윤주에게, 그리고 영미에게 전화했지만 둘 다 받지 않았다. 도대체 어딜 간 건지. 온갖 망상이 승우의 가슴을 마구 분탕질을 치며 지나갔다. 승우는 윤주 휴대폰에 문자를 남기고, 소파에 벌러덩 드러누웠다. 팔베개를 하고 두 눈을 감았다. '개씨발, 참으려 했는데 일이 커져버렸다.' 경찰이 자기를 찾아내고 말 것만 같아 겁이 났다.

몇 달 전, 미니스톱 편의점 앞에서 시비가 붙어 경찰서에 끌려갔던 기억이 났다. 그땐 다행히 기소유예로 끝났지만 이번에는 형을 살아야 될지도 몰랐다. 순간 승우는 그때 보았던 엄마의 얼굴이 떠올랐다. 반듯하던 이목구비가 조금씩 구겨지면서 기어이 투박한 두 손바닥 안에 감싸이고 말던. 그날 엄마는 '우리 승우는 원래 천성이 착하고 정도 많은 앤데, 이상하게 누가 자기를 조금이라도 무시하는 듯하면 참지를 못하는 편이다, 초등학교 땐 상장도 많이 받고 친구도 많았던 애'라며 검사에게 선처를 부탁했다.

승우는 기분이 엉망이었다. 이제 더 이상 아무것도 생각하고 싶지 않았다. 샤워를 하는 게 나을 것 같았다. 빨리 싸움의 흔적을 없애고 싶었다.

승우는 새 옷으로 갈아입고 바로 기철에게 전화했다. 여전히 전화가 안 됐다. 바로 문자를 보냈다. 휴우. 이곳에 온 지 벌써 육 개월이 다 돼 가고 있었다. 작년, 고2 가을학기 중 기어이 학교를 자퇴하고, 집에도 들어갈 수 없게 된 승우는 갈 곳이 없었다. 건물 계단이나 공원 화장실에서 잠을 잔 적도 있었고, 찜질방, 편의점 알바, 중국집 배달 등 닥치는 대로 일을 했다. 그러다가 '솔직히 다 말해' 페이스북에서 우연히 기철을 알게 돼 이곳에 오게 됐다.

처음에 승우는 가슴팍과 팔등에 잔뜩 문신을 하고 나타난 기철의 인상이 그다지 좋아보이지는 않았다. 하지만 그날 기철은 승우에게 '나도 예전에 집을 나왔었다, 그래서 그 심정을 누구보다 잘 안다, 그냥 내 옆에서 심부름이나 하면서 같이 지내자, 너를 친동생처럼 생각하겠다'고 말했다. 승우는 자기보다 다섯 살밖에 많지 않은 기철이 버젓한 오피스텔에 살고, 중고 외제차를 끌고 다니는 것이 멋있어 보였다. 그리고 무엇보다 안정된 거처에 살고 싶었다.

기철이 하는 일이 좋은 일이 아닌 걸 승우가 알게 된 건 이곳에 온 지 며칠 지나지 않아서였다. 기철은 인터넷 사이트를 통해 알게 된, 가출한 애들을 자기 오피스텔에서 재워주었다. 그리고 인터넷 사이트를 이용해 여자애들을 밖으로 일을 내보내는 것 같았다. 옆에서 보기에 결코 유쾌하지는 않았지만 승우로서는 뭐가 어떻게 돌아가는지 잘 알지 못했고 기철에게 이래라저래라 할 입장도 아니었다.

승우가 처음에 한 일은 페이스북을 이용해 가출하려는 애들과 대화하고, 걔들을 이곳에 데리고 오는 일과 기철의 심부름 같은 일이었다. 하지만 얼마 있다가 승우에게도 돈을 버는 일이 맡겨졌다. 교통 법규를 위반하는 사람들로 하여금 교통사고를 내게끔 유도해 보험금을 타내는 일이었다. 일단 접촉사고가 일어나면 사람들은 생각보다 크게 위축됐다. 자기들이 법을 위반했다는 생각에 잔뜩 겁에 질려 다른 걸 잘 보지 못했다. 이런 일을 하다 보니 자연히 기철은 끊임없이 차종을 바꾸고, 차에 태우는 운전자도 바꿨다. 따라서 기철의 오피스텔에는 가출한 애들이 끊임없이 들어왔다 나가는 정거장 같은 곳이 되었다. 승우가 운전면허증이 없는 걸 안 기철은 운전면허 학원에 승우를 등록시켜 주고 면허를 따게 했다. 물론 승우로서는 썩 내키지 않는 일이었다. 하지만 하루 온종일 뺑뺑이를 쳐야 겨우 입에 풀칠하고, 계속 이리저리 옮겨다니는 생활로 당분간은 다시 돌아가고 싶지 않았다.

처음 승우가 일을 나간 곳은 K종합병원 앞 사거리였다. 편도 2차선과 편도 4차선이 십자형으로 만나는 곳이었다. 이날 기철은 승우보다 먼저 오피스텔에 들어온 영준을 아반떼 운전석에,

승우를 조수석에 앉혔다. 기철은 교차로 옆 골목에 서서 망을 보고 있었고, 승우가 탄 차는 두 차례 동일한 코스를 돌았다. 차가 편도 2차로 중 2차로에 대기하고 서 있는데, 마침 1차로로 오던 검정색 제네시스가 교차로 앞으로 다가오더니 차선을 변경하지 않고 그대로 좌회전 차로에서 신호 대기를 하려고 섰다. 신호가 바뀌자 제네시스가 갑자기 우측 직진 차로로 진로를 변경하려고 했다. 거의 동시에 기철이 휴대폰으로 승우에게 신호를 보냈다. 몇 초도 지나지 않아 아반떼 운전석 좌측 도어와 제네시스 승용차의 트렁크 앞 우측면이 교차로 중앙 지점 부분에서 쾅 부닥쳤다. 순간 충격이 승우의 온몸에 전해졌지만 생각보다 큰 충격은 아니었다.

그날의 사고로 영준과 승우는 병원에서 한 보름 잘 쉬었다가 나왔다. 하지만 보험회사에서 사백만 원을 받은 기철은 승우에게 일원 한 푼 주지 않았다. 지금까지 승우에게 들어간 돈이 더 많다는 이유였다. 승우는 가끔 엄마가 보내주는 돈으로 겨우 버텨나갔다. 승우는 마지막이라 생각하고 욕심을 내기로 작정했다.

그날은 마침 아침부터 비가 많이 내렸다. 기철은 비 오는 날을 제일 좋아했다. 운전자의 시야가 안 좋을 수밖에 없고, 차가 의도한 대로 잘 미끄러지기 때문이었다. 기철이 H모텔 앞 T자형 삼거리로 승우를 데리고 나갔다. 이번엔 승우 혼자였다. 기철은 삼거리 옆 코너 부근에 자기 차를 정차시켜 놓고 일방통행로를 역주행하여 진입하는 차가 있는지 망을 보고 있었다. 이곳 일방통행로는 완만하긴 해도 약간 둥글게 커브를 그리고 있어 처음 들어선 차량이 반대쪽에서는 잘 보이지 않았다. 승우가 소나타 차 안에서 한참을 기다리고 있는데 드디어 기철에게서 연락이 왔다. 승우는 바로 차를 반대편 일방통행로 안으로 진입시켰다. 곧이어 굵은 빗줄기를 뚫고 저만치 앞에서 은색 벤츠 승용차가 다가오는 게 보였다. 승우는 조금씩 속도를 올리다가 40미터 정도 앞에서 두 눈을 감고 가속페달을 밟았다. 벤츠가 옆으로 핸들을 꺾지 않았다면 큰 일이 일어날 수도 있었을 사고였다. 그래도 원하는 정도의 제법 큰 사고가 발생했다.

다행히 운전자는 육십대 중반으로 보이는 아줌마였다. 아줌마도 입원하고, 승우도 입원했다. 이번엔 종합병원이었다. 승우는 6주간의 치료가 필요한, 요추와 뒷목의 염좌 및 긴장의 상해를 입었다. 이번엔 당연히 보험료가 상당히 나올 것으로 예상했다. 그런데 구백만 원이나 되는 보험금을 기철이 받고서 지금까지 승우에게 한 푼도 주지 않은 채 자꾸 날짜를 미루고 있었다.

승우는 너무 화가 나서 소파에서 벌떡 일어섰다. 바로 기철에게 전화했다. 신호음이 삼 분 동안 계속 울렸다. 승우는 전화를 끊고 다시 걸기를 몇 번 반복했다. 그래도 기철은 전화를 받지 않았다.

중3 때부터 아빠의 권유로 씨름을 시작한 승우의 고등학교 시절은 하루하루가 전쟁이었다. 실전에서는 타고난 씨름꾼인 우혁이 놈한테, 연습장에선 감독한테 허구한 날 얻어터지는 삶이었다. 배지기 선수인 우혁이 샅바를 쥐고 승우를 앞으로 당길 때마다 감독은 배 아래로 힘을 꽉 주라고 소리 질렀지만 승우는 열에 아홉 실패했다. 그리고 그때마다 감독은 '붕신, 시키는 대로 안 해!'하며 승우의 다리를 걸어찼다. 그땐 정말 씨름만 안 하면 살 것 같았다. 바로 날아갈 것 같았는데 그것도 아니었다. 이제 승우는 기철에게서 돈만 받으면 바로 윤주와 함께 이곳을 떠날 것이었다.

　승우는 다시 윤주에게 전화했다. 신호음이 계속 울려도 윤주는 전화를 받질 않았다. 승우의 콧구멍이 매연으로 콱 막히는 듯했다. 승우는 윤주가 어디에서 뭘 하는지 알 수가 없어 미쳐버릴 것 같았다. 자기가 도대체 뭘 어떻게 해야 할지 알 수가 없었다. 이때 휴대폰이 울렸다. 기철이었다. 기철이 자기가 있는 곳으로 바로 오라고 했다. 승우는 용수철처럼 자리에서 일어나 얼른 잠바를 집어들었다.

　승우는 골목을 빠져나와 택시를 잡아탔다. 기사에게 대학로 낭만포차로 가자고 말하고 뒷좌석 등받이에 몸을 기댔다. 오피스텔에 들어온 지 열흘 밖에 되지 않은 애였다. 윤주의 얼굴이 중학생처럼 너무 앳되고, 너무 희었다. 눈 코 귀가 다 오목조목하고 귀여웠다. 도저히 가출을 할 애처럼 보이지 않았다. 그동안 이곳을 스쳐갔던 여자애들에게서는 느껴보지 못한 감정이었다. 아니 생전 처음 느껴보는 감정이었다.

　페이스북에서 윤주와 처음 대화를 틀 때부터 윤주는 다른 여자애들과는 좀 달랐다. 순진한 윤주를 이곳에 끌어들인 사람은 바로 승우, 자신이었다. 승우는 책임감을 느꼈다. 가슴이 조여 왔다.

　어느새 택시가 대학로에 가까이 접어들었다. 그런데 생각해 보니 지갑에 돈이 없었다. 금요일 밤이라 그런지 차가 많이 밀렸다. 기사가 혼잣말로 볼멘소리를 했다.

　"거기는 사람이 많아서 못 들어가는데……."

"아저씨, 죄송한데 뒤쪽으로 좀 들어가 주세요. 그리고 제가 지갑을 놓고 와서 친구한테 전화할게요. 금방 올 거예요."

그런데 차가 좀처럼 움직이지 못했다. 그리고 승우가 전화를 해도 기철이 받지를 않았다. 백미러로 승우를 흘끗거리던 기사가 거친 목소리로 말했다.

"아, 정말 환장하겠네. 복잡한 골목을 어떻게 들어가라고 해. 야, 돈 받지 않을 테니 그냥 내려."

"아니, 내가 돈이 없어서 그러는 게 아니라 친구가 올 건데, 왜 반말을 하고 그러세요."

"그냥 내려!"

기사가 소리를 질렀다. 승우의 귀청이 얼얼했다.

"아니 왜 소리를 지르고 그러세요. 기사님 성질이 뭣 같네요."

승우는 말을 내뱉으면서 자기가 잘못 말을 하고 있다고 느꼈다. 참아야 했다.

"뭐야! 시발 놈아, 내가 니 할아버지뻘이다, 이놈아."

"아, 참 좆같네. 내가 거지냐 씨발."

"너 지금 어른한테 욕했어? 이 새끼가 정말."

기사가 고개를 돌려 승우를 쳐다보며 말했다. 시커먼 얼굴에 왕방울만한 눈알이 막 튀어나올 것만 같았다. 승우의 숨이 가빠졌다.

"아저씨 죽고 싶어요?"

"뭐? 니까짓 게 나를 죽여? 좋아, 조용한 데로 가자. 너 오늘 임자 만났다."

택시기사가 급하게 핸들을 꺾었다. 차가 겨우 골목을 빠져나와

대로로 접어들었다. 속도계의 눈금이 마구 올라갔다. 기사가 쉬지 않고 온갖 쌍욕을 하며 거칠게 차를 몰았다. 기철을 빨리 만나고 싶은 마음에 차 세우라고 승우가 소리를 질러도 아무 소용이 없었다.

택시가 사거리에서 급하게 우회전을 했다. 잠시 뒤 신호등 앞에서 좌회전을 하자 한적한 주택가가 나왔다. 택시가 조금 더 달려 근처 공터 옆에 급하게 섰다. 이때 승우의 휴대폰이 울렸다. 기철이었다. 하지만 승우는 받을 수가 없었다. 기사가 먼저 차에서 내렸다. 키는 작지만 상체가 크고 배가 불룩 나온, 오십 대 중반으로 보이는 남자였다.

차문을 열고 나오면서 승우는 일 벌리지 말아야겠다고 생각했다. 한시라도 빨리 기철을 만나고 싶었다. 승우의 건장한 신체를 본 기사의 얼굴에 흠칫 놀라는 기색이 스쳐지나갔다. 될 대로 되라는 듯한 표정으로 기사가 주먹을 쥔 채 승우 앞으로 다가왔다. 승우는 오지 말라는 표시로 뒤로 주춤 물러났다. 기사가 계속 달려들었다. 승우는 양 손바닥으로 기사를 두 번 뒤로 밀어냈다. 그래도 소용이 없었다. 할 수 없이 승우는 기사의 멱살을 잡고 땅바닥에 내동댕이쳤다. 그리고 죽을힘을 다해 어두운 골목 사이로 도망쳤다.

승우는 큰 도로로 나와 지나가는 택시를 세웠다. 차에 타서도 한동안 정신없이 숨을 몰아쉬었다. 그리고 바로 기철에게 전화했다. 전화를 받자마자 기철이 왜 전화해도 안 받냐며 버럭 성질을 냈다. 승우는 일이 그렇게 됐다, 지금 바로 간다고 말했다. 승우는 기사에게 약속장소를 알려주고 등받이에 등을 기댔다.

정말 재수 옴 붙은 날이었다.

승우의 뇌리에 오늘따라 유난히 해쓱했던 윤주의 얼굴이 떠올랐다. 그 위로 아빠한테 아직 전화 한 통 안 온다며 울먹이던 윤주의 얼굴이 겹쳐졌다. 엄마가 암으로 죽자마자 아빠는 재혼하고, 새엄마와 새 동생은 윤주의 얼굴을 대면하기조차 싫어한다고 했다. 윤주는 돌아가신 엄마가 보고 싶다며 승우의 가슴팍에 안겨 왔다. 고량주를 들이킨 듯 승우의 가슴이 쓰라렸다. 지금 이 순간, 승우는 윤주의 해사한 얼굴이 너무 보고 싶었다. 새하얗게 웃음을 터뜨리면 꽉 막혔던 승우의 가슴이 활짝 열릴 것 같았다. 승우는 어떻게 해서든 윤주에게 미소를 선사해주고 싶었다.

바로 이때, 승우의 머릿속에서 종소리 같은 게 울렸다. 이번에 부모님을 만나 사업자금을 한번 부탁해 보면 어떨까, 하는 생각이 퍼뜩 들었다. 아까 엄마가 문자에서 분명히 아빠가 이제 자기를 받아들이려 한다고 했다. 그렇다면 부모님을 만나서 대학등록금 대신이라 여기고 자금을 좀 빌려주시면, 반드시 나중에 다 갚겠다고 사정해 볼 수 있지 않을까, 싶었다. 편의점도 좋고, 택배도 좋고, 분식점도 다 괜찮을 거다. 승우는 윤주와 둘이서 해보고 싶었다. 잘할 수 있을 것 같았다. 승우는 가슴이 너무 뿌듯했다. 머리털 나고 처음으로 스스로가 자랑스러웠다. 드디어 기회가 온 것이었다. 이제 기철이에게서 돈만 받으면 바로 윤주랑 같이 이곳을 뜰 것이었다. 승우는 다시 윤주에게 전화했다. 여전히 전화를 받지 않았다. 승우는 또 다시 문자를 보냈다. 승우의 가슴이 숯불 위로 막 떨어진 오징어처럼 타들어갔다.

"야, 임마. 왜 인제 와."

기사에게 택시비를 지불한 기철이 승우의 벌게진 얼굴을 보며 말했다.

"너 또 한 판 했냐? 새꺄, 너 오늘 귀 빠진 날이라며."

기철이 손바닥으로 승우의 뒤통수를 툭 치며 말했다. 순간 승우의 목구멍에서 욕지거리가 터져 나오려고 했다. 승우는 겨우 속으로 삼켰다.

두 사람은 주점 안으로 들어섰다. 기철이 승우에게 소주를 한 잔 따라줬다. 승우는 술잔을 든 채 기철을 똑바로 쳐다보며 말했다.

"형, 내 돈. 내 돈 줘야지."

"새꺄, 내가 안 줄까봐 그러냐? 그냥 죽치고 있어, 임마. 너 오늘 생일날이잖아. 내가 너 오늘 제대로 놀게 해주려고 하는데."

"어제 준다고 했잖아."

"새꺄, 내가 어디 가냐? 맨날 보는데, 왜 그래? 기분 잡치게."

속에서 뭔가가 부글부글 끓어올랐지만 승우는 아무 말도 할 수가 없었다. 이때 갑자기 기철이 승우 앞으로 상체를 내밀며 사뭇 긴장한 표정으로 말했다.

"야, 임마. 지금 그게 문제가 아니야. 내 여자친구가 저 건너편 건물 일층 여자화장실에 있어. 자기 친구랑 같이. 노랑머리에 보라색 밍크 입은 애야. 걔 좀 이리 데리고 와라. 우리 넷이 같이 놀자. 돈은 걱정 마, 내일 아침에 바로 줄게."

승우는 그동안 기철의 여자친구를 한 번도 본 적이 없었다. 다른 때 같았으면 흥미가 당겼을 텐데, 아무 관심도 생기지 않았다.

놀고 싶은 의욕도, 장난칠 기운도 나지 않았다. 승우가 꿈쩍 않고 앉아 있자 기철이 목소리를 높였다.

"야, 임마. 너, 이 형 안 믿어? 새끼, 빈대 주제에 졸라 말 안 듣네. 빨리 움직여, 새꺄."

기철이 테이블 밑으로 승우의 종아리를 자기 발로 걷어차며 말했다. '빈대'라는 소리를 듣고 종아리가 걷어차이자 승우의 몸 안의 피가 빠르게 한 바퀴 도는 듯했다. 하지만 승우는 달리 선택할 게 없었다. 지금 여기서 기철과 한판 뜰 수는 없는 노릇이었다. 승우는 무겁게 엉덩이를 들고 일어났다.

승우는 건너편 건물을 향해 터벅터벅 걸음을 옮겼다. '빈대? 빈대라.' 승우의 두 주먹이 절로 쥐어졌다. 손목 안 푸른 힘줄이 불거져 나왔다.

승우는 열린 자동문 안으로 들어서자마자 여자 화장실을 찾았다. 마침 왼쪽 복도 끝 여자 화장실 밖으로 젊은 여자애 둘이 나오고 있었다. 앞의 애는 구미호 같이 생긴 얼굴에 보라색 밍크를 걸친 노랑머리였고, 뒤에 따라 나오는 애는 바짝 마른 몸에 검정 스키니진을 입은 긴 생머리였다. 승우는 노랑머리에게 다가갔다. 그리고 조심스럽게 입을 열었다.

"저, 저쪽 건물에서 지금 기철이 형이 기다리고 있어요."

"네? 아, 아. 내가 조금 있다가 전화한다고 하세요."

노랑머리가 승우를 살짝 밀치며 지나가려고 했다. 노랑머리의 얼굴이 별 웃기는 놈 다 봤다는 표정이었다. 그러지 않아도 달구어진 승우의 기분이 석유통을 뒤집어쓴 듯했다. 승우는 가쁜 숨을 내뱉으며 화를 밀어냈다. 그리고 최대한 얌전히 말했다.

"아니, 지금, 지금 오래요."

"뭐야. 내가 전화한다고 했잖아요. 귀가 먹었나, 왜 말귀를 못 알아먹어."

"아니요, 지금 가시죠."

승우는 발을 벌려 노랑머리의 앞길을 막으며 겨우 예의를 지켜 말했다.

"뭐야, 비켜. 비키라구."

승우는 아무 말 하지 않고 그대로 자리를 지켰다.

"정말 안 비켜? 뭐 이런 게 다 있어."

노랑머리가 눈을 치뜨며 말했다. 순간 승우의 뒷목이 땅겼다. 뒷목이 확 뭉치는 듯했다. '뭐 이런 게? 쌍년이 감히 명령을 해.' 승우의 안에서 모든 것이 뒤엉킨 채 마구 소용돌이를 쳤다. 이때 뒤에서 누군가가 승우의 어깨를 툭 치며 말했다.

"저, 왜 그러세요."

승우는 뒤돌아봤다. 대학생쯤으로 보이는 애송이 한 놈이 서 있었다. 애송이가 노랑머리에게 물었다.

"아는 사람이세요?"

노랑머리가 고개를 저었다. 애송이가 갑자기 눈동자에 촉을 세우고 승우를 쳐다보았다.

"뭘 쳐다봐. 씨발, 존나 꼭지 도네."

승우는 오른손 주먹으로 애송이의 왼쪽 뺨을 가격했다. 헉, 애송이가 두 손으로 얼굴을 감싸며 두어 걸음 뒤로 물러났다. 승우는 쉴 틈을 주지 않고 따라가 애송이의 배를 주먹으로 때렸다. 애송이의 허리가 앞으로 꺾였다. 승우가 오른발로 애송이의 정강이를 세게 걷어차자 애송이가 바닥에 쓰러뜨렸다. 옆에서 터져 나오는 두 여자의 비명소리가 건물 벽을 타고 울렸다.

이때 또 한 놈이 뒤에서 승우의 허리를 잡으려 했다. 승우는 잽싸게 몸을 돌려 놈을 위로 들어올리면서 업어치기를 했다. 놈이 그대로 바닥에 뻗어버렸다. 승우는 오른발로 놈의 옆구리를 마구 찼다. 놈의 몸뚱아리가 바닥 위에서 이리저리 나뒹굴었다. 승우는 가쁜 숨을 내쉬며 고개를 돌려 아직도 바닥에 쓰러진 채 배를 움켜지고 있는 애송이를 바라봤다. 승우는 애송이의 상체를 들어 얼굴을 주먹으로 때렸다. 쿵, 하는 소리가 대리석 바닥 위로 번져나갔다. 승우는 정신없이 건물 밖으로 내달렸다.

승우가 숨을 헐떡이며 기철 앞에 와 섰다. 기철이 승우를 올려다보며 눈썹을 찌푸리며 말했다.

"뭐야, 왜 혼자 와. 너 왜 내가 시키는 대로 안 해! 이 븅신 새끼."

'너 왜 내가 시키는 대로 안 해'라는 말이 승우의 명치끝에 와 걸렸다. 순간 승우의 눈앞에 감독의 한껏 벌려진 눈과 입안의 누런 이가 떠올랐다. 이어 기철이 내뱉은 '븅신 새끼' 소리 위로 감독의 '븅신 새끼' 소리가 덧붙여지면서 일정한 리듬을 타고 귓가에 메아리쳤다. 승우의 얼굴에서 핏기가 싹 가셨다. 승우의 의식이 안 된다고 말하는데도 승우의 손이 아래로 뻗었다. 승우의 손이 맥주병을 들어 테이블 가에 힘껏 내리쳤다.

깨진 맥주병을 들어올리는 승우의 손이 덜덜 떨렸다. 승우의 몸이 빳빳해지면서 눈앞에 있는 기철의 얼굴이 안개에 휩싸인 것처럼 뿌옜다. 승우는 자기가 어디론가 밀려가는 것 같았지만 도저히 멈출 힘이 없었다.

한여름 밤의 꿈

민지와 나갈 준비를 하고 있는데, 전화가 왔다. 그 아이였다.

"어디야?"

"민지 자취방."

"언제 나갔어?"

그 아이의 목소리에 힘이 없었다. 말꼬리가 살짝 흔들리다 사라졌다.

"너 자길래. 아까 여덟 시쯤."

한동안 침묵이 이어졌다. 속이 울렁거리면서 이물질 같은 것이 목울대에 낀 듯 갑갑했다.

"미안하다, 내가 왜 그랬는지 모르겠다."

그 아이의 목소리가 저 멀리 안개 고동 소리처럼 낮게 울렸다. 울컥, 눈물이 쏟아질 뻔했지만, 이를 악물었다.

아무 말도 할 수가 없었다. 침묵이 빡빡하게 흘렀다. 그 아이가 부드럽게 말했다.

"몸은 좀 어때?"

"안 좋아."

"그래? …… 오늘 어떻게 지낼 거야?"

"아무래도 불안해서 병원에 가봐야겠어."

"병원? 무슨 병원? 산부인과 병원?"

"응."

"왜?"

한 옥타브 올라간 그 아이의 목소리가 다급했다. 나는 아무 말 하지 않았다. 아니, 할 수가 없었다.

"아니, 왜? 안 가도 돼."

격앙된 목소리에, 너무 단정적인 그 아이의 말투가 내 가슴을 때렸다. 무언가가 부서져 내렸다. 가슴팍이 소용돌이쳤다. 나는 병원 가서 무슨 일 있으면 전화 주겠다고 하고 바로 전화를 끊어버렸다.

기분이 더럽고 정신은 멍했다. 뭐가 뭔지 몰라 한동안 멍하니 숨만 몰아쉬었다.

안 가도 된다니. 아무렴 내가 그냥 아무 이유도 없이 가려는 걸까? 이미 민지와 임신 가능 기일을 여러 번 계산해 보고 난 뒤였다. 애통하게도, 가능한 기간이었다. 도대체 자기가 뭘 안다고 그렇게 말하는 건지. 그냥 상황을 무마하고 싶어 하는, 약간 짜증이 섞인 목소리였다. 할 말이 겨우 그것뿐이라니. 화가 나면서 동시에 엄청 수치스러웠다. 화기가 얼굴로 뻗치면서 안에서 훅, 썩은 내가 올라왔다.

잠시 뒤, 그 아이에게서 다시 문자가 왔다.

'진짜 미안해, 내가 그런 짓만 안 했으면, 에휴 존나 미안해. 진짜 앞으로 그런 짓 안 할게. 정말 미안해.'

자정이 훨씬 지난 시간에 엄마가 들어오는 소리가 들렸다. 자니? 방문 밖에서 들려오는 지친 엄마의 목소리에 아무 대답도 하지 않았다. 슬리퍼 질질 끄는 발소리가 점점 멀어져갔다. 순간 엄마한테 달려가 다 말해 버리고 싶은 욕망이 솟구쳤지만 이내 푹 꺼져버렸다. 내 생일날도 기억하지 못 하는 엄마에게 무슨 말을 하랴 싶었다. 나에 대한 관심이나 있을까, 싶었다.

바로 하루 전 일인데, 꼭 도깨비에게 홀린 것 같은 느낌이다. 베스킨라빈스 가게 유리문을 밀고 들어서던 그 아이의 수줍은 듯한 몸짓, 생일 축하한다며 내밀던 예쁘게 포장된 케익과 마카롱, 보랏빛 생일카드에 쓰여진 앙증맞은 글씨, 한쪽만 살짝 쌍꺼풀진 귀여운 눈매, 내가 먼저 떠먹고 나서야 자기도 플라스틱 숟가락을 갖다 대던 조심성, 어쩌다 마주치면 눈이 먼저 생글거리던 개구쟁이 같은 미소, 쟁반을 들고 걸어가던 그 아이의 꼭 끼는 바지에 드러난 볼록한 엉덩이. 그리고 지하철 역 앞에서 헤어질 때 그 아이의 눈썹이 한쪽으로 기울면서 얼굴 전체가 일그러지던 모습이 지금도 생생하다. 그 아이의 얼굴 반쪽에 반사된, 옆 상가에서 흘러나오는 불그스름한 불빛 때문에 더 그렇게 보였는지 모른다. 간절히 목마르지만 어쩔 수 없다는 듯 안타까움을 드러내던, 그 기묘한 표정.

어제 병원에서 받아온 사후피임약을 먹고 난 뒤부터, 계속 속이 안 좋았다. 오늘도 하루 종일 배가 살살 아프고, 머리가 어질어질했다. 머릿속이 뿌연 연기로 가득 찬 것 같아 도무지 뭔가에 집중할 수도, 차분히 생각할 수도 없다. 그나마 일요일이라 다행이다. 내 처지가 갑자기 내비게이션이고 엔진이고 다 고장난 폐차 꼴이었다. 시도 때도 없이 자꾸 아랫도리가 의식됐다. 아, 이전으로 돌아갈 수만 있다면. 그냥 공부가, 엄마 아빠가 지겨웠을 뿐이었는데. 이젠 내 자신이 제일 싫었다. 내 자신에게서 벗어날 수만 있다면. 내 육신이 너무 낯설고 혐오스러웠다. 뭔가를 씻어내려고 욕조에 물을 한 가득 담고 들어가 앉았다. 아랫도리가 눈에 들어왔다. 순간 쇠몽둥이 같이 딱딱하고 커다란 것이 내 몸을 막 밀고 들어올 때 느꼈던, 섬뜩한 느낌이 되살아났다. 너무 치욕스러워 물속으로 쑥 미끄러져 들어갔다. 얼마 있다 참지 못하고 머리를 쳐들었다. 숨을 토해내는데 눈물이 함께 쏟아져 내렸다.

늦은 밤, 민지와 통화하고 나서 멍하니 천장만 바라보고 있는데, 그 아이에게서 전화가 왔다. 변성기 아이처럼 그새 목소리가 변한 것 같았다.

"어때, 몸은? 아직도 안 좋아?"

"어, 배 아파."

"어떻게 아파? 생리는?"

"그냥 몸이 안 좋아. 생리는 없구."

"약 먹고 괜찮아? 문제 생긴 거 없지?"

"아직."

"우리 이모가 간호사인데, 물어보니까 약 먹으면 괜찮대. 너무 걱정하지 마."

"……"

"어때, 한번 만날까? 오늘 밤에 시간 좀 있는데."

나는 그 아이의 어투가, 아니 말의 내용까지 전부 마음에 안 들었다. 그 아이의 관심은 오로지 생리가 있는지 없는지, 혹시 무슨 문제가 생긴 건 아닌지에 대해서만 쏠려 있었다. 무슨 큰 선심이나 쓰는 듯, 어때 한번 만날까? 라니. 마지못해 하는 말 같았다. 타이밍도 맞지 않았다. 만나자는 말을 하려면 좀 더 조심스럽게 그리고 진정성 있게, 그것도 늦은 밤이 아니라 일찌감치 했어야 했다. 속이 뒤틀리면서 헛구역질이 나오려고 했다.

"아니, 쉴래."

"그래? 그래, 그럼."

그 아이가 금방 전화를 끊었다. 갑자기 빨라진, 한 톤 높은 그 아이의 목소리에서 안도의 기미가 읽혀졌다. 이제 막 한시름 놨다는 듯한. 가슴 한복판이 뭉치는 듯했다. 이게 아닌데, 내가 시도 때도 없이 툭하면 상상하곤 했던 건 절대 이런 게 아니었다. 그날 밤을 그대로 뚝 떼어내 없애버리고 싶다. 그런데 그날 밤 일들이 거머리처럼 떠나질 않고 계속 토막토막 돌아가며 만화경처럼 내 눈앞에 펼쳐진다. 도대체 뭐가 어떻게 잘못된 것인지 감이 잡히질 않는다. 아무래도 내 머리가 렉 걸린 컴퓨터처럼 고장난 것 같다.

오늘도 학교에서 내내 머리가 어지러웠다. 수업에 집중하려

해도 잘 안 됐다. 점심시간에 처음 그 아이를 소개해준 영미를 복도에서 만났다. 나를 보자마자 영미의 동공이 커졌다. "왜 무슨 일 있었어? 얼굴이 안 좋은데, 무슨 일이야?" 학교 복도에서 할 말은 아니었다. 우린 학교 앞 빵집에서 따로 만나기로 했다.

고1 때 같은 반이었던 영미가 하루는 나에게 괜찮은 애가 있는데, 한번 만나보겠냐고 했었다. 같은 학원에 다니는 앤데, 나와 함께 찍은 휴대폰 바탕화면 사진을 보고 나를 좀 만나게 해달라고 졸라 왔다고 했다. 그런데 며칠 동안 나와 SNS를 하던 그 아이가 다음날이 내 생일인 걸 알고 한번 보자고 해서 만나게 된 거였다.

내 말을 다 듣고 난 영미의 눈가에 눈물이 맺혔다. 난 괜히 말을 한 게 아닌가, 싶었지만 엎질러진 물이었다. 영미는 걔가 얌전한 앤 줄 알았는데, 미안하다는 말만 자꾸 반복했다. 그 아이에 대해 뭔가 알고 싶었는데, 뭔가 도움이라도 받고 싶었는데, 그것도 아니면 위안이라도 좀 얻고 싶었는데 혹만 하나 더 붙인 셈이었다. 자기가 한 일을 몹시 후회하는 영미의 모습을 보는 게 너무 힘들어 일찍 헤어졌다.

집에 돌아오는데, 처음 영미에게서 그 아이에 대한 얘기를 듣고 잔뜩 들떴던 나 자신이 생각났다. 부끄럽고 비참했다. 이대로 관 속에 담겨 땅속 깊이 영원히 묻히고만 싶었다.

그 아이에게서 문자가 왔다. 어제와 똑같은 내용이었다. 다만 만나자는 내용이 빠지고 병원비가 얼마냐며 자기가 보내겠다는 내용이 덧붙여졌다. 나는 간단히 알았다고만 했다. 더 이상 문자가 없었다. 자존심이 상했다. 이게 아닌데, 이게 아닌데. 이건 아니지, 나는 자꾸 같은 말만 중얼거리고 있었다.

민지에게선 하루에 한두 번 문자가 왔다. 좀 어떠냐고 민지가 물으면 난 내 고통을 호소했다. '좀 메스껍고 가슴에 통증이 있지만 뭐 괜찮아. 그런데 마음이 넘 안 좋아.' '왜?' '자꾸 생각이 나. 그리고……' '그리고 뭐?' '아냐.' '뭐가 아냐? 너 안 되겠다. 내가 토요일에 너희 집에 갈게.' '그래, 고마워.' '고맙긴, 뭐가 고마워.'

민지는 우리 집이 시내로 이사 오기 전, 한 동네에 살았던 친구다. 많이 친해진 건 중학교 때 같은 영어학원에 다니면서부터였다. 내 생일 전날, 민지에게서 내일 만나 저녁 먹고 노래방 가자는 문자를 받았다. 솔직히 그날 민지에게서 문자가 오지 않았다면 내 심정이 어땠을까, 한다. 일주일 전부터 혹시, 하고 기다렸지만 역시, 엄마는 내 생일을 기억해주지 못했다. 언젠가부터 엄마와 아빠는 나와는 딴 세상에 사는 사람 같았다. 두 사람도 서로 각자 따로 사는 것 같았다. 변두리에서 음식점을 할 때엔 보지 못했던 모습이었다. 돈을 벌어 시내 중심가에 큰 고깃집을 차렸지만, 언젠가부터 두 사람 다 집에 들어오는 시간이 달랐다. 이따금 한밤중에 싸우는 소리가 들리면 머리카락이 쭈뼛 일어설 것처럼 무서웠다. 그럴 때마다 차라리 이혼하는 게 낫지 않을까, 생각을 하다가도 만에 하나 엄마가 훌쩍 집을 떠나버리면 어쩌나, 심장이 후들거렸다. 그때마다 나는 베개를 힘껏 끌어안으며 잠을 청하곤 했다. 생일날 아침, 가방을 메고 현관을 나서면서 엄마에게 오늘 민지 자취방에서 자고 올 거라고 말하곤 현관문을 닫았다. 뒤에서 뭐라고 하는 엄마의 목소리가 들렸지만 신경 쓰지 않았다.

밤마다 잠을 이룰 수가 없다. 자정이 다 돼 민지에게서 전화가 왔다. 자기 때문에 그런 거 같다고 했다. 나는 아니라고 부정했다. 당연히 민지 때문이 아니었다. 사실은 내가 더 민지에게 미안했다.

그날 그 아이와 지하철에서 헤어지고 바로 곱창집에서 민지를 만났다. 케익을 보고 그게 뭐냐고 묻는 민지에게 생일 축하 편지를 보여줬다. "괜찮은 애 같은데, 계속 만나도 괜찮겠다." 민지가 이렇게 이야기해 주어서 기분이 아주 좋았다. 나는 항상 나보다 어른스럽고 침착한 민지의 의견을 중시해 왔다. "외모는?" "그냥 그래." 난 자그마한 얼굴이 밉지 않다고 말하려다 참았다. 내 베프인 민지이지만 그래도 사람은 누구나 감정의 동물이다. 민지는 아직 남친이 없다.

이때 그 아이에게서 문자가 왔다. '친구 잘 만났어? 너랑 더 같이 있고 싶었는데 ㅜㅜ.' '미안해. 나도 좀 섭섭하네.' '뭐 먹어?' '응, 곱창. 민지가 내가 좋아한다고.' '나도 곱창 엄청 좋아하는데. 몸 생각해서 술 많이 먹지 말고.' '우리 사이다 마시고 있어.' '아니, 그래도 생일날인데. 축하주는 한 잔 해야지, 쯔쯔. 어쨌든 좋은 시간 가져.'

"누구야?" 휴대폰을 끄자마자 민지가 물었다. "응. 아까 걔." 대답하는데, 아까 지하철 입구에서 보았던, 눈썹이 일그러지던 그 아이의 얼굴이 떠올랐다. 가슴께가 바위덩어리에 눌리는 듯했다. 나는 민지에게 그 아이에게서 온 문자를 보여줬다.

"걔 불러서 같이 놀자." 민지가 곱창을 입에 넣고 씹으며 말했다. 역시 내 친구였다. 민지가 그렇게 말하자, 나도 그러길 몹시 원하고 있었다는 걸 새삼 깨달았다. 나는 그 아이에게 오려면 오라고 문자했다.

'괜찮겠어? 내가 가면 안 불편하겠어? 처음 보는 앤데.' 그 아이가 답했다. 나는 괜찮다고 그냥 오라고 했다. '그럼 내가 술 사갖고 갈까?' '그럼 좋지.' '그래? 그럼 내가 사갖고 금방 갈게.' '그래 그럼.' 말하는 걸 보면 제법 센스 있는 애가 분명했다. 나는 무엇보다 센스 있는 남자가 좋다.

노래방에 도착해 화장실을 가는데 그 아이에게서 문자가 또 왔다. 미안하다며 오늘 자기가 돈이 없어 노래방에 가기가 좀 그렇다는 문자였다. 난 또 뭐라고. 나는 그냥 오라고 했다. 내 카드가 있으니까 문제없다고 했다. 대신 술하고 안주만 좀 사오라고 했다.

그 아이가 빛의 속도로 노래방에 왔다. 같이 있었던 자기 친구랑 함께 오고 싶었지만 니가 잘 모르는 애라 그냥 혼자 왔다고 했다. 역시 매너가 짱이었다. 전혀 모르는 남자애랑 노래방에서 노는 건 좀 께름칙하니까. 그 아이가 백팩에서 소주 3병과 도수가 낮은 일본 술 호로요이와 과자 안주를 꺼냈다.

우린 아금박스럽게 잘 놀았다. 이제 얼마 있으면 고3이 되는 우리들이었다. 지옥의 문이 곧 우리 등 뒤에서 닫힐 것이었다. 그 아인 춤도 노래도 중간 정도였지만, 탬버린으로 박자와 분위기 맞추는 건 아주 잘했다. 노래에 소질이 있는 민지가 발라드 노래를 부르면 그 아이가 내게 술을 따랐다. 자기 잔엔 소주를, 나에겐 호로요를 따랐다. 난 의자에 비스듬히 기대 술을 마시면서 민지가 노래 부르는 모습을 바라보다가 눈을 감고 민지의 목소리에 몰두하곤 했다. 민지와도 정말 오랜만에 노래방에 온 거였다. 나를 좋아하는 두 사람과, 또 내가 좋아하는 두 사람과 함께 있다는 게 참 행복했다.

민지가 옆에서 피곤하다, 빨리 가자고 말했다. 난 그 아이에게 우리 이제 가야 될 것 같다고 말했다. "형들이 곧 올 거야. 형들 차로 데려다 줄게." 그 아이가 민지와 나를 번갈아 보며 말했다. 민지가 다시 마이크를 잡았다. 난 내 카드를 그 아이에게 주며 계산을 하라고 했다. 온몸이 사우나에 들어갔다 나온 것처럼 녹진했다.

밖으로 나오니까 낮엔 맛볼 수 없었던, 시원한 바람이 불어왔다. 술기운으로 적당히 알싸한 내 얼굴을 알알이 마사지해 주는 느낌이었다. 진짜 오랜만에 신선한 해방감이 밀려왔다. 기분 좋은 밤이었다. "너, 언제 갈 거야?" 민지가 물었다. "형들이 올 때까지만 좀 기다려 줘." 그 아이의 목소리가 간절했다. 두 사람 사이에서 난 조금 난처했다. 민지는 기분이 나와 다른 것 같았다. 발을 동동거리며 옆에서 빨리 가자고 재촉했다. 난 그냥 민지와 택시를 타고 가야겠다고 생각했다. 이때 그 아이가 내 귀에다 대고 말했다. "내 고민 좀 들어줘, 이따. 너랑 같이 있고 싶어."

나는 어찌할 바를 몰랐다. "형들이 너희들도 데려다 줄 거야. 조금만 더 기다려줘." 나와 민지를 번갈아 쳐다보며 말하는 그 아이의 눈빛이 뜨거웠다. 나를 위해 일부러 여기까지 와 준 아이인데, 솔직히 그 아이만 혼자 남겨두고 우리 둘이 가버리기가 좀 뭐했다. 뭐랄까, 너무 박정한 것 같았다. "나 졸리니까 먼저 갈게." 갑자기 민지가 손을 번쩍 들자 택시가 금방 앞에 와 섰다. "그럼 나중에 와." 민지가 쏜살같이 차에 올라탔다.

우리는 천변 위를 조금 걸었다. 민지가 좀 섭섭했을지도 모르겠다는 생각이 스쳤다. 하지만 더 거세진 밤바람이 상큼했다. 물 위에 비친, 은빛 가로등 불기둥이 바람에 깨졌다 이어졌다 하는 모습도 보기 나쁘지 않았다. 앞장 서 걷다가 앞발이 돌부리에 부딪혀 잠깐 삐꺼덕했다. 그 아이가 얼른 나를 잡아주었다. 엷은 남성용 스킨 냄새가 훅 다가왔다. 바람이 등 뒤에서 손을 맞잡은 우리를 밀었다. 술기운이 파도처럼 밀려왔다 물러나기를 반복했다.

아무리 생각해도 그날 밤의 그 아이는 요즘의 그 아이와는 너무 다른 사람 같다. 하기야 그날 밤의 나 자신도 평소의 나와는 확실히 많이 다르다. 어떻게 잘 알지도 못하는 아이의 말을 그렇게 잘 들었을까? 민지를 먼저 보내면서까지 말이다. 알 수 없는 일이다.

요즘은 그 아이에게서 날마다 오던 문자도 오지 않는다. 이럴 수가. 이제 그 아인 이 문제에서 떠나있다는 확신이 들었다. 나만 이렇게 고통스럽다니. 너무 불공평하고, 너무 억울하다. 차츰 나를 둘러싼 모든 세상이 기이하게 여겨졌다. 아니 어쩌면, 온 세상에서 유일하게 나만 이상한지도 몰랐다. 마치 완전 밀폐된 유리공 안에 들어앉은 것 같았다. 나와 다른 애들 사이에 넘어설 수 없는 무언가가 들어차 있었다.

그 아이에게서 문자가 왔다. 내 상태를 의례적으로 묻길래 그냥 힘들다고 했다. '친구들이 배 존나 때리면 된다고 하더라.' 역시 그 아인 오로지 내 임신 여부 이외에는 관심이 없었다. 나도 모르게 속으로 와, 진짜 이건 아니네, 라고 뇌까렸다. 희망이 없었다.

무기력증에 빠져 학교에 다니는 게 힘들었다. 아직도 엄마는 아무 눈치도 못 채는 듯했다. 그래도 나에겐 민지가 있었다. 민지는 문자로 내 건강을 걱정했다.

'배 아파. 그리고 어지러워.' '먹은 지 일주일 지났나?' '엉' '그거 약 받을 때 어느 정도 부작용은 있을 수 있다 했으니까. 우선 기다리고.'

'오늘은 어때?' '피 나와.' '뭔 소리야?' '하혈인 건지. 갑자기 피 나와. 생리 하려면 거진 일주일 남았는데.' '미쳤다. 어떡해. 아픈 데는.' '어지럽고 구역질나고 계속 피곤하고 울렁거려.' '병원 가보자.' '아니, 병원 가긴 싫어.' '그래? 그럼 다음 주에 임테기 (임신테스트기) 내가 사다줄게. 한번 해보자.' '엉. 해보려고…' '그니까 몸 관리 잘해.' '신경 써줘서 고마워.' '뭐래. 뭐가 고마워. 당연한 건데.' '요즘은 걔한테서 문자도 잘 안 와.'

민지가 더 이상 아무 말도 하지 않았다. 긴장하는 게 느껴졌다.

민지가 임테기를 사갖고 우리 집에 왔다. 다행히 임신은 아니었다. 우린 집 앞 편의점에 가 라면을 먹었다.

"걔한테서 연락 와?"

"아니. 요즘은 거의."

"나쁜 놈. 너, 모텔 값하고 병원비는 걔한테서 받아야 하는 거 아냐?"

민지가 눈썹을 한껏 끌어올리며 말했다. 맞는 말이었다.

"어, 걔가 준다고 하긴 했어."

화장실에 가다 복도에서 영미를 만났다. 영미는 잘 지내냐고 걱정스러운 눈빛으로 나에게 물었다. 내가 머뭇대니까 영미가 나를 교내 편의점으로 데리고 갔다. 내가 조심스레 그 아이의 안부를 묻자, 영미가 걘 요새 잘 지내던데, 난 너랑 일이 잘 마무리 된 줄 알았다며 왜 무슨 일이 있냐며 반문했다. 난 속으로 어이가 없었지만, 침착하게 간단히 그동안 있었던 일을 이야기했다. 영미의 벌어진 눈 안에 흰자위가 다 드러났다. 세상에, 어머머, 나쁜 놈. 영미의 가슴이 오르락내리락 했다.

영미와 헤어져 집으로 오면서 난 이렇게 지옥 바닥을 헤매는데, 걘 어떻게 그렇게 아무렇지도 않게 잘 지낼 수 있는 걸까, 하는 의구심이 계속 머리를 쪼아댔다.

약을 먹지 않으면 견딜 수 없을 만큼 두통이 심해지고 있었다.

나는 한참을 망설이다가 용기를 내 그 아이에게 문자를 보냈다.

'돈은 언제 보내? 보내준다며?'

당장 답이 왔다.

'가까운 시일 내에 꼭 갚을 테니 걱정 마.'

답이 너무 성의 없고 짧았다. 목소리로 직접 듣지 않아 걔의 심정을 짐작하기 어려웠다. 아무리 생각해도 그저 귀찮은 일을 빨리 처리하겠다는 태도로 읽혔다.

'근데 생리 했어?'

'좀 더 있어야 돼.'

'알겠어.'

그 아이의 문자가 끊겼다. 어이가 없고, 분노가 치밀어 올랐다. 내가 이런 대접을 받는 게 맞는 건지. 점점 내 자신이 싫어졌다. 자꾸 그날 밤이 생각났다. 내가 왜 그렇게 밤늦게까지 그 아이를 따라다녔는지, 지금 이렇게 후회할 일을 어떻게 저지를 수 있었는지. 미쳐 버릴 것 같았다.

"여기서 형들 기다리자." 그 아이가 불빛으로 깜빡이는 노래방 앞에서 말했다. 나도 좀 쉬고 싶었다. 조도가 낮은 룸에 들어가자마자 그 아이가 백팩에서 술을 꺼냈다. "생일인데 마셔야지." 그 아이가 술 따른 잔을 내밀었다. "생일 축하해." 나는 조금만 마시고 잔을 내려놨다. 그 아이가 일어나 '겨울 아이'를 나직이 불렀다. 나는 남은 술을 조금씩 마시며 가사를 음미했다. 노래를 마친 그 아이가 내 옆에 다가와 앉았다. 한잔만 더 하자며 술을 따랐다. "자, 러브샷" 그 아이의 볼이 살짝 내 볼에 닿았다. 까칠하면서도 말랑한 살갗에서 소주향이 묻어났다. 미러볼이 정신없이 돌아가고, 몸이 나른해져 왔다. 그 아이가 남은 술잔을 마시라며 권했다. 나는 몸에 감각이 없는 것 같다며 술잔을 밀어냈다.

그래? 생일인데, 거부할 거야? 하면서 그 아이가 내 손등을 물었다가 내 겨드랑이를 간지럽혔다. 아, 아파, 하다가 간지러워 웃는 나를 보며 거 봐, 괜찮잖아, 하며 웃었다. 나를 쳐다보는 그 아이의 눈동자가 미소로 생글거리고 있었다. 순간 내 코앞에 그 아이의 얼굴이 다가왔다. 내 입술을 뭉그적 누르는 입술 감촉이 싫지 않았다. 저절로 두 눈이 감겼다. 어깨에 힘이 빠지면서 몸이 중력을 잃은 듯 붕붕 떠다니는 느낌이었다. 나도 모르게 입술이 열렸다. 이 순간이 몹시 비현실적으로 느껴졌다. 상상해 보았던 느낌과 현재의 느낌이 팔랑개비처럼 뒤섞였다.

이때 휴대폰이 울렸다. "다들 H대 쪽으로 갔대. 그쪽으로 오래." 전화를 받고난 그 아이가 말했다. "형들이 차로 데려다 줄 테니까 H대 앞으로 가자."

도로 위엔 차들이 뜸했다. 꽤 늦은 밤이었다. "나 그냥 혼자 갈게." 내가 말했다. "그럼 내가 너무 미안하잖아. 일단 H대 앞으로 가자. 정 그러면 거기 가서 내가 택시 태워줄게." 어떻게 해야 하나, 망설이는데 눈 깜짝할 사이에 택시가 우리 앞에 와 섰다.

택시에서 내리자 주위가 많이 어두웠다. 눈에 익지 않은 어둠이었다. 무서움이 불쑥 일었다. 바람이 다시 불었다. 암청색 하늘에 쥐색 구름들이 찢기듯 몰려가는 모습이 영화 속 장면처럼 인상적이었다. 구름 뒤에서 불쑥 몸을 드러낸 황금빛 보름달이 기이하게 예뻤다. 특별한 밤, 야릇한 기분을 좀 더 느끼고 싶은 마음과 이제 빨리 가야지, 하는 걱정이 오락가락했다. 마음 같아선 그냥 이 길을 따라 쭉 걷고 싶은데 힘이 좀 달렸다. 취기로 심신이 단추를 푼 여름 자켓처럼 헐거웠다. 내 옆에서 나를 부축하며 걷던 그 아이가 잠깐만, 하더니 갑자기 어딘가로 가버렸다.

여기가 어딘가 눈을 들어 보니, 환영처럼 반짝이는 오색 불빛에 둘러싸인 모텔 앞이었다. 그 아인 바로 나왔다. 형들이 금방

온다고 했으니까 들어가서 기다리자고 했다. "왜? 그냥 걷자."
"춥잖아, 그리고 형들이 기다리리라고 했어." "왜 이런 데서." "갈
데가 없잖아. 다른 데는 다 문을 닫았으니까. 형들 올 때까지만
잠깐만 쉬자."

이해가 될 듯 말 듯 했다. 원래 갈등을 싫어하는 성격이라
가급적 그 아이의 말을 들어주고 싶긴 했지만 그래도 내키지
않았다. 머뭇거리고 있는 내 손을 그 아이가 잡아끌고 안으로
들어갔다. 상체가 휙 앞으로 꺾였다. 내 몸이 휘청하자 그 아이가
괜찮아? 하고 물었다. 나를 쳐다보는 그 아이의 눈빛이 더없이
따뜻하고, 목소리가 다정했다. 고개를 끄덕이는데 바로 코앞에
엘리베이터 문이 활짝 열려 있었다. 난 그 아이의 손에 이끌려
안으로 들어갔다.

'왜 하필이면 이런 데서 기다리라고 하지? 다 문을 닫아서 갈
데가 없다고 했지. 좀 쉬고 싶기는 하다.' 엘리베이터 벽에 몸을
기대며 이런 생각을 하고 있는데, 그 아이가 나를 쳐다보며 씩
미소를 지어보였다. 목구멍까지 스멀스멀 타고 올라온 겁을 조금
밀어내릴 수 있는 용기를 줄 만큼 귀여운 미소였다.

그 아이가 문을 열자 싸구려 향수 냄새와 화장실 락스 냄새가
섞인 냄새가 풍겼다. 나는 들어가기 싫었다. '왜 여기에 내가
있지?' 오락가락하는 정신을 애써 모으며 쭈뼛 서 있는데, 먼저
신발을 벗은 그 아이가 내 얼굴을 쳐다보았다. 어서 올라오라는
표정이 역력했다. 현재의 애매한 내 위치가 불편하고 짜증이 났다.
여기까지 왔는데, 들어가는 게 맞는 행동같이 느껴졌다. 뭐가 뭔지
혼미하고 불쾌한 감정을 누르며 방에 들어가자 다리에 힘이 너무

없었다. 작은 의자 위에 걸터앉자 그 아이가 소형 냉장고에서 비타
500을 꺼내 뚜껑을 따줬다. 이걸 먹으면 정신이 좀 날지 모르겠다,
는 생각을 하면서 들이켰다. 건너편 의자에 앉은 그 아이가 자기
백팩에서 아까 노래방에서 먹다 남은 술을 꺼내 들이키는 모습이
눈에 들어왔다. 눈앞이 흐려지면서 머리가 무거워 머리를 숙였다.

　형들은 언제 와? 하고 물으려는데 그 아이가 내 옆에 다가와
무릎을 꿇더니 얼굴을 들어 내게 키스를 했다. 온몸에 온기가
퍼지면서 회전목마를 탄 듯 머리가 빙글빙글 돌았다. 내 입술이
열리고 그 아이의 혀가 내 혀를 휘감았다. 몸이 땅에서 붕 뜨면서
번지 점프를 하는 것 같았다. 무서우면서 아찔했다. 정신이 번쩍
들었다. 나는 두 팔로 그 아이를 밀어냈다. 하지만 내 팔이 내
의지를 담아내지 못하는 느낌이 들었다. 그 아이가 내 두 손을
잡으며 나를 일으키려 했다. 이게 아닌데, 하는 생각에 그 아이의
팔을 뿌리쳤는데, 소용이 없었다. 짜증이 났지만 목소리가 제대로
나오지 않았다. 침대 위에 내 몸이 누여졌다. 안 돼, 라는 마음과
그냥 좀 쉬고 싶다, 라는 마음이 희미하게 교차했다. 그 아이의
입술이 내 입술을 덮었다. 나는 얼굴을 흔들며 저항을 했지만 어느
순간 힘이 하나도 없었다.

　갑자기 검은 그림자가 반쯤 감긴 내 두 눈을 덮었다. 동시에
그 아이의 두 손이 내 치마를 벗기려는 걸 깨달았다. 눈앞에서
번개가 획, 일면서 이건 아니야, 라는 비명이 안에서 메아리쳤다.
나는 있는 힘을 다해 그 아이의 팔을 툭 툭 치면서 고개를 마구
좌우로 흔들었다. 그 아이의 한 손이 내 손목을 잡았다. 다른 한
손이 재빨리 움직이며 치마를 벗기기 시작했다. 내 다른 한 손이

그 아이의 동작을 계속 저지하려 했지만 번번이 실패했다.

임신이 아니어서 천만다행이지만, 그날 밤 일이 자꾸 떠올라 아무 것에도 집중할 수가 없다. 그 아이하고는 이후 한 번도 만나지 않았다. 어떻게 그럴 수가 있지? 어이가 없었다. 물론 나도 만나고 싶지 않다. 그래도 이건 아니라는 생각이 떠나질 않았다. 그토록 소중한 순간을 그렇게 쓰레기처럼 망쳐 버렸다니. 나 자신을 용서하기 어려웠다. 영화에서 보면 외국 애들은 쉽게 관계를 맺고 쉽게 헤어진다는 데 어떻게 그럴 수 있는지 이해가 안 됐다. 예전에는 이렇게까지 이 일이 심각한 것일 거라고는 생각지 못했다. 다른 애들은 어땠는지, 물어보고 싶어도 물어볼 수 없었다. 속이 더부룩하고, 어지럽고 무엇보다 잠을 제대로 잘 수가 없었다. 불현듯 남자애들은 성관계한 걸 자랑하고 다닌다는 말이 생각났다. 혹시라도 학원 아이들에게, 아니 TV나 인터넷에 소문이 돌아다니면? 자다가 겁이 나 벌떡벌떡 일어나곤 했다. 다음 날, 고민 끝에 그 아이에게 문자를 했다.

'이번 일은 쪽팔리는 일이니까 절대 아무한테도 말하지 마. 우리 둘만 아는 비밀이다.' '알았어.' 문자가 바로 날아왔다. 더 이상 아무 말도 없이 문자가 끝났다. 너무 퉁명스럽게 느껴졌다. 무시당하는 느낌이었다. 벽에다 머리를 쿵 박았다. 피멍이 들 정도로 자꾸 반복했다.

일주일이 지났는데, 그 아이에게서 아무 소식도 오지 않았다. 민지에게서만 지속적으로 문자가 왔다. 그때마다 민지는 그 아이에게서 돈이 왔는가, 하고 물었다. '아니 돈은커녕, 문자도 안 와.' '아, 열 뻗쳐. 정말 개새끼네.' '후우.' '임신이면 지가 책임지지도 않을 거야, 분명.' '아마도……' '너 돈 받으면 바로 연락 끊어.' '당연하지. 연락하기 싫어.' '요새 어때 넌?' '그냥 죽고 싶네.' '뭔 말이야.' '아냐, 농담이야. 농담. 미안. 그리고 고마워.' '쓸데없는 소리 말고 몸 잘 챙겨.'

또 다시 일주일이 흘렀다. 그 아이에게선 아직 아무 소식이 없었다. 참 이상했다. 무슨 일이라도 생겼나, 하는 생각이 들었다. 고민 끝에, 그 아이에게 돈 언제 보내줄 건지, 문자로 물었다. '알바하고 있으니까 월급 받으면 줄게.' 내가 아무 말도 안 하니까, 그럼 일단 계좌 보내라고 있는 돈만 먼저 보낸다고 했다. 알았다고 대답하고 계좌번호를 보냈다. '이제 됐지?' 문자가 뚝 끊어졌다.

그 아이에게 향했던 화살이 방향을 바꾸어 내 심장을 겨냥했다. 내 안에 있는 좋은 것들, 자존심 같은 것들이 모조리 죽어가고 있었다. 그 아이의 개구쟁이 같은 눈매 때문이었을까? 아니면 붉은 조명 빛을 받아 굴곡진, 침울해 보이던 표정 때문이었을까? 그것도 아니면 생일 축하주를 마셔야 한다며 술을 들고 단숨에 달려온 정성 때문이었을까? 그런데 지금 이 감정은 무엇일까? 그 아이의 문자 하나하나가 소름끼치도록 혐오스러운 건 도대체 무엇일까? 모든 것이 참담하다. 천 년을 살아버린 듯, 살아갈 기운을 다 소진해 버린 것 같다.

중간고사를 망쳐버렸다. 그러지 않아도 좋지 않은 성적이 이번엔 아예 곤두박질을 쳤다. 마음을 다잡아도 공부에 집중이 되질 않아 학교 도서관에 들렀다. 영미를 만났다. 영미가 자판기 커피를 두 잔 뽑아 나를 데리고 밖으로 나갔다. 나는 궁금해 하는 영미에게 요즘 근황을 간단히 전했다. 어머머, 세상에. 병원비도 아직 다 안 보냈다구? 영미가 어이가 없다는 듯 말했다.

다음 날, 그 아이에게서 문자가 왔다.
'돈 보냈어. 이제 됐지? 너 치사하게 아무에게도 말하지 말라고 하더니 니가 다 떠들고 다니더라.'
나는 아무 말도 할 수가 없었다. 한참 동안 그 아이도 아무 말 하지 않았다. 내 심장이 터질 듯 부풀어 오르기 시작했다. 돌풍을 맞은 풍선 기구처럼 심장이 마구 흔들렸다. 영미가 그 아이에게 뭐라고 말한 게 분명했다.
바로 그날 밤, 무슨 일인지 그 아이에게서 문자가 한 통 더 왔다.
'야, 나도 친구도 있고, 아는 선배들도 있어. 너만 아는 사람 있는 거 아니야. 너 또 그러면 나도 똑같이 할 거야, 명심해. 내가 뭘 그렇게 잘못했다구 말이야.'
내 속에 있는 것들이 전부 잘게 갈려 무너져 내리고 있었다. 결국 이거였다니, 이건 언젠가 TV에서 보았던, 회오리바람을 타고 통째로 사라져버리는 모래 기둥보다 더 아무것도 아니었다. 자기가 뭘 그렇게 잘못했냐구? 너무 어처구니가 없었다.
난 자해를 하기 시작했다. 그래도 우리 부모는 아무것도 몰랐다.

주말 내내 아무 데도 나가지 않고 방안에만 틀어박혀 있었다.

너무 두렵고 몸이 안 좋아 민지와 영미에게 하소연한 게 다였는데, 그게 과연 잘못한 건가를 두고 어려운 수학문제 앞에서처럼 끙끙거렸다. 그저 미안하다는 말만 몇 번 하던 그 아이는 이제 문자 하나 없다. 오늘 아침엔 방문을 연 엄마가 뭐야, 이 방이, 하며 혀를 차곤 바로 문을 닫고 나갔다. 동그랗게 뜬 두 눈이 정말 오랜만에 나를 향해 열렸는데, 아쉽게도 그 속엔 질책과 혐오감뿐이었다. 뭐라고 규정하기 힘든 감정이 내 몸에 들러붙어 하루 종일 벗어날 수 없었다. 딱히 배신감이라고 하기도 어려운 감정이었다. 어차피 그 아이와 나 사이엔 이렇다 할 만한 아무런 관계조차 형성되지 않았으니까. 그런 아이와 왜 그날 밤을 함께 했을까? 자괴감이 나를 덮쳤다. 모든 게 다 귀찮고 싫었다. 그저 한 점으로 축소되었다가 영원히 지상에서 사라져 없어지기를 바랄 뿐이었다.

나는 신경정신과에 가서 약을 지어다 먹었다. 수면유도제가 없으면 잠을 잘 수가 없었다.

민지에게서 전화가 왔다. 왜 문자에 답이 없냐며 걱정하는 말투였다. 순간 걷잡을 수 없이 눈물이 쏟아져 내렸다. 민지가 바로 여기로 오겠다고 했다.

민지가 내가 좋아하는 단팥빵을 사갖고 왔다. 빵이 넘어가질 않았다. 민지가 물을 한 잔 떠왔다. 물을 목구멍에 넘기는 것도 힘이 들었다.

"민지야, 걔가 자기도 가만히 안 있겠대, 똑같이 대응하겠대."

"그게 무슨 개소리야? 참, 기가 막혀서."

"내가 지난번에 영미한테 말했잖아, 그러니까 자기도 다 말하고 다니겠다는 거 같아."

민지에게서 한동안 답이 없었다.

"나 무서워, 남자애들은 자랑삼아 떠들고 다닌다고 하잖아."

나는 기어이 손바닥에 얼굴을 묻고 울음을 터뜨렸다. 민지가 한동안 입을 다물고 있더니 천천히 입을 뗐다.

"너, 그날 니가 원해서 한 거야? 아니면."

"그걸 말이라고 해? 물론 아니지."

"넌 아니라는 걸, 그렇게 표현한 건 맞지?"

"응, 근데. 너무 힘이 없었어."

또 다시 눈물이 차올랐다. 나 자신이 너무 한심했고, 뭔지 모르지만 너무 억울했고, 무엇보다 더 이상 살고 싶지 않았다.

민지의 이마 위로 밀려올라간 가로 주름들이 서서히 풀리며 제자리 위로 내려왔다. 민지의 두 눈에서 송곳 같은 빛이 내 동공을 파고들었다. 민지가 단호히 말했다.

"걔, 신고하자. 니가 원해서 한 것 아니잖아. 먼저 학생부 선생님한테 가서 말씀드리고 진행시키는 거야. 아무래도 걔가 자기 잘못에 대한 대가를 치러야 될 거 같아."

어느 가족

변호사님, 세상에 어떻게 이럴 수가 있습니까? 이혼이라니요? 전 삼십 평생을 가족을 위해서, 오로지 가족을 위해서 살아왔어요. 전 정말 저 자신을 위해선 돈을 쓴 적이 거의 없습니다. 하지만 가족을 위해선 내 몸이 부서져라 일해 왔어요. 물론 한눈 한번 판 적 없습니다. 내 주위 친구들만 봐도, 작은 거라도 하나 일 저지르지 않은 놈 없지만, 저는 깨끗합니다. 전 팔 년 동안이나 가족과 떨어져 살면서도 오로지 우리 가족에만 충실했어요. 요즘 같은 세상에 쉽지 않은 일이죠.

그런데, 그런 저에게 이런 게 날아왔어요. 원 세상에, 이럴 수가. 이, 이겁니다, 변호사님.

소장

1. 원고와 피고는 이혼한다.

2. 피고는 원고에게 위자료로 금 오천만 원 및 이에 대한 이
   사건 소장 송달 다음날부터 다 갚는 날까지 연 15% 비율에
   의한 금액을 지급하라.
3. 피고는 원고에게 별지 부록 기재 부동산에 관하여 이 사건
   판결 확정일 재산분할을 원인으로 하는 소유권이전등기
   절차를 이행한다.
4. 소송비용은 피고의 부담으로 한다.
라는 판결을 구합니다.

지난 몇 달 사이, 부부 싸움이 딱 두 번 있긴 했어요. 12월 15
일 날하고, 구정 다음날이요. 작년 12월 15일은 바로 다음날 우리
가족이 대만 여행을 가기로 한 날이었어요. 전 서울에 올라가면
오랜만에 친구들과 한 잔 하게 됩니다. 하지만 그날은 다음날 여행
가야 돼서 일찌감치 자리를 떴어요. 그런데 집에 왔는데 마누라와
아들 녀석이 자꾸 저를 슬슬 피하려고만 하는 거예요. 추운 겨울날
혼자 돈 버느라 고생만 하고 보름 만에 집에 왔는데 식구라는
작자들이 참 너무한다 싶었죠. 이번 기회에 아들 녀석 진로
문제를 확실히 해두어야겠다고 생각했는데 말입니다. 전 아들과
저녁을 먹으면서 집에 있는 위스키로 한 잔 했습니다. 대화가 잘
안 됐어요. 기분이 너무 나빠 한마디 했더니 마누라와 아들이
집 밖으로 나가는 거예요. 제가 수차례 전화하고 문자해도 받지
않더군요. 혹시 해서 아파트 단지를 한 바퀴 돌았어요. 아무리
둘러봐도 없더군요. 그래서 대리운전해서 D시로 내려간다고
문자를 보냈습니다. 그래도 아무 소식이 없었어요. 정말 열이

뻗치더군요. 여행이고 뭐고 다 포기하고 택시 타고 내려왔습니다.

그래서 여행을 못 가셨나요?

아니요, 아침에 딸이 뉴욕 공항에서 저에게 전화를 했어요. 엄마한테 얘기 다 들었는데, 이번에 아빠랑 꼭 같이 여행가고 싶다고 하더군요. 애가 세 번이나 전화를 했어요. 하는 수 없이 전 다시 택시를 타고 인천공항에 갔습니다. 딸도 있고 해서 그럭저럭 무사히 여행은 마쳤어요. 그런데 더 큰 부부싸움은 아내랑 D시에서 구정 설을 쇠고 난 다음날 일어났어요. 전 오랜만에 며칠 느긋하게 쉬다 내려가려고 아내랑 함께 서울 아파트에 올라왔습니다. 그날, 전 저녁에 나가 친구들과 술 좀 마시고 돌아왔습니다. 오늘밤에는 아들놈과 단단히 얘기 좀 해야겠다고 생각했는데, 아들놈이 인기척도 없는 거예요. 지 엄마가 말하길 아들이 자기 방에서 잔다고 하더군요. 아무래도 아들놈이 자는 척 하는 것 같았어요. 그래도 명색이 아버지인데 아버지 알기를 우습게 아는 놈입니다. 아들 방에 들어가 보니 침대에 누워 휴대폰을 보고 있는 거예요. 화가 나더군요. 일어나라고 했습니다. 하도 동작이 느려 침대에 다가가 일으켜 세우려고 아들 런닝구를 좀 잡아당겼습니다. 북 찢어지더군요. 아내가 옆에서 말렸지만 참을 수가 없어 호통을 좀 쳤습니다. 그랬더니 갑자기 아내가 이혼을 하자고 했어요. 저는 술이 확 깼습니다. 꿈에도 생각해 보지 못한 말이어서 순간 제 귀를 의심했습니다. 전 그만 꼭지가 열렸습니다. 그러자 아내와 아들이 또 집을 나가버리는 거예요. 바로 뒤쫓아 갔지만 소용이 없었습니다. 한참 만에 완전히 지친 상태로 집에 돌아왔습니다. 그런데 이번엔 세상에나, 현관문이 안 열리는 거예요. 분명히 우리 집 비밀번호가 맞는 데 말이죠.

아, 아. 죄송합니다, 변호사님. 제가 그만 너무 격분해서. 아줌마, 여기 좀 닦아 주세요. 죄송합니다, 변호사님. 거기 옷깃에도 술이. 아줌마, 물휴지도 좀 갖다 주세요. 죄송합니다.

이상해요. 참 이상한 일입니다, 변호사님. 제 아내는 그런 여자가 아니에요. 밖에서 다른 남자를 만나거나, 남편한테 싸움을 걸거나, 먼저 이혼을 하자고 할 여자가 절대 아니에요. 그런데 그동안 제가 알고 있던 그 여자가 갑자기 달라졌어요. 도대체 이게 어떻게 된 건지 전 아직도 어리벙벙할 뿐입니다. 도무지 이해할 수가 없어요.

돈이요? 아니요, 전 돈도 아니라고 생각해요. 아내는 별로 사치도 하지 않는 성격이고. 제가 그동안 함께 살아서 잘 알지 않겠습니까? 돈에 욕심을 낸 적이 별로 없었어요. 제가 사업 문제로 고민할 때마다 나 힘들지 말라고 그냥 편하게 살자고 했던 사람입니다. 그리고 우리 부부, 가끔 싸울 때도 있긴 해도 사이가 나쁘지 않은 부부였습니다. 저는 성격이 좀 괄괄한 편이지만, 아내는 다소곳하니 언제나 목소리 높이지 않고 묵묵히 저를 따라온 사람입니다.

친정이요? 아니요. 아내의 친정 부모는 이미 돌아가셨어요. 언니와 오빠도 먹고 사는 데 지장이 없는 사람들이에요. 공무원 집안이라 별 풍파 없이 조용히 사는 사람들입니다. 친정 문제는 아닙니다. 제가 잘 알지요.

솔직히 이런 소장을 보낸 아내가 너무 괘씸하지만 전 이혼을 하고 싶지 않습니다. 어떻게 감히 지가 나한테 이럴 수가 있는지. 너무 기가 막혀 자다가도 벌떡벌떡 일어나곤 합니다. 요즘 불면증이 너무 심해 약을 먹어야 겨우 잠이 들어요. 그래도 이혼은 아니에요. 아무리 생각해도 이혼은 아닙니다. 변호사님은 이 지역에서 인망이 높은 분이고, 또 오랫동안 우리 연습장 회원이기도 해서 제가 이렇게 실례를 무릅쓰고 뵙자고 했습니다. 전 변호사 사무실보다 이런 술집에서 변호사님과 얘기를 나누고 싶었어요. 제 모든 걸 다 털어놓고 인간적으로 얘기하고 싶어서요. 변호사님, 전 정말 어떻게 해야 할지 모르겠습니다. 제발, 제발 좀 잘 부탁드립니다.

재판장님, 저는 34년 동안의 결혼 생활로 슬하에 자녀 아들(33살)과 딸(28살)을 둔 가정주부로 그동안 다혈질 성격인 남편의 끝도 없는 주사와 폭언, 폭행, 강제적인 부부관계 등으로 오랜 기간 시달리며 살아왔습니다.

2018년 12월 15일, 피고는 다음날 가족여행을 가기로 했음에도 불구하고 평소처럼 술에 취해 집에 들어와선 저와 아들을 앉혀놓고 40도의 독한 위스키를 마시다가 저희에게 화를 내고 고성을 질렀습니다. 폭행의 위협을 느낀, 저와 아들은 피고를 피해 집 밖으로 도망쳤습니다. 피고가 수차례 전화와 문자를 했지만 저는 무서워서 전화를 받지 못했습니다. 피고가 문자로 D시까지 대리운전해서 내려간다고 했지만, 사실인지 아닌지 알 수가 없어 밤새 밖에서 추위와 공포로 떨다가 다음날 새벽이 돼서야 겨우 집으로 들어갔습니다.

다음날 저는 밤새 잠을 못 자 너무 힘들었지만 딸이 가족여행을 가기 위해 한국으로 오기로 되어 있어 여행을 취소할 수 없는 상황이었습니다. 저는 뉴욕 공항에서 비행기를 타려고 기다리는 딸에게 전화를 해 전날 있었던 일을 얘기해 주고, 아빠를 설득해 주기를 권했습니다. 피고는 딸이라면 죽고 못 사는 사람이라 제가 생각해낸 조치였습니다. 딸의 전화를 받은 피고는 결국 다시 택시 타고 인천 공항에 와 가족과 함께 대만 여행을 무사히 마칠 수가 있었습니다. 물론 여행 중에도 피고는 저에게 사과 한 마디 없었습니다.

　저는 피고가 몹시 불편했지만, 신정을 맞이하여 딸과 함께 D시로 내려가 요양원에 계시는 시어머니도 뵙고 집안일도 했습니다. 그리고 구정에도 D시로 내려가 명절을 지내고 피고와 함께 서울로 올라왔습니다. 그런데 그날, 피고는 친구들과 약속이 있다고 나간 뒤 만취하여 밤늦게 귀가했습니다. 제가 소명 자료로 제출한, 갈기갈기 찢겨진 런닝구 사진을 보면 알 수 있듯이 피고는 아들이 아빠한테 일어나 인사를 안 한다고 폭행하고, 옆에서 말리는 저에게도 소리를 지르고 폭행했습니다. 도저히 이렇게 살 수 없다고 판단한 저는 그날 피고에게 처음으로 이혼을 하자고 말했습니다. 피고의 얼굴이 순식간에 검붉어지더니 또 금새 새하얘졌어요. 전 너무 무서웠습니다. 어쩔 수 없이 저는 아들과 함께 또 집을 도망 나왔습니다. 피고가 저에게 계속 전화를 했습니다. 저는 피고의 전화를 받고 싶지 않았지만, 후환이 두려워 결국 전화를 받았습니다.

　다음은 제가 법원에 제출한 녹취록의 일부로 그날, 피고가 저와 아들에게 수차례 전화로 말한 내용입니다.

여보세요?
그런데 어디 있는 거냐?
나, 무서워서 나왔어. 또 맞을까봐.

아들.
여보세요?
너는 아빠 전화도 안 받는 놈이고, 너 빨리 안 오면 아빠는 이제 모든 걸 다 끝장낼 거야. 그러니 빨리 와.

가면 또 폭력 휘두를 수 있어서 그런 거예요.

너 씨발 년. 빨리 안 들어와? 이 개 같은 년아. 너, 너 이년 내가 싹 불질러버려. 내가 교도소 가든 말든. 너 이씨 빨리 들어와!
야! 이 씨발 년아. 너 이년 나 없는 동안 서울에 유학 보내가지고 그렇게 됐는데. 이 개같은 년아. 너 이 씨발 보지를 확.
빨리 들어와. 까불지 말고 너. 내 성질 알잖아. 내가 젊었을 때부터 한 거. 나 이거 진짜 다 뜯어가지고 내가 씨발 그냥 다 씹어 먹을 테니까.

저는 신혼 초부터, 그리고 나중에 아들과 딸을 출산한 뒤에도 수시로 피고와 동료 직원의 술상을 차려야 했고 새벽까지 시중을 들어야 했습니다. 당시에 저는 정신적, 육체적 고통 때문에 몸무게가 10킬로그램 넘게 빠질 정도로 혹사당하며 살았습니다. 애들 교육에도 좋지 않을 것 같아 제가 딱 한 번 피고에게 '술을 좀 덜 마시면 어떻겠냐'고 부탁을 해보았지만, 피고는 소리를 지르며 제 뺨을 때렸습니다. 저는 이러한 피고의 부당한 대우로 인해 극심한 스트레스가 쌓여 갔고, 결국 결혼 15년 만에 갑상선암 말기 판정까지 받게 되었습니다.

34년 간의 결혼 생활은 한마디로 아내를 아내로 생각하지 않고, 단지 일하는 노예로 취급해온, 피고의 폭언과 폭행으로 얼룩진 기간이었습니다.

이에 원고는 이혼을 원합니다.

피고, 하고 싶은 말 있으면 하세요.

재판장님, 저는 지금 가슴이 터질 것 같아 무슨 말을 먼저 해야 할지 잘 모르겠습니다. 너무 참담합니다. 결혼하고 오늘날까지 제 하루하루는 말 그대로 전쟁이었습니다. 물론 나 한 사람만을 위한다면 그렇게 살아올 이유가 없었겠지요. 불과 얼마 전까지만 해도 전 달마다 은행 대출이자를 갚고, 유학 간 두 자식 뒷바라지에 밤잠을 설치면서 살아왔습니다. 지금도 저는 상가 건물 한 켠 8평짜리 방에서 혼밥을 하며 혼자 살고 있습니다. 말할 것도 없이 우리 가족의 행복한 미래를 위해 이를 악물고 그렇게 살아온 것입니다. 지금 제 심정은 지금까지 살아온 제 인생을 몽땅 도난당한 느낌입니다.

그날, 그러니까 구정 다음날, 밖에 나갔다가 들어왔는데 아들놈이 기척도 없는 거예요. 아내는 아들이 잔다고 했지만 제가 방문을 열어 보니까 침대에 누워서 휴대폰을 하고 있었습니다. 제가 뭐라고 해도 꿈쩍을 안 하대요. 하도 화가 나, 다가가 '너 이리 와 봐', 하고 런닝구 끝을 잡아당겼습니다. 헌옷이다 보니 금방 찢어졌고 아내가 말리는 과정에서 서너 군데 더 훼손됐습니다. 하늘에 맹세코 전 아들 몸에는 전혀 손을 대지 않았습니다. 그런데 갑자기 아내가 저에게 이혼을 요구했습니다. 저는 어이가 없었어요. 나도 모르게 고함이 나왔습니다. 아내와 아들이 쏜살같이 집을 나가더군요. 저는 두 사람 뒤를 쫓아가보았습니다. 놀이터에도 가보고, 슈퍼에도 가봤지만 없었어요.

온몸이 완전히 지친 상태에서 허탈한 마음으로 집에 들어가려는데 현관문이 안 열리는 거예요. 세상에 이럴 수가, 나도 모르게 현관문 비밀번호를 바꿔놓다니. 정말 한 집안의 가장에게 이렇게 해도 되나 싶었어요. 심장이 그대로 터져버리는 줄 알았어요. 그래서 다시 전화를 걸었습니다. …… 제가 그만 너무 몹쓸 말을 하고 말았습니다. 입에 담기도 어렵고, 해서도 안 되는 말들을 하고 말았어요. 죽고 싶을 정도로 제 자신이 부끄럽습니다. 아내에게 정말 미안한 마음뿐입니다. 하지만 그렇게 심한 말을 한 적은 그때 딱 한 번뿐이었습니다, 재판장님.

재판장님, 저희는 현관 비밀번호를 바꿔놓은 적이 없어요. 그건 남편이 잘못 눌렀거나, 아니면 잘못 기억한 것이 분명합니다.

재판장님, 저는 정말 평범한 가장 중 한 사람입니다. 저 같은 사람이 이혼을 하면 이 세상에 가정을 이루고 사는 사람은 하나도 없으리라 생각합니다. 제 성격이 좀 강하기는 하지만 사실 먹고 사느라 그렇게 된 면도 없지 않습니다. 저는 중소기업 영업직 사원으로 출발해 지금까지 네 번의 건설 공사를 하고, IMF 위기와 태풍 볼라벤의 위기를 가까스로 이겨냈습니다. 다른 건 몰라도 전 성실한 가장이었고, 또 우리 가족을 누구보다 사랑합니다.

그리고 맹세컨대 전 폭언을 한 적은 있어도, 폭행을 한 적은 없습니다. 아내가 결혼 초에 뺨을 때렸다고 했는데, 제가 장롱을 한 번 주먹으로 때려 부순 적은 있지만, 단 한 번도 아내의 몸에 손을 댄 적은 없습니다. 그건 아마도 아내가 마음속으로 느낀 위협을 현실로 착각한 게 아닌가 생각됩니다.

저에게 문제가 어느 정도 있는 건 인정합니다. 하지만 전 지금 많이 후회하고, 또 깊이 반성하고 있습니다. 다 저의 불찰입니다. 이번 일을 기화로 아내의 마음을 좀 더 잘 헤아리도록 노력하겠습니다. 재판장님 앞에서, 그리고 여기 계신 모든 사람들 앞에서 약속합니다.

재판장님, 저는 꿈에서라도 이혼을 원치 않습니다.

변호사님, 아무리 생각해 봐도 아내가 몇 달 전부터 이혼을 치밀하게 준비해왔다는 생각이 들어요. 법원에 제출한 아들 사진을 보면 런닝구가 완전히 너덜너덜하잖아요. 전 두어 번 잡아당겼을 뿐이에요. 그런데 멀쩡한 부분이 하나도 없잖아요. 혹시 나중에 증거자료로 남기려고 일부러 더 갈기갈기 찢어서 사진을 찍은 게 아닌가, 그런 생각이 들어요. 물론 아들놈을 때린 적도 없고요. 그런데 녹취록을 보면 마치 제가 때린 것처럼 말을 하잖아요. 저 절대로 자기 식구를 때리는 사람 아닙니다. 그러니까 미리 녹음하려고 준비하고 있다가 그렇게 말한 것 같아요. 변호사님, 저 요즘 밤마다 악몽을 꿔요. 소리를 지르며 잠에서 깨어나면 온몸이 식은땀으로 축축할 정도입니다. 병원에 갔더니 신경쇠약이라며 스트레스가 원인이라고 하더군요. 병원 약을 먹고 있습니다.

죄송합니다, 담배 한 대 피우겠습니다. 후우, 가만히 생각해 보면 아들놈이 재작년에 한국에 들어온 이후부터 집안이 평안한 적이 없었던 것 같아요. 이제 막 대학을 나온 놈이 무슨 경험이 있겠어요. 스타트업인가 뭔가 하는 사업을 해보고 싶다고 하는데 도무지 말도 안 되는 얘기만 하고 있더라구요. 제가 사업을 해봐서 잘 알아요. 실패할 게 뻔한 걸 하라고 하는 부모가 어디 있겠어요. 우선은 직장 경험을 쌓아야 한다고 아무리 말해도 말을 듣지 않아요. 자식이 아니라 웬수에요, 웬수. 엄마라는 사람이 아들놈을 설득 하나 못 하고, 질질 끌려다니기나 하고.

변호사님은 어떠세요? 가정이 다 평안하지요? 혹시 아들 있으세요? 그 놈 낳고 너무 좋아 술도 왕창 샀는데. 이놈 때문에 서울만 가면 화가 나서 도무지…… 저처럼 이렇게 괴로운 사람이 또 있을까요? 아무리 인생을 잘못 살아도 저같이 잘못 산 사람은 없을 겁니다.

재판장님, 저는 결혼 후 지금까지 피고에게 무조건 복종하는 삶을 살아왔습니다. 신혼 초부터 하루가 멀다 하고 피고의 술 시중과 주사를 견디어온 저는 결국 갑상선 암에 걸려 수술을 받았습니다. 하지만 전 피고에게서 제대로 된 간호를 받아보지도, 따뜻한 위로의 말 한 마디 들어보지도 못했습니다. 또 피고는 답변서에서 자기랑 같이 D시에 내려와 살지 않는다고 제가 아내 노릇을 성실하게 해오지 않았다고 말하지만, 사실 처음 애들 교육을 위해 서울 용산에 아파트를 마련하자고 한 사람도 남편이었고, 친구들도 만날 겸 서울에 집이 있어야 한다고 한 사람도 남편이었으며, 박사과정을 밟고 있는 딸이 방학에 한국 오니까 당분간 서울에서 살라고 말한 사람도 남편이었습니다. 모든 게 다 남편이 일방적으로 내린 결정이었습니다. 그래서 남편의 결정에 묵묵히 따라왔던 전 수시로 서울과 D시를 오가며 두 집 살림을 해왔습니다. 남편이 저에게 D시에 내려와 함께 살자고 한 건 불과 몇 달 되지 않았고, 저도 이런저런 생각을 많이 하고 있는 중이었습니다. 그런데 솔직히 마음이 내키지 않았던 게 사실입니다. 남편은 아들이 마음에 들지 않으면 수시로 누구 자식이냐며 억지를 부리기도 하고, 아들이 저녁 약속이 있다고 집을 비울 경우에는 아들이 일부러 자기를 피한다, 자식을 어떻게 저따위로 길렀냐고 저에게 폭언을 했습니다. 아들 문제로 의논 좀 하고 싶어도 화부터 내니까 할 수가 없었습니다. 아들은 남편을 닮아 욕심이 많고 고집불통입니다. 말이 통하지 않는 두 사람 다 저에게 화풀이를 합니다. 지난 2년간, 전 무슨 안 좋은 일이 터질까봐 조마조마해 하며 살았습니다. 경험해보지 않은 사람은 결코 알 수가 없지요. 지옥이 따로 없었습니다.

작년 12월 가족 여행 가기 전날만 해도 그렇습니다. 술을 한 잔 걸치고 들어온 피고는 또다시 독한 위스키를 꺼내 마시면서 저와 아들을 앉혀 놓고 일방적으로 잔소리만 늘어놓았습니다. 아들은 미국에서 졸업한 후 한국에 돌아와 창업하려고 했지만, 피고는 계속 직장생활을 권했습니다. 아들도 처음엔 취업하려고 여기저기 서류도 내보았어요. 그래도 취업이 쉽지 않자 아들은 창업을 구체화하면서 변리사 자격증과 지적 재산권 상담사 자격증 준비를 해나가고 있었습니다. 그런데 남편은 아들에게 취업하려는 자세가 안 돼 있다며 무조건 취직하라고만 했습니다. 제대로 대화가 될 수 없는 것이지요.

게다가 남편은 술을 마시고 집에 오면 제가 원하지 않아도 부부관계를 원했고, 거의 강제적으로 성관계를 맺어 왔습니다. 저는 몇 달 전부터 소변을 보면 피와 고름이 나오는 출혈성 방광염으로 고생을 하고 있습니다. 병원에서는 과도한 스트레스가 원인이라고 했습니다. 남편만 만나면 증세가 심해집니다. 오랜 기간 동안 전 참고만 살아왔습니다. 하지만 이제 마지막 남은 인생은 조금이라도 마음 편하게 살다 가고 싶습니다.

피고, 하고 싶은 말 있으면 하세요.

재판장님, 저는 대학을 졸업한 뒤 중소기업 영업직에 입사했습니다. 당시 직장인들은 퇴근 후 삼겹살에 소주를 한 잔 하고 이차로 집에 가곤 하던 문화였습니다. 제가 어쩌다 집에 직원들을 데려가면 아내는 인상을 쓰고 손님 접대가 너무 소홀해, 사실 제 체면이 말이 아니었습니다. 그래서 저는 밖에서 술을 마시고 귀가를 하게 됐고, 원고에게 간혹 화를 낸 적은 있을지언정 폭행한 적은 단 한 번도 없었음을 다시 한번 밝힙니다. 그리고 원고가 암에 걸려 방사선 치료를 받게 됐을 때, 저는 퇴근하면 바로 병원에 가서 간이침대에서 잠을 자고 새벽에 일어나 집에 들렀다 출근했습니다. 아내가 전혀 기억을 하지 못하다니 솔직히 섭섭합니다.

한 집안의 가장으로서 막중한 책임을 느꼈던 저는 직장 생활로만은 두 아이의 뒷바라지가 힘들겠다고 생각하고 있었는데, 마침 그때 아버지로부터 땅을 물려받게 되어 사업가로 변신하기로 결심했습니다. 자금이 턱없이 부족했던 저는 고민 끝에 은행에서 대출을 받아 골프연습장을 짓기로 하고 공사를 시작했습니다. 새벽 다섯 시부터 밤늦게까지 일해 기어이 완공을 시켰습니다.

그 뒤, 애들 교육을 위해 고민하다가 저는 결국 골프연습장을 임대 내놓고, 가족 모두 서울로 이사를 갔습니다. 그런데 바로 3년 뒤, 골프연습장 임차인이 월세를 제대로 내지 못하게 되자 저는 다시 D시로 내려오지 않을 수 없었습니다. 2억을 대출받아 6개월 동안 다시 골프연습장을 수리한 뒤 혼자 사업을 이어갔습니다. 그런데 이듬 해, 태풍이 불어 닥쳐 골프장을 복구하기가 어려울 정도가 됐습니다. 고민 끝에 골프장을 허물고 다시 2년 간 공사를 해 상가 건물을 짓게 된 것입니다.

사실 전 건축에 대해 아는 게 하나도 없었습니다. 하지만 항상 자금이 부족해 건설회사에 맡기지 않고, 제가 직접 하나하나 배워나가며 완공해냈습니다. 그러다보니 남들보다 몸은 몇 배 힘들고, 시간도 엄청 많이 걸렸습니다. 사실 온갖 업자들에게 시달리고, 인부들과 막노동 일을 하고 나면 술 생각이 많이 납니다. 하지만 제가 매일 음주한 것은 아닙니다. 만약에 제가 진짜 그랬다면 제 몸이 살아남질 않았을 겁니다.

전 자식들을 지방 소도시보다는 서울에서 공부시키고 싶었고, 나중엔 아내와 상의하여 둘 다 미국에 유학까지 보냈습니다. 나름 자식에 대한 욕심이 있었지요. 그런데 미국에서 대학을 졸업하고 돌아온 아들놈이 2년째 취직할 생각은 안 하고 사업할 생각만 하는데, 도통 뜬구름 잡는 얘기만 했습니다. 제가 아내에게 내 자식이 맞냐고 한 것은 나이가 30이 훌쩍 넘은 놈이 자립할 생각은 없이 낮엔 잠만 자고, 밤엔 새벽까지 컴퓨터만 하고 있는 꼴을 볼 때마다 억장이 무너지기 때문에 한 말일 뿐입니다. 솔직히 그런 아들을 볼 때마다 술 생각이 더 나곤 했습니다. 그런 저를 알코올 중독자 취급하는 건 동의하기 어렵습니다.

저는 8년 동안 상가 관리를 위해 D시 작은 방에서 혼자 혼밥을 먹어가며 살아왔습니다. 그런데 어쩌다 서울 집에 올라오면 아내나 아들은 나 몰라라 했습니다. 아들 장래 문제로 얘기하고 싶어도 대화는 10초면 끝나고, 아들은 자기 방으로, 아내는 안방으로 가버립니다. 저도 남들처럼 가족에게 위로도 받고 싶었지만 오히려 불편한 존재가 되고 말았습니다. 문제의 그날도, 그러니까 구정 다음날도 저는 가족과 함께 얘기하기를 원했을 뿐입니다. 그날, 제가 현관문이 안 열려 너무 열 받아 전화로 한 말들은 정말 잘못했습니다. 제가 왜 그렇게까지 심한 말을 했는지 후회 막급합니다.

아내는 폐경 이후부터 부부관계를 거절하여 동침한 적이 거의 없습니다. 하지만 저는 오늘날까지 외도 한 번 한 적 없이 살아왔습니다. 아내가 저를 강제적으로 성관계를 한 성범죄자로 매도하는데, 상호 동의 없이 어떻게 성행위가 가능하겠으며, 육십이 넘은 이 나이에 제가 무슨 체력으로 추행을 했다는 건지 도저히 이해가 되지 않습니다.

저는 비록 훌륭한 가장이 아니었는지는 몰라도 가장으로서 지금까지 최선을 다해서 살아왔습니다. 또 우리 가정은 이따금 삐거덕거리긴 했지만, 행복하지 않았다 말하기도 쉽지 않습니다. 저는 그동안 오대양 육대륙 전 세계 30여 개 나라를 가족과 함께 여행을 했습니다. 한두 번의 말실수로 제가 지금껏 우리 가족을 위해 쌓아온 것들을 무로 돌리고 싶지는 않습니다. 정말 많이 후회하고 있고, 아내에게 진정으로 미안합니다.

하지만 전 이혼을 원치 않습니다. 왜, 왜냐하면 저에게 가정은 전부이기 때문입니다.

변호사님, 사무실에서 봬야 되는데, 죄송합니다. 제가 이 답답한 마음을 털어놓을 사람이 세상천지에 변호사님밖에 없습니다. 그동안 전 조정기일날인 오늘을 내심으로 많이 기대해왔습니다. 그런데 변호사님, 오늘 보셨죠? 아내가 이혼소송을 취하할 생각이 전혀 없는 걸요. 아내가 정말 괘씸합니다. 결국 재산 문제라면 저도 절대 양보하고 싶지 않습니다.

서울 아파트 전세보증금은 제가 주택부금을 가입하고 납부한 거니까 제 재산이고요. D시 땅은 아버님이 물려준 재산이니까 재산분할 대상이 될 수 없습니다. 그리고 그 땅에 지은 상가건물은 제 명의로 취득한 재산으로 역시 분할 대상이 될 수 없다고 생각해요. 제가 직접 인부들하고 같이 일하며 지은 건물이니까요. 그리고 제 소극재산은 은행 대출금이 7억에, 건물 임대 보증금이 2억으로 총 9억이고, 건물 시세가 대략 30억 정돕니다. 작년에 그 동네가 신시가지로 조성되어 많이 오른 가격입니다.

변호사님, 솔직히 아내에게 20퍼센트나 줘야 한다는 게 너무 억울합니다. 제가 거의 혼자 다 일군 재산인데. 그것도 우리 쪽 의견을 재판부에서 받아들여야 그렇다니 어이가 없네요. 변호사님 말대로 30퍼센트가 넘을 수도 있다는 얘긴데. 날강도가 따로 없네요. 사실 제 건물은 우리 조상이 피와 땀으로 일궈 저에게 넘겨준 땅이 없었다면 불가능한 것이잖아요. 그 땅은 제 7대 조상으로부터 200년 간 이어져 내려온 땅이라서 제 것이라고 하기도 힘들어요. 잘 간수해서 죽기 직전에 아들놈에게 물려줄 예정입니다.

그럼, 도대체 어떻게 분할을 해야 되는 건가요?

세상에나. 그럼 은행에서 대출이라도 받아서 줘야 한다고요? 아니, 원 세상에.

변호사님, 그러면 더더욱 20퍼센트 이상은 절대 안 됩니다.

재판장님, 골프연습장 임차인이 임대료를 몇 달째 보내지 못하자 2012년 피고는 서울 생활을 접고 D시에 내려가 골프연습장을 직접 운영하기 시작했습니다. 그래서 저 역시 서울집과 그곳을 수시로 왕래하며 골프연습장 운영을 도왔습니다. 이때도 술을 좋아하는 피고는 음주운전으로 면허가 취소되기도 했는데, 그때마다 저는 운전까지 하면서 피고를 도왔습니다. 그런데 이듬해 폭풍 피해로 골프장 골조들이 무너져 내리는 사태가 발생했습니다. 저는 피고를 설득해서 골프연습장을 철거하고, 새로운 임대 사업을 모색해 보자고 독려했습니다. 당시 피고는 골프연습장을 철거하고 다른 공사를 시작하려면 돈이 말도 못하게 든다며 계속 망설이기만 했습니다. 만약 저의 지속적인 설득이 없었다면 현재 상가건물이 존재할 수 있었을까, 하는 생각이 듭니다.

피고는 새 상가건물을 지을 때 혼자 고생한 것처럼 말하지만 그렇지 않습니다. 저는 공사 중 엄청난 양의 쓰레기와 자욱하게 쌓인 분진을 비로 쓸며, 그 넓은 공간을 청소했습니다. 그때 저는 무릎에 물이 차서 부어오르는 통증을 앓았지만, 그때에도 피고는 그냥 참고 계속 일할 것을 강요했습니다.

또 피고가 새 건물에 의류점 입점을 생각할 때 저는 반대했습니다. 자동차로 이십 분 거리에 대형 아울렛매장을 짓기로 예정된 부지가 있기 때문이었습니다. 당시 제 의견을 받아들인 피고는 결과적으로 지금 안정적인 임대수익을 내고 있습니다. 따라서 이에 대한 일정한 지분이 저에게 있다고 주장하는 바입니다.

피고, 발언하세요.

존경하는 재판장님, 제가 처음 골프연습장을 지어 한 달 뒤에

개업 예정이었을 때 그만 IMF가 터졌습니다. 전 은행 이자 부담 때문에 직원을 단 한 명도 쓸 수 없는 상태였습니다. 또 그 뒤, 골프연습장 임차인이 임대료를 보내기 않아 다시 수리를 해 직접 운영을 하고 있는데, 이번엔 또 태풍을 맞아 다시 골프연습장을 부수고 상가건물을 짓게 됐습니다. 그런데 이 파란만장했던 긴 기간 중에 원고가 사업에 관여한 적은, 아니 관심을 가진 적조차 단 한 번도 없었음을 분명히 밝힙니다. 때로 저는 아내가 공사현장에 나와 인부들에게 새참을 챙겨주기 바랬지만, 단 한 번도 그런 적이 없었습니다.

제가 힘들어할 때마다 원고는 늘 저에게 '당신이 알아서 하라'고만 했을 뿐입니다. 2년에 걸친 건물 신축공사 때에도 원고가 한 일이라고는 딱 한 번 저와 청소를 같이 한 게 전부입니다. 당시 대부분의 폐기물은 철거업체 인부들이 처리하고 있었고, 남은 일부 쓰레기 처리는 제가 혼자 해왔는데, 원고가 딱 한 번 옆에서 거들어 준 것뿐입니다. 또 상가 업종 선택 시에도 원고와 의논한 적은 있으나, 제가 일일이 부동산업자, 컨설팅 회사에 찾아가 자문을 받아가며 하나씩 입주시킨 것입니다.

저는 지금까지 가족과 떨어져 홀로 살면서 열심히 사업을 해 아이들을 모두 미국에 유학 보낼 수 있었고, 단 한 번도 생활비를 빼먹은 적이 없었습니다. 저는 몇 달째 심한 불면증에 우울증 증세로 고생을 해왔는데, 얼마 전엔 달갑지 않은 통풍까지 찾아왔습니다. 이렇게 늙고 병들어 가는 남편을, 고생만 해온 남편을 나 몰라라 하는 원고에게 저는 말할 수 없는 섭섭함을 느낍니다. 아니 저의 삶 전체가 다 무너져 내리고 있습니다.

원고, 마지막으로 하고 싶은 말씀이 있으면 하세요.

재판장님, 34년이라는 긴 세월 동안 저는 참으로 견디기 어려운 인고의 세월을 보내왔습니다. 독선적이고 불같은 성격의 피고는 신혼 초부터 현재에 이르기까지 주사와 폭언, 폭행을 지속해왔습니다. 피고는 지금까지 줄곧 자기의 폭행 사실을 부정해왔습니다. 하지만 녹취록 속에 담긴 피고의 발언 내용이 바로 피고의 증언을 부정하고 있습니다. 2019년 2월 8일자 녹취록 ("내 성질 알잖아. 내가 젊은 날 때부터 한 거. 나 이거 진짜 다 뜯어가지고 운운.")을 보면 알 수 있듯이 피고는 스스로 자기의 폭력적 성향을 인정하고 있습니다. 또 2019년 12월 15일자 성한 데가 하나도 남아 있지 않을 정도로 찢겨진, 아들의 런닝구 사진을 참고하면, 피고가 가족에게 얼마나 심한 폭행을 가했는지를 짐작할 수 있습니다.

존경하는 재판장님, 원고는 지인의 소개로 피고를 만나 아들, 딸을 낳고 성인으로 기르기까지 한 사람의 아내로서 자기 몫의 일을 성실히 이행했습니다. 남편을 뒷바라지 하고, 자식을 기르고, 부의 축적에도 기여했습니다. 하지만 이제 삶의 마지막 종착점에 서서 원고는 더 이상 굴종하는 삶에서 벗어나 본인이 주체가 되는 진정한 삶을 한번 살아보려고 하고 있습니다. 부디 재판장님의 현명하신 판결로, 원고가 진정 새로운 삶을 살아갈 수 있게 해주시길 간곡히 부탁드리는 바입니다.

피고, 마지막으로 하고 싶은 말 있으면 하세요.

존경하는 재판장님, 저는 지금 너무 침통하고 무엇보다 슬픕니다. 제가 그동안 가족을 위해 살아온 그 인고와 희생이 눈곱만큼도 인정받지 못하고, 세상에 둘도 없는 파렴치범으로 몰리고 있기 때문입니다. 물론 제가 구정 다음날 아내에게 한 발언은 입에 담기조차 힘든 발언인 게 사실입니다. 진정으로 후회하고 있고, 아내에게 머리 숙여 사죄합니다. 하지만 한번 눈을 감고 생각해 보세요. 화가 복받쳐 올랐을 때 여러분은 속으로 그런 욕설을 퍼부은 적이 과연 한 번도 없었을까, 하고요. 저는 다혈질 성격 때문에 남들은 속으로만 뱉고 말았을 말을 그대로 밖으로 내보냈다는 게 다를 뿐일지도 모릅니다.

재판장님, 솔직히 말해 저는 왜 원고가 저랑 이혼을 하려는지 잘 모르겠습니다. 우리에겐 아직 결혼을 시키지 않은 아들과 딸이 있는데 말입니다. 저는 만약 상가건물의 가치가 이렇게 단기간에 올라가지 않았다면, 과연 원고가 이렇게 과감한 결정을 내렸을까, 하는 의구심을 떨쳐버리기 어렵습니다. 그동안 힘겹게 이룩해온 가정의 가치와 부부 간의 정이 물신적 가치에 의해 이렇게 쉽게 내팽개쳐도 되는가, 하고 저는 의문을 품고 있습니다. 저로서는 아내가 지방에 내려와 남편 뒷바라지를 하고 시어머니 병문안 가지 않고, 서울에서 아무 간섭도 없이 편하게 살고 싶어서 그런 결정을 내린 게 아닌가 하고 생각할 수밖에 없습니다.

하늘에 맹세코 저는 폭행을 한 적이 없습니다. 그리고 몹시 심한 말을 한 것도 두어 차례에 불과합니다. 제가 이번에 처음 알게 된 것입니다만, 민법 제840조 제3호에 따르면, 배우자로 부터 심히 부당한 대우를 받았을 때라 함은 혼인 관계의 지속을 강요하는 것이 가혹하다고 여겨질 정도의 폭행이나 학대 또는 중대한 모욕을 받았던 경우로 부부가 다투던 중 다소 모욕적인 언사나 약간의 폭행을 한 사실이 있다 할지라고 그것만으로는 혼인관계의 지속을 요구함이 심히 가혹한 정도의 것이라고 할 수 없다는 것입니다.

존경하는 재판장님, 저는 바로 제 경우가 이에 해당된다고 생각하고 있습니다. 결혼이란 제도를 쉽게 생각하고 자기의 안위를 위해서 언제든 취하할 수 있다고 생각하는 작금의 세태에 대해 부디 경종을 울려주시길 재판장님께 간곡히 부탁드리는 바입니다.

(서울집에서)

아들, 이제 모든 게 끝났다. 알다시피 난 최선을 다했고, 다행히 엄마가 예상했던 대로 결과가 나왔다. 20퍼센트의 재산 분할이라는 최악은 피했고, 30퍼센트로 최종 확정됐네. 너도 나름 수고했다. 지난 6개월이라는 기간은 엄마로서는 생애 가장 힘든 시기였어. 두 번 다시 떠올리기도 싫은. 어쨌든 이제 일이 일단락 됐으니, 너와의 마지막 정리가 남았다. 우리가 약속했던 대로 난 재산을 분할 받으면 그 즉시 정확히 너와 이등분할 거야. 그 돈으로 니가 그토록 원했던 사업을 한번 해봐. 난 나머지 반으로 내 노후를 준비할 테니. 니 아빠 죽기 직전까지 자기 조상으로부터 물려받은 땅과 건물을 절대 양도할 사람이 아니니까, 이 방법밖에 없었다. 니가 사업을 해보겠다고 그렇게까지 나를 괴롭히지 않았다면 나는 아마 니 아빠랑 이혼할 생각까진 하지 않았을 거야.

이제 다 끝난 일이다. 내가 엄마로서 너에게 할 수 있는 건 여기까지야. 이제 더 이상 나에게 손을 내밀거나 나를 만날 생각은 하지 마. 결코 젊지 않은 이 나이에 난 너무 낯선 길 위에 서 있어. 두렵고 겁이 나지만 한번 열심히 살아보려고 한다. 이제부터 엄마, 아빠는 없다고 생각하고 니 길을 잘 개척해나가길 바란다. 그리고 꼭 니가 계획했던 대로 모든 일들이 잘 돼 나가길 빌겠다.

어느 가족 : 고흐의 방

발 아래 펼쳐진 황금빛 밀밭을 향해 막 날아오른 순간, 굉음이 터졌다. 고막을 찢을 듯한 소리였다. 도경은 이게 꿈속인지 현실인지 분간이 안 됐다. 몸은 땀으로 찐득거리는데, 소음이 멈추지 않았다. 알고 보니 바로 베개 옆에 있는 휴대폰 소리였다. 근데 왜 이렇게 소리가 크지? 방이 작아 그런가? 도경은 의아해하며 휴대폰을 보았다. 딸아이였다. 정신이 화들짝 깨어났지만 여전히 얼떨떨했다. 딸은 어제 한국에 왔다고 했다. 이번 여름 방학엔 온다는 말이 없었는데. 남편이 불러들였음에 틀림없었다. 도경은 딸과 약속 시간과 장소를 정하기까지 계속 버벅댔다.

사실 오늘 도경은 일정이 바빴다. 오전엔 아들과 용산에서 만나기로 했고, 오후엔 집 근처 J화실에 갈 예정이었다. 그렇다고 미국에서 온 딸 은영과의 만남을 미루기도 어려웠다. 휴대폰을 내려놓는데 도경의 입에서 더운 한숨이 새어나왔다. 평소와 너무 다른, 딸의 목소리가 체기처럼 가슴께에 얹혔다. 원망이나 섭섭함, 미혹 또는 의심이 뒤범벅된 음성이었다.

엊그제 이곳에 이사해 들어오고, 어제는 남대문에 가서 유화 도구를 사오고, 이제 드디어 오늘 오후부터 새날을 맞이하려 했는데, 차질이 생겼다. 오늘 하루 감당해야 할 일들이 만만치 않아 보였다. 도경은 몸을 뒤척였다. 아직 뇌리에 여진이 남아 있는, 생생했던 꿈 장면이 떠올랐다. 언덕길을 제법 올라왔다 싶은 순간, 알이 꽉 찬 밀들이 끝도 없이 펼쳐져 있었다. 새파란 하늘 아래 눈부신 황금빛 햇살이 쏟아져 내리는 밀밭 위로 바람이 불어왔다. 밀들이 뭉텅이져 반짝이며 서로 다른 각도로 허리를 꺾었다. 그때 갑자기 바로 옆에 백마가 나타났다. 도경은 훌쩍 올라탔다. 그리고 말발굽이 땅바닥에서 막 떨어지려는 순간, 잠이 깬 거였다. 그때 도경을 엄습했던 느낌이 되살아났다. 말에 올라탄 도경은 발아래 펼쳐진 밀밭 위에서 정신을 차릴 수 없이 황홀했다. 하지만 금세 오금이 저리도록 공포스러웠다. 몸이 너무 높은 곳에 있었다. 곧장 밑으로 꼬꾸라질 것만 같았다.

도경은 꿈이 앞날을 예고하는 것만 같아 말 타는 꿈의 의미 를 헤아려 보려다 포기했다. 예전 같으면 해몽 책이라도 뒤져보았을 도경이었다. 하지만 언젠가부터 도경은 이런 것들에 더 이상 관심 갖지 않았다.

아침부터 날씨가 무더웠다. 도경은 먼저 샤워를 했다. 작은 의자 위에 걸터앉아 머리를 말리다가 방안을 한번 둘러보았다. 제일 작은 사이즈의 성인용 침대 하나, 뚜껑을 열면 거울이 나오는,

정사각형의 책상 겸 화장대 하나, 지금 앉아 있는 의자 하나, 그리고 벽에 걸린 두 점의 그림이 전부인 방이었다.

고흐의 방을 닮은 방이었다. 싱크대, 냉장고, 세탁기, 수납장이 나란히 붙박여 있는 방 한쪽 면을 빼고 나면 창문의 위치만 다를 뿐이었다. 오피스텔 바닥도 나무 문양의 리놀륨이 깔려 있어 고흐의 그림 속 방바닥을 닮아 있었다. 이번에 이사 올 때 도경은 그간의 살림살이를 거의 다 처분했다. 드레스룸에 빼곡히 걸려 있던 옷들이 제일 문제였다. 오래된 옷들을 하나하나 집어내다가 도경은 생각을 바꿨다. 차라리 계절별로 최소한의 옷만 추려내는 게 나을 것 같았다. 그 옷들을 정리해 오피스텔 붙박이 수납장에 간신히 다 집어넣을 수 있었다.

이제부터 도경은 수도승 같은 삶을 살아볼 예정이었다. 나중에 스위스 병원에서 안락사하기 위해 필요한 돈, 이천만 원을 빼고 한 달에 생활비 백만 원을 조금 넘게 쓴다 치면, 이십 년 이상 족히 버틸 수 있을 것이었다. 도경은 자기가 미식가가 아니고, 라면이나 김밥처럼 저렴한 음식을 좋아해 참 다행이라 생각했다. 그리고 아직은 지하철 계단을 오르내리는 데 지장이 없는, 튼실한 두 다리가 있었다. 물론 타고난 건강 체질은 아니었다. 15년 전에 갑상선암 수술을 한 적이 있었고, 작년엔 소변을 보면 피와 고름이 나오는 출혈성 방광염으로 고생했다. 다행히 지금은 많이 좋아진 상태지만 제일 신경 써야 할 부분은 역시 건강이었다. 하지만 도경은 이미 사는 것에 대해 마음을 비운 상태였다. 환갑도 지난 나이였다. 만약 자기 몸을 혼자 감당하기 어려워지게 되면, 그땐 보증금을 빼 지체 없이 스위스로 날아가리라 마음먹었다.

도경이 오피스텔을 구하러 다닐 때 제일 신경 쓴 것은 J화실에서 가까운 곳이어야 한다는 점이었다. 도경은 족저근막염까지 생길 정도로 이 일대를 돌아다녔다. 겨우 감당할 만한 가격의 오피스텔을 찾아냈지만, 지하철역에서 걸어가기엔 시간이 좀 걸리는 곳이었다. 어쩔 수 없었다. 그래도 조금이나마 한강이 내다보이는 게 어딘가 싶었다. 도경은 비상금을 털어 보증금을 최대한 올리고, 월세를 최대한 깎았다. 그리고 주인에게 부탁해 전세 재계약 기간을 3년으로 연장시켜 놓았다. 주인이 야박하지 않은 사람이라 천만다행이었다.

　도경은 자기 방이 마음에 들었다. 미니멀한 살림살이와 최소한의 경비로 그림 그리기에만 몰두하는 삶, 이것이 지금부터 도경이 살아갈 삶의 방식이었다. 너무 새로운 방, 너무 새로운 삶 앞에서 도경의 마음이 일렁였다. 이제 더 이상 도경은 누구의 아내도, 누구의 며느리도, 누구의 엄마도 아니었다. 기대감과 두려움이 한꺼번에 밀려들었다. 손끝이 살짝 떨려왔다. 이혼 판결을 받고 나서 차츰 잦아졌던 손 떨림이었다. 도경은 두려움을 떨쳐내려 의자에서 벌떡 일어섰다.

　도경은 어제 새로 구입한 토트백 앞으로 다가갔다. 어깨에 메고 다니기 좋은, 검정색 천으로 만든 토트백을 무릎 위에 올려놓고, 어린아이 머리 어루만지듯 천천히 쓰다듬었다. 이제 내가 함께 할 동반자는 가족이 아니라 이 토트백이었다. 어제 화방에서 살까 말까 오래 망설였던 게 이 화구 가방이었다. 가격을 생각하면 투명한 플라스틱 정리 상자가 좋지만, 앞으로 오랜 기간 동안 들고 다닐 생각에 몇만 원을 더 투자해 산 가방이었다.

도경은 지퍼를 열어 화구를 하나하나 꺼내 놓았다. 픽사티브(정착제), 색감이 가장 나은 신한 오일물감, 팔레트와 나이프 그리고 8개의 붓. 도경은 어제 화방에서 옆에 있는 루벤스 돼지털 붓을 여러 번 집었다 놓았다. 어차피 유화 붓은 자주 씻어야 되니까 굳이 비싼 거 살 필요 없다고 자신을 간신히 설득시켰다. 도경은 8개의 붓을 집어 부채꼴로 펼쳐보았다. 짧고, 긴, 풍성하고, 가느다란 붓털들을 손끝으로 하나하나 어루만지다가 뺨에 갖다 대 보았다.

오늘 저녁 화실에 갈 생각에 도경은 다시 처녀 시절로 돌아간 듯했다. 대학 졸업하고 어느덧 삼십 년이 넘는 세월이 흘렀다. 도경은 어서 빨리 이젤 앞에 앉아 보고 싶었다. 두통을 일으키곤 하던 테레핀유의 냄새도 그리웠다. 도경은 문득 어제 읽은, 고흐의 「영혼의 편지」 구절이 생각났다.

어떻게 해야 그림을 잘 그릴 수 있을까? 그건 우리가 느끼는 것과 우리가 할 수 있는 것 사이에 서 있는, 보이지 않는 철벽을 뚫는 것과 같다.

흔들리는 지하철 좌석에 몸을 맡긴 도경은 마음이 착잡했다. 미술 교사를 하다 남편을 소개로 만나 결혼한 도경은 남편이 지사 발령이 나 교사를 그만두었다. 당시 도경은 임신까지 한 상태여서 아쉽긴 했지만 마음을 접었었다. 첫애가 아들이라 얼마나 좋겠냐는 주위 사람들의 환영에도 불구하고 아들 혁규는 결코 녹록치 않은 자식이었다. 어렸을 적엔 식성이 까다로운 애가 소화기관도 약해 먹은 걸 거의 다 토해냈다. 조금 머리가 굵어지자 이젠 뭐든지 자기 고집대로만 하려 했다. 남편의 성격을 꼭 닮아 괴팍하고 옹고집이었다. 유순하고 붙임성 있는 친정 식구들과는 성격이 너무 달라 자기 자식임에도 불구하고 적응이 잘 안 됐다. 도경이 어쩌다 학원에 한번 보내려면 온갖 짜증을 다 들어주어야 했다.

아들이 명문대 들어가기가 힘들 것 같자, 남편은 아들에게 유학을 권했다. 이번엔 웬일인지 아들이 아빠의 말을 들었다. 아들이 미국에 유학가고, 군대에 가 있던 시절은 도경에게 제일 편안한 시절이었다.

아들이 미국 대학 졸업장을 손에 쥐고 오면 취직이 잘 될 줄 알았던 건 도경의 착각이었다. 아들은 미국에서의 취직을 포기하고 재작년에 한국에 돌아왔다. 그리고 몇 군데 서류를 내보았지만 번번이 취업의 문턱에서 미끄러졌다. 처음엔 별 걱정을 하지 않던 남편도 점점 신경이 예민해졌다. 사실 아들은 처음부터 스타트업 회사를 창업하고 싶다는 말을 도경에게 해왔다. 하지만 아들과 한두 번 이야기를 나눈 남편은 전부 뜬구름 잡는 소리라며 단박에 반대했다. 아들은 취업이 쉽지 않다며 창업을 위해 변리사 자격증과 지적 재산권 상담사 자격증 준비를 혼자서 조금씩 해나가고 있었지만, 남편은 아들에게 취업하려는 자세가 안 돼 있다며 무조건 취직하라고만 강요했다.

중간에 있는 도경의 입장이 점점 힘들어지기 시작했다. 두 사람 모두 도경에게 화풀이를 해댔다.

인터넷에서 스타트업 사업으로 떼돈을 벌었다는 동창들의

소식을 접할 때마다 아들은 열을 받았다. 미국에 갔다 와 오히려 성격이 더 나빠진 것 같았다. 끄떡하면 왜 아빠는 사업을 하면서 자기는 할 수 없냐고 엄마에게 따지고 들었다. 니 아빠 할아버지가 땅을 유산으로 남겨줘 그 땅에다 골프연습장 사업을 할 수 있었던 거 아니냐고, 아무리 말해줘도 받아들이려 하지 않았다.

일 년이 지나자 아들은 낮엔 잠을 자고, 밤엔 컴퓨터를 하는 생활을 하기 시작했다. 취업 준비도, 창업 준비도 다 하지 않고 있는 게 분명해 보였다. 도경이 어쩌다 잔소리를 한 마디 하면, 신경질을 있는 대로 엄마에게 퍼부었다. 아들의 목소리가 너무 커, 버럭 소리 지를 때마다 도경의 가슴이 울렁거렸다. 원래 도경은 싸울 줄 모르는 여자였다. 다툴 문제가 불거지려면 누구에게든 미리 양보하고 말아버리는 성격이었다.

하루하루 전쟁 같은 날들이 이어졌다.

차츰 도경은 왜 자기가 아들에게 이런 대접을 받아야 하는지 이해가 안 됐다.

이 세상에서 엄마라는 직업보다 더 치사하고 비천한 직업은 없다는 생각이 들었다.

남편은 절대 자기 입장을 포기할 사람이 아니었다. 어쩌다 도경이 아들의 입장을 남편에게 이해시키려 하면, 말을 다 마치기도 전에 남편은 욕부터 해댔다. 7대 조상으로부터 200여 년 간 이어져 내려온 땅과 그 땅에 지은 건물은 자기가 눈을 감기 직전에야 자식에게 물려줄 거라고 말해오던 남편이었다. 남편은 젊었을 땐 직장 생활 경험이 꼭 필요하다는 말만 되풀이했다. 도경은 남편과 의논할 수가 없었다.

아들의 성격이 점점 더 난폭해지자 가끔 도경은 아들이 두려워지기까지 했다. 그리고 남편이 서울에 올라오면 아들과 정면충돌할까봐 늘 조마조마했다. 자연스레 도경도 아들도 남편이 집에 들어오면 슬슬 피하게 됐다.

차츰 도경은 인간에 대한 기대를 거두었다. 이제 더 이상 인간에 헌신하고 싶지 않았다.

십 년 넘게 도경이 애용했던 카페였다. 남편이 서울에 올라오거나 딸아이가 방학이 돼 한국에 오면 가족이 함께 오곤 했던 곳이었다. 이제 이곳에 다시 올 일은 없을 것이었다. 도경은 아들과 한바탕 하고 화를 삭일 수 없을 때면, 가끔 아파트를 나와 바로 이 자리에 앉아 커피를 마시곤 했다. 도경은 주위에 의논할 만한 사람이 아무도 없었다. 유일한 대화 상대라 할 수 있는 언니는 작년에 유방암 수술을 하고 나서 방사선 치료를 받고 있는 상태였다. 커다란 유리창 너머 오고 가는 사람들과 달리는 차들을 쳐다보며 한참을 망연히 앉아 있다 보면 어느샌가 도경의 마음이 가라앉아 있곤 했다.

그리고 그날, 마치 하늘의 계시처럼 머릿속에서 이혼이라는, 전엔 꿈도 못 꿨던 생각을 처음 하게 됐던 곳도 바로 이 자리에서였다. 그런데 지금 도경은 영원히 지속될 것만 같았던, 육 개월 간의 이혼 소송 기간이 끝나 드디어 이혼을 한 상태로 다시 이 자리에 앉아 있는 것이었다.

이때 유리문을 밀고 노란 머리 염색을 한 아들이 나타났다. 엄마를 보자 환하게 웃었다. 오전엔 잠에서 깨어난 적이 거의 없던 아들이었다. 오랜만에 활기찬 아들의 얼굴을 보자 도경은 살짝 안도했다. 하지만 도경은 긴장된 마음과 경직된 표정을 풀 수 없었다. 조금만 자기 생각과 어긋나는 말을 하면 성난 짐승처럼 달려들곤 하던 아들이었다. 자기 말고는, 자기 욕심 이외에는 아무것에도 관심을 두지 않는 아들이었다.

"이사한 원룸은 어때? 짐은 다 정리했어?"

"짐도 별로 없는데 뭐. 돈 들어왔어?"

"응. 오늘 오후에 니 통장에 계좌이체 할게."

"알았어. …… 그럼 이제 엄마를 그만 만나는 거야?"

커피를 한 모금을 마시고 난 아들이 두 눈엔 미소를 담은 채 한쪽 입꼬리를 살짝 올리며 말했다. 도경은 절로 긴장이 됐다. 커피잔을 내려놓고 아들의 두 눈을 똑바로 쳐다보며 말했다.

"그래, 이제 모든 게 진짜 끝이야. 너한테 약속했듯이 정확히 이등분해서 보낼게. 다시 한번 말하지만 너만 아니였으면, 나 아빠하고 이혼까지 안 갔어."

"안다고, 알고 있다고."

"물론 너도 힘들었지만 그동안 내가 얼마나 힘들었는지 잘 알고 있으리라 생각한다. 이혼 소송 기간 6개월이 십 년, 아니 영원 같았으니까."

도경이 보기에 아들은 아무 생각 없는 듯한 표정을 짓고 있었다. 괘씸한 놈. 도경의 얼굴이 절로 굳어졌다.

"이제부턴 너나 나나 모든 걸 혼자의 힘으로 해결해야 돼. 나야 앞으로 십 년을 더 살지, 이십 년을 더 살지 모르지만, 넌 앞날이 창창하잖아. 니가 그렇게 원하던 스타트업 사업 한번 해봐. 만약

실수하더라도 난 널 도와줄 수가 없어. 나도 살아야 하니까. 그러니까 신중에 신중을 거듭해서 일을 시작해야 돼. 실패할 경우까지 대비하면서. 알았지? 내가 너한테 수차례 얘기했지만, 사업은 직장생활보다 열 배는 더 어려운 거야. 그냥 전쟁터에 나갔다 생각하면 맞아. 아마 니 아빠한텐 손을 벌릴 수 없을 거다. 이번에 재산 분할하느라 은행 대출이 엄청 늘어났을 테니 말이야. 알잖아, 부동산은 죽기 전에야 처분할 사람이니까."

"또 잔소리 시작이네. 내가 그걸 몰라? 내가 어린애야?"

아들의 목소리 톤이 올라갔다. 도경은 빨리 자리를 뜨고 싶었다.

"그래 그만할게. 마지막으로 딱 한 마디만 더 하고 일어날게. 내가 엄마로서 너에게 할 수 있는 건 이제 없어. 그러니 앞으로 나에게 손을 내밀거나 나를 만날 생각은 하지 마. 이제부터 엄마, 아빠는 없다고 생각하고 니 길을 잘 개척해나가길 바란다. 니가 계획했던 대로 일들이 잘 돼 나가길 기도할게."

도경이 지하철 입구로 들어서는데 눈 속으로 땀이 흘러들어왔다. 눈이 따끔했다. 눈을 비비며 계단을 내려가는데 한 순간 몸이 앞으로 기우뚱했다. 도경은 바로 옆으로 걸어 올라오는 젊은 청년의 팔을 잡았다. 하마터면 계단에서 굴러 떨어질 뻔했다. 도경은 등골이 오싹했다. 여기에서 넘어지면 모든 게 다 끝이었다. 이젠 정말 아무도 도경을 돌아보지 않을 것이었다. 도경은 한시라도 빨리 자기 방, 고흐의 방에 가 몸을 누이고만 싶었다.

도경은 계단 손잡이를 한 손으로 잡으며 조심스레 한 계단, 한 계단 내려갔다. 그런데 저만치 계단 밑바닥 위에 한 할머니가 앉아 떡을 팔고 있었다. 한쪽 다리는 굽히고, 다른 한쪽 다리는 쭉 편 상태로 질퍽하게 앉아 있는 할머니 옆에는 지팡이가 다정한 친구처럼 놓여 있었다. 할머니를 스쳐지나가는데 할머니가 도경을 향해 떡 좀 사라고 말했다. 자기도 모르게 도경은 고개를 돌려 할머니를 쳐다보았다. 쭈글쭈글한 주름 속에 파묻히듯 깊이 박혀 있는, 할머니의 작은 두 눈이 도경의 눈과 마주쳤다. 도경의 심장이 뜨거운 물에 데기라도 한 듯 안에서 불끈거렸다.

저 할머닌 도대체 누굴 위해 저리도 열심히 떡을 팔려는 것일까.

손주든 아들이든 그들은 저 할머니의 사랑을 제대로 느끼고 있지 못할 게 분명했다. 아마 천 분의 일에도 못 미치겠지.

눈이 침침해지면서 주저앉고 싶을 정도로 도경의 다리에서 힘이 빠져나갔다.

지하철 안에 자리를 잡고 앉자 도경은 비로소 한숨을 돌릴 수 있었다. 휴식을 취하고 싶어 두 팔을 무릎 위에 올려놓고 두 눈을 감았다. 그런데 땀에 젖어 있는 도경의 어깨 위로 에어컨 바람이 이슬처럼 내려와 앉았다. 오한이 나려고 했다. 체온을 뺏기기 싫어 도경은 두 팔을 엑스자로 해 두 손으로 양 어깨를 감쌌다.

도경은 이제부터는 가족이 아닌, 뭔가 다른 것에 남은 여생을 바치고 싶었다. 물론 그래봤자 아무 의미도 없으리라는 걸, 결국 자기 인생이 아무 흔적도 남기지 않고 사라져 버리라는 걸 도경은 잘 알았다. 하지만 도경은 이미 오래 전에 아들과 남편에게 환멸을 느껴버렸다. 인간의 마음은 상대에게 결코 온전히 전달될 수 없다는 걸, 삶은 우리가 알고 있는 것보다 훨씬, 훨씬 더 많이 혼자

젊어지고 가는 것이라는 걸 알아버렸다.

　막 잠에서 깨어난 도경은 처음에 자기가 어디에 있는지 가늠이 잘 안 됐다. 목구멍에 머리카락이라도 들어간 듯 목이 콱 막혀왔다. 숨쉬기 어려울 만큼 방 안의 공기는 건조한데, 온몸이 진득거렸다. 도경이 뺨에 달라붙은 머리카락을 떼어내는데 손바닥이 미끌거렸다. 여름 한낮의 더위로 좁은 방안이 한껏 달궈져 있었다. 도경은 퍼뜩 딸과의 약속이 생각났다. 급히 휴대폰을 보고 시간을 확인했다. 휴우, 5시까진 아직 여유가 있었다. 그러니까 집에 도착하자마자 두 시간이나 혼절하듯 잠에 빠져든 거였다. 에어컨 바람을 싫어해 에어컨을 거의 사용하지 않고 살았는데, 이제는 습관을 바꿔야 할지 몰랐다.

　도경은 창가로 다가가 창문을 열었다. 바람 한 점 없는 무더운 날이었다. 아직 한낮의 강도를 잃지 않은, 카드뮴 빛 여름 햇살이 건물들 사이사이를 가득 메우고 있었다. 미세먼지 탓인지 온 도시가 거대한 공사장 안에 갇혀 있는 느낌이었다. 도경은 앞 건물들 틈새 위로 높이 떠 있는 낮달과 그 아래 멀리 보이는 한강에 시선을 던졌다. 형체를 잃은 낮달도, 토막 난 한강도 모두 헐떡거리고 있는 듯했다.

　도경은 머리를 매만지려 화장실 거울 앞에 섰다. 낯선 여자가 자기를 보고 서 있었다. 두 뺨이 홀쭉 들어가고, 목주름이 깊어진 그녀의 얼굴에 어둑한 수심이 가득했다. 오랜만에 만나는 딸인데 반갑기는커녕 왜 이렇게 불편한지 알 수 없었다.

　도경은 오늘 딸 은영과 무슨 얘기를 어디에서 어디까지 해야 할지 감이 안 잡혔다. 한마디 상의 없이 남편과 이혼한 것에 대해 이유 여하를 막론하고 은영에게 너무 미안했다. 딸에게 큰 죄를 지은 것만 같은 심정이었다. 사실 도경은 지난 일 년 동안 얼마나 자주 은영과 얘기하고 싶었는지 몰랐다. 미국에 있는 딸을 한국에 불러들이고 싶어 숱하게 휴대폰을 들었다 놓곤 했다. 하지만 도경은 은영과 모든 걸 탁 터놓고 의논할 수가 없었다.

그런데 지금도 역시 도경은 은영에게 솔직하게 다 털어놓을 수 없는 입장이었다.

하지만 은영과 만나 얘기하는 건 반드시 거쳐야만 할 단계였다. 오늘이 무사히 지나가야 비로소 새 날이 시작될 수 있을 것이었다.

은영이가 좋아하던 고구마 피자가 다 식어가고 있었다. 피자 한 조각도 다 먹지 못하고 남겨 놓은, 은영의 미간에 도경이 한 번도 보지 못했던 깊이의 주름이 한 줄 세로로 패어 있었다. 잠을 잘 못 자는지 은영의 얼굴이 푸석했다. 하기야 어제 장거리 비행기 여행을 한, 딸의 나이가 벌써 삼십이다. 어젯밤 아빠랑 얘기하느라 제대로 눈도 붙이지 못했을 것이었다.

도경이 커피를 한 모금 마시고 입을 열려는 순간, 은영도 무슨 말인가 하려 했다. 도경과 은영의 입이 동시에 다물어졌다. 껌벅거리다 커져버린 은영의 눈동자가 도경의 눈과 마주쳤다. 약속이나 한 듯 둘의 시선이 비껴갔다.

침묵을 견디지 못한 도경이 먼저 말을 꺼냈다.

"박사 학위 논문은 잘 돼 가고 있니?"

말을 마치자마자 도경은 아차 했다. 도경은 박사 과정이 막 끝난 은영이 이제 논문 준비를 시작하려 한다는 걸 알고 있었다. 지난 겨울방학에 얼굴을 보고, 육 개월 만에 만난 은영의 안부를 묻는다고 물었는데 실수한 게 분명했다.

"엄마가 언제부터 그렇게 내 걱정을 해줬어?"

도경의 머리가 자기도 모르게 숙여졌다.

"너한텐 미안하게 됐다. 너랑 의논할 여유가 없었어."

"글쎄…… 내가 미국에 있으니까, 그럴 수도 있겠지. 하지만 솔직히 난 이해가 안 돼. 엄마가 왜 그렇게 서둘러야 했는지. 왜 이혼했는지. 그리고 솔직히 난 아빠가 너무 안 됐다는 생각이 들어 …… 예전엔 나, 엄마 편이었는데."

은영이 다 식은 피자 접시를 내려다보며 말했다.

"니 아빠의 괴팍하고 강압적인 성격을 더 이상 감당하며 살고 싶지가 않아. 이제 더 이상…… 환갑도 지난 이 나이에 말이야."

"하지만 여태 잘 살았잖아. 근데 왜 이제 와서 이혼이야. 남들이 한다는 황혼이혼을 엄마도 꼭 해야 돼?"

은영의 목소리가 빨라지면서 문장이 뚝뚝 끊어졌다. 화가 났을 때 은영의 말투였다. 도경은 딸에 대해 섭섭한 감정이 불쑥 솟구쳤다. 딸바보인 아빠의 딸이라 그런가, 하는 생각이 들었다.

"만약 너라면 아빠 같은 사람하고 같이 살 수 있을까? 너 페미니스트 문학 전공이잖아."

"엄마, 그건 다른 문제야. 엄마하고 나하곤 같을 수 없잖아. 나이도, 환경도."

"난 니가 결혼하지 않는다 해도 반대하지 않을 거다."

"엄마, 나 지금 나 때문에 이러는 거 아냐. 아빠가 불쌍해서 그러는 거지."

은영의 목소리에 힘이 실렸다. 도경은 말문이 막혔다. 도경의 심장 양쪽이 서로 다른 박자로 움직이는 듯했다. 도경의 목소리가 저절로 작아졌다.

"왜, 많이 안 좋으셔?"

"응. 몸도 마음도…… 아니 몸보다 마음이 더."

도경은 묻고 싶은 게 있었지만 입을 열지 않았다.

"아빠는 아직도 엄마가 어떻게 자기한테 이럴 수 있는지 이해가 안 되나봐. 그건 나도 마찬가지야. 물론 아빠 성격이 너무 다혈질이고, 고집불통인 거 잘 알아. 술도 좋아하고 주사도 있는 거. 하지만 아빤 지금껏 우리 가족을 위해 혼자 떨어져서 힘들게 살아왔잖아. 그놈의 골프연습장 때문에 얼마나 고생 많이 했어. 나도 잘은 몰랐는데 이번에 처음 제대로 알게 됐어. 그냥 월급쟁이였던 사람이 땅을 물려받아 골프연습장 사업을 시작하고, 겨우 다 지으니까 IMF 만나고, 나중엔 또 태풍을 맞아 다시 다 부수고 새로 상가 짓느라 고생, 고생한 거 말이야."

은영이 말을 멈추고 도경을 흘끗 쳐다보았다. 도경은 아무 말도 할 수 없었다.

"엄만 다 알고 있었겠지. 건축에 대해 일도 모르는 사람이 돈 아끼느라고 건설사에 안 맡기고 하나하나 배워가며 일한 거. 쪽방에서 혼자 살며 말이야. 그동안 엄만 서울에서 편하게 살았잖아. 아빠가 그러대, 은행 대출 이자 때문에 하루도 맘 편히 잠잔 적이 없었다고. 우리 둘 유학 비용 대느라고 얼마나……."

은영이 물을 한 모금 마셨다.

"그리고 아빠가 경제적 어려움에서 막 벗어나니까 엄마가 이혼 소송을 했다고…… 이제 겨우 좀 살만하니까 이런 일이 터졌다고……."

은영의 목소리가 점점 작아지다가 사라졌다. 도경은 자식의 속을 썩이는 부모가 되어버린 자기의 신세가 너무 한심하게 느껴졌다.

"재작년에 혁규가 미국에서 귀국한 날부터 우리 집안은 조용한 날이 없었어. 너 아빠 성격 잘 알잖아. 툭하면 욕설을 퍼붓고, 자기 감정 주체 못 하는 거. 언제까지 그렇게 살 수는 없었다. 그리고 아빠만 고생한 거 아냐. 나도 서울 집과 대전 집을 오가며 두 집 살림하느라 고생 많이 했어."

"그럼 오빠 때문에 엄마 아빠가 이혼했다는 말이야?"

"아, 아니. 그건 아니고. 더 이상 그 그렇게, 그런 대접을 받으면서 살고 싶지 않았어."

도경의 목소리에 힘이 하나도 없었다. 도경 스스로도 자기 목소리에 확신이 없게 느껴졌다. 도경은 이층 레스토랑의 커다란 통 유리창 밖을 내다보았다.

연회색 먼 산 위로 황혼이 내려오고 있었다. 도경은 저 태양도 오늘 하루 얼마나 힘들었을까, 하는 생각이 들었다. 이제 조금 있으면, 어둠이 내리면 모든 건 제 형태를 잃을 것이다. 그러다가 가로등 불빛 아래 새로 태어날 것이다.

은영이 의자 등받이에 등을 기대고 도경을 쳐다보았다. 도경에겐 너무 낯선, 낯선 눈빛이었다.

"작년에 그 동네가 신시가지로 확장되면서 건물 가격이 많이 올랐다며? …… 난 엄마가 그렇게 돈에 민감한 사람인 줄 몰랐어."

도경은 입을 열었다 다물었다. 무슨 말을 해야 할지 몰랐다.

"아빠가 아주 의아하게 생각하는 게 있더라구. 엄마가 법원에 제출한 오빠 런닝구 사진하고, 또 엄마하고 주고받은 전화 녹취록. 그날, 그러니까 구정 다음날, 아빠가 오랜만에 서울 집에 왔는데 오빠가 자기 방에 있으면서 인사도 안 하고 있길래, 화가 나 오빠 런닝구를 두어 번 잡아당겼다며. 그런데 엄마가 제출한 사진은 런닝구가 완전히 갈기갈기 찢겨져 있었다고 하더라구. 그리고 아빤 그날 때리지도 않았는데 전화에서는 마치 아빠가 오빠랑 엄마를 진짜 때린 것처럼 말하더라구 말이야. 폭언은 해도 폭행을 한 적은 없는데, 엄마가 폭행범으로 몰고 갔다고."

도경은 아무 말도 할 수가 없었다. 얼굴이 살짝 달아오르면서 손끝이 떨려왔다.

"아빠가 그날 전화로 나한테 한 말들, 너 알아?"

"응. 그건 아빠가 너무 후회하더라. 자기가 왜 그렇게 심한 말을 했는지 모르겠더라고. 그리고 엄마한테 너무 미안하다고."

"그날도 아빤 서울 친구들이랑 술 마시고 만취한 상태에서 밤늦게 들어왔어. 전부터 니 아빤 혁규랑 대화가 안 됐지. 둘 다 자기 말만 자기 말이라고 하는 사람들이니까. 아빠는 무조건 취직하라고 하고, 혁규는 무작정 사업하고 싶어 하고. 그러니까 혁규가 아빨 피한 거지. 너, 니 아빠 성질 잘 알잖아. 그날 밤 어땠을까, 짐작할 수 있잖아. 우린 피해서 도망갈 수 밖에 없었어. 니 아빠가 나한테 전화로 한 말들을 니가 들었으면……."

"아빠를 용서하기 힘들었나 봐, 엄마."

은영의 목소리가 한결 부드러워졌다.

"그, 그래. 입에 담을 수 없는 말들이었어."

도경은 다 식은 커피 잔을 들어 입에 가져갔다. 커피가 입가로 흘러내렸다. 도경은 떨리는 손으로 얼른 입가를 닦았다.

"엄마, 솔직히 자식은 약자 편이야. 예전엔 아빠가 강자로 보였는데, 지금은 그렇지 않네. 사실 엄마 아빠가 어떻게 살든 나하고는 큰 상관 없어. 난 아무래도 미국에서 계속 살 것 같으니까. 한국 대학엔 자리가 없는 것 같고, 나 같이 빽 없는 사람은 거의 불가능해 보여. 미국 대학엔 그나마 동양학 분야에 자리 잡을 가능성이 조금은 있어 보이고."

"그래, 가능성이 있다니까 다행이다. 이 엄마가 아는 것도 없고, 도와줄 수도 없어 미안하다. 넌 어렸을 때부터 교수가 되고 싶어 했잖아."

"엄마가 언제 나한테 뭘 도움 준 적 없잖아."

은영이 단호하게 말했다. 도경은 좀 억울한 느낌이 들었지만 입을 다물었다.

"어쨌든 엄마가 엄마 인생을 위해서 선택을 한 거니까 잘 살기 바래. 나랑 의논 한마디 없이 말이야."

은영의 마지막 말이 도경의 가슴을 치고 지나갔다.

"아빠 건강은."

"불면증 때문에 약 먹고 자고. 얼마 전에 또 한 번 풍이 왔대. 정말 큰일날 뻔했나봐. 병원 다니시더라구."

도경은 고개를 들 수 없었다.

침묵이 길어지고 있었다. 도경은 계속 앉아 있기가 몹시 힘들었다. 도경이 어렵게 입을 열었다.

"너는 워낙 어렸을 때부터 니 일 알아서 다 잘 했으니까 니 걱정 안 할게. …… 그래도 니 아빠한텐 니가 있으니까. …… 내가 말할 자격은 없지만, 니가 잘 해드려. 전화도 자주하고, 너랑 여행하는 거 좋아하시니까 가끔 여행도 가고."

"엄마가 신경 쓸 거 없잖아. 도대체 무슨 자격으로 그런 말 하는 거야! 나도 이젠 한국이 지긋지긋해. 아마 앞으로 올 일이 없을 거야. 아빤 그냥 밖에서 만나면 되니까. 물론 엄마가 알 필요도 없고, 또 알고 싶지도 않겠지만."

지하철 입구에서 은영과 헤어지고 집을 향해 걷는 도경의 머릿속이 온통 컴컴했다. 너무 많은 색이 뒤섞여 버린 검정색처럼 무수한 추억과 사념들이 서로 얽혀들어 뭐가 뭔지 분간이 안 됐다. 뇌가 과부하에 걸린 듯 했다. 도경은 이제 모든 생각을 멈추어야 했다.

한참을 걷는데 아까보다 공기가 선선했다. 둘러보니 어느새 세상의 밝기가 한 단계 낮아져 있었다. 도경은 문득 은영이 꽤씸하게 느껴졌다. 도경이 죽을 만큼 힘들어도 감히 전화하기 어려운 딸이었다. 언제나 바빴고, 제발 귀찮게 하지 말고 공부 좀 하게 가만 놔두라는 말을 입에 달고 살아왔던 딸이었다. 지난 2년 반 동안 도경은 바닥이 없는 지하로 계속 내려가기만 했다. 이게 끝이겠지, 이게 끝이겠지 했지만, 그때마다 그 밑에 또 한 층이 계속 도경을 기다리고 있었다. 그리고 지옥의 완전 밑바닥에까지 내려갔을 때 도경은 철저히 혼자였다. 이제 더 이상 한 걸음도 뒤로 물러설 수 없다고 생각한 순간, 도경에게는 의논할 사람이 단 한 명도 없었다.

갑자기 휴대폰이 울렸다. 고교 동창 혜미였다. 생각해 보니 조금 늦는다고 전화해 줘야지 생각만 하고 전화를 하지 못했다.

"어머, 혜미야. 미안해. 갑자기 약속이 생기는 바람에 못 갔어. 너한테 전화한다고 하고서 깜빡했네. 미안하다. 많이 기다렸어?"

"아, 아니. 괜찮아. 그럼 오늘 오는 거야?"

"으, 응. 가야지. 집에 들렀다 갈게. 한 시간쯤 있으면 될 거야. 나 지금 지하철역 근처거든."

"천천히 와. 나 열시에 화실 닫으니까, 그 전에 오면 돼."

도경은 첫날부터 이런 실수를 한 자신이 너무 한심했다. 도경이 이 동네에 오피스텔을 마련한 것도 혜미의 화실이 근처에 있기 때문이었다. 고등학교 시절 미술부에서 같이 그림을 그렸던 혜미는 예상했던 대로 명문대 미대에 입학을 했다. 그 후로 소식이 끊겼지만 이혼을 처음 생각하게 됐을 때 도경은 기적처럼 혜미를 기억해냈다. 동창들에게 수소문을 해 혜미의 휴대폰 번호를 알아냈고, 이후 혜미의 화실에 찾아가 오랜만에 이야기도 좀 나누었지만 서로에 대해 아직 아무것도 모르는 상태였다. 실수를 한 게 분명했다. 도경은 자기 자신을 믿을 수가 없었다.

도경은 빨리 집에 가서 화구를 챙겨 화실에 가야지 생각했다. 그런데 주위를 둘러보니 한 번도 본 적이 없는 곳에 자기가 서 있었다. 혼란이 왔다. 한참을 서서 가만히 정신을 모아보니 앞의 큰 도로를 따라 직진하다가 사거리에서 좌회전을 하면 될 것 같았다. 그런데 그렇게 걷는 것보다 차라리 샛길로 가는 게 지름길이라는 생각이 들었다. 도경은 샛길로 접어들었다.

이따금 찾아왔던 의구심이 또다시 도경을 사로잡았다. 도경은 곧잘 성난 두 황소가 맞부딪치는 상황을 상상했고 그때마다 극심한 공포를 느꼈었다. 마주 보고 달리는 열차를 멈추게 하려고 이혼을 생각해냈는데, 지금 도경은 남편이 몹시 마음에 걸렸다. 폭행을 하진 않았지만 폭언을 할 때마다 폭력을 당하는 듯한 느낌을 준 남편이었다. 돈이 좀 있다고 마누라를 자기 아랫사람 부리듯 했지만, 평생 가족밖에 없는 사람이었다. 그래도 좀 더 강하길 바랬는데, 이 정도로 허약한 사람인 줄은 정말 몰랐다.

앞으로 다신 딸을 못 볼지도 모른다는 생각이 들자 도경의 발걸음이 멈춰섰다. 물론 도경은 딸에게 모든 걸 다 털어놓고 싶었다. 하지만 절대 이혼을 원치 않았고, 이혼을 한다면 20 퍼센트 이상의 재산 분할을 원치 않았던 남편의 의견을 재판부가 받아들이지 않게 하기 위해서는 사진과 휴대폰 녹취를 준비하는 과정에서 약간의 조작이 필요했다는 걸 딸에게 말할 수는 없었다. 도경은 혁규의 의견을 받아들여 찢어진 런닝구를 더 갈기갈기 찢어 사진을 찍고, 폭행을 당하진 않았지만 폭행을 당해 집을 나온 것처럼 말하는 과정에서 느꼈던, 죄책감에 다시 휩싸였다. 심장 뛰는 소리가 귀에 들리면서 도경의 손이 마구 떨리기 시작했다. 도경은 자기가 귀중한 것들을 다 놓치고, 치기 어린 감상에 젖어 아무 가망도 없는 것을 붙잡은 것만 같았다.

도경은 다시 주위를 둘러보았다. 전혀 모르는 곳에 또다시 자기가 서 있었다. 몹시 혼란스러웠다. 마침 편의점 주인으로 보이는 한 아저씨가 편의점 문을 밀고 밖으로 나왔다. 도경은 아저씨에게 다가가 오피스텔 이름을 대고 가는 길을 물어보았다. 아저씨가 바로 앞에 있는 경사진 아파트를 가리키며 그 안으로 들어가 뒷문 쪽으로 나가면 된다고 했다.

　도경은 남의 아파트 단지를 가로질러 뒷문을 찾아 열심히 발걸음을 옮겼다. 땀이 비 오듯 흘러내렸다. 생각보다 뒷문을 찾기가 어려웠다. 겨우 아파트 단지 밖으로 나왔는데 도경은 아까 아저씨가 어느 쪽으로 가라고 했는지 생각이 나지 않았다. 그 자리에 서서 한참을 기다려도 사람이 나타나 주질 않았다. 마침 늙수그레한 한 할아버지가 이쪽을 향해 걸어오고 있었다. 도경은 할아버지에게 오피스텔의 이름을 말하고 위치를 물어보았다. 할아버지가 험악한 인상을 풀지 않은 채 모른다고 잘라 말했다. 도경은 현기증을 느끼며 세 갈래 길 위, 한가운데 서 있었다. 어찌할 바를 몰라 두 발이 붙들린 듯 꼼짝도 할 수 없었다.

전주행 고속버스

전주를 떠나온 지 이십 년에 가까운 세월이 지나갔다. 그쪽 방향으론 고개도 돌리지 않고 살아온 세월이었다.

버스가 우중충하고 번잡한 서울 시내를 겨우 빠져나왔다. 이른 아침, 빌딩들에 가려진 하늘이 먹구름으로 어둑했다. 나도 모르게 긴 한숨이 새어나왔다. 지난 며칠이 어떻게 지나갔는지, 사방으로 흩어지는 홀씨처럼 마음을 좀체 가다듬을 수 없는 나날이었다. 드디어 내일, 정우가 수술하는 날이 코앞으로 다가왔다. 처음에 병원에선 예약 날짜가 이미 다 잡혀있어, 두 달 이후에나 수술이 가능하다고 했다. 의사가 하루라도 빨리 수술하는 게 낫다고 했는데…… 똥줄이 탔다.

단 한 명의 친구도 없는 나였다. 다행히 기억을 헤집고 또 헤집어, 사법연수원에서 한 방을 썼던 이 변호사를 떠올려냈다. 명문대 출신인 그가 지나가는 말로 얼핏 자기 절친을 칭찬했던 게 생각났다. 정말 좋은 놈이라던 그 절친의 집안이 의사 집안이라고 했던 게 분명했다. 별로 친하게 지내지도 않았던 이 변호사를 찾아가 머리를 조아리며 부탁을 했다. 천만다행히 그의 도움으로 수술 날짜를 앞당길 수 있었다.

보름 전, 아내는 이제 겨우 한 돌도 안 된 정우를 데리고 세브란스 병원에 갔다. 정우가 좀 과하다 싶을 정도로 자주 칭얼댔었다. 시간이 지나면 나아지겠지 했는데, 아니었다. 게다가 정우의 짱구 머리가 점점 눈에 띄게 럭비공 모양이 되어가고 있었다. 사무실에서 기록을 보고 있는데 아내한테서 전화가 왔다. 의사의 권유로 3차원 CT 촬영을 했는데. 아내가 말을 잇지 못했다. 했는데? 우리 정우가…… 정우가 두개골 조기유합증이래요.

두개골 조기유합증이란 병은 두개골을 이루는 뼈가 유합하는 과정이 너무 일찍 일어나서 발생하는 병이라고 했다. 그로 인해 두뇌의 성장이 억제되는 병이라는 것이었다. 이천 명 중 한 명꼴로 나오는 희귀 질환이라고도 했다. 순간 내 얼굴 위로 검은 보자기가 씌워지는 듯 했지만, 애서 차분함을 가장한 얼굴로 의사에게 물었다. 혹시 유전적인 건가요? 꼭 그렇지는 않다고 의사가 덤덤하게 말했다. 그래도 수술을 하면 성공 확률이 비교적 높다면서 수술 방법에 대해 설명하기 시작했다. 내 귓속엔 아무것도 들려오지 않았다. 그저 기운 센 모기 몇 마리가 내 귓가에서 윙윙거리는 것만 같았다.

수술 날짜가 잡혀 한시름 놓는데 이번엔 밤마다 잠을 제대로 잘 수가 없었다. 극도로 공포스러웠다가 다음 순간 피가 다 빠져나간 듯 허망했다. 이게 그토록 오랜 세월 내가 좆빠지게 살아온 대가란 말인가. 이번이 진짜 마지막 시련일 거야, 하고 겨우 한쪽 마음을 가라앉히면, 일 초도 지나지 않아 분노가 반대편에서 용수철처럼 튀어 올라왔다. 어젯밤에도 밤새 온몸을 뒤척이며 잠을 이루지 못했다.

그러다가 여트막하게 밝아오는 창문에 환영처럼 한 존재가 어른거렸다. 진 씨 할아버지였다. 정말 뜬금없는 일이었다. 너무 오랜 세월 잊고 지내온, 기억에서 지워버리고 싶었던 사람이었기 때문이었다.

1989년 말, 그 이름도 잊을 수 없는 부강산업에서 처음으로 할아버지를 만났다. 부강산업은 전주시 근교 구이면 대덕부락 한 산자락에 있는, 빗을 만드는 공장이었다. 말이 공장이지 허름한 헛간 같은 곳을 개조해서 만든 곳이었다. 사장이라고 말하기도 어려운 김 사장 부부가 갈 곳 없는 사람 몇 명을 여기저기에서 모아다 놓았다. 고아원에서 중학교를 막 졸업한 나도 그중 하나였다. 고아원 식당에서 일하는 아줌마를 통해 나는 부강산업을 처음 알게 됐다. 돈을 벌면서 식사와 잠자리를 해결할 수 있다는 말에 어린 내 마음이 확 동했다. 난 그곳에서 한 삼사 년 돈을 모아 서울로 올라가겠다고 마음먹었다. 그리고 일 년간 서울에 있는 검정고시 학원에 다녀 일류대학에 들어간다는 야심찬 계획을 세웠다.

부강산업에 들어간 첫날부터 시련이 시작됐다. 딱 벌어진 허우대에 나보다 한 살이 많은 탁민광 때문이었다. 강도짓으로 이 년 넘게 감방 생활을 하고 나온 그였다. 푸르뎅뎅한 그의 얼굴에선 늘 선득선득한 기운이 뿜어져 나왔다. 탁은 태어나서 지금까지 이 세상과 단 한 번도 화해해 본 적이 없는 듯 늘 욕을 입에 달고 살았다. 탁은 몸피가 여릿여릿하고, 나와 동갑내기인 오진수를 어디나 대동하고 다녔다. 술주정뱅이 아버지의 행패를 못 이겨 집을 나온 오진수는 겁에 질린 동물처럼 늘 어깨를 옹송그리고 다녔다. 그는 강아지처럼 탁을 졸졸 따라다녔다. 하지만 탁은 그런 오진수에 만족하지 못하고, 뭐든 나와 함께 하길 원했다. 내가 요지부동 꿈쩍하지 않자, 사사건건 나에게 시비를 걸었다. 저녁엔 텔레비전 소리를 최대치로 올렸다. 나는 코딱지만 한 내 방, 앉은뱅이책상 앞에서 귀마개를 하고 버텼다. 마지막 공장 식구인 민 씨 할아버지는 얼굴도 행동거지도 모두 밉상인 노인이었다. 시커멓게 그을린 피부에 싯누런 이빨, 한쪽으로 삐뚤어진 눈썹과 입술을 가진 그가 이전에 어떻게 살았는지, 가족은 있는지 없는지, 우리는 아무것도 알지 못했다. 남을 비꼬거나 비열한 웃음을 지을 때 말고는 그가 입을 열지 않았기 때문이었다.

부강산업은 대부분 일본에서 들어오는 빗 주문에 따라 빗을 생산했다. 일은 비교적 단순했다. 플라스틱의 일종인 합성수지 베이클라이트를 자르는 작업, 빗의 디자인에 따라 일일이 톱질을 하여 촘촘한 칸살을 만드는 작업, 마지막으로 줄이나 끌로 다듬는 작업으로 나뉘었다. 빗살을 만드는 작업에는 어느 정도 힘과 기술이 필요했지만, 일은 그닥 힘들지 않았다.

내가 이곳에 온지 일 년이 채 안된 어느 날, 사장이 우리에게 새 직원이 들어올 거라고 알려줬다. 북에서 내려와 26년간 감옥생활을 하고 나온 장기수라고 했다. 이곳 멤버들 중 정상은 하나도 없었지만, 그래도 이번엔 간첩이라니. 다들 기가 차다는 표정이었다. 탁이 재수 없다며 바닥에 침을 찍 뱉었다.

우리가 그와 처음 대면한 날은 아침부터 유난히 날씨가 춥고 건조했다. 오전에 공장에서 일하고 있는데 사장이 늙수그레한 한 할아버지를 대동하고 들어왔다. 할아버지가 허리 굽혀 인사했지만, 우리 중 누구 하나 그를 거들떠보지 않았다. 할아버지는 이런 냉대에도 전혀 아랑곳하지 않고 정중하게 자기를 소개했다. 처음 뵙겠습매, 진, 태, 영, 이라고 함매. 남의 나라, 남의 공장에 처음 들어온 사람답지 않게 침착하고 다부진 목소리였다. 나는 북한 사투리가 낯설어 고개를 돌려 그를 흘끗 쳐다보았다. 싸구려 군청색 잠바를 입은 작달막한 노인이었다. 그가 잠바를 벗자, 실팍한 가슴팍과 근육질의 팔뚝이 드러났다. 까무잡잡한 피부와 사각턱, 야무지게 닫힌 입과 작은 눈에서 뿜어져 나오는 강렬한 눈빛 때문에 일흔이라는 나이보다 훨씬 더 젊게 보였다.

그날은 탁과 오가 월급을 받는 날이었다. 며칠 전부터 탁과 나 사이에는 미묘한 신경전이 있었다. 탁이 자기 단골 술집인 향미옥에 같이 가자고 해서 분명하게 거부 의사를 표했는데도 탁은 틈만 나면 나에게 치근덕거렸다. 물론 내 입장은 단호했다. 다음날 꼭두새벽, 현관에서 들려오는 시끄러운 소리에 나는 잠에서 깼다. 알고 보니 밖으로 나가려고 신발을 신던 진 씨 할아버지가 이제 막 들어오려는 탁과 부딪치면서 나는 소리였다. 씨팔, 저리 비키라는 욕지거리와 니는 눈깔도 없냐는 거친 고함소리가 한데 엉겨 윙윙거렸다. 억지로 상체를 일으켜 시계를 보니 네 시가 막 지난 시간이었다. 좀 더 자야 하는데 잠을 설칠 것 같았다.

오늘 공부 계획에 차질이 있을까 걱정이 됐다. 이때 어디선가 멀리서 닭 울음소리가 났다. 이어 부엌에서 달그락거리는 소리가 들려오더니 쫙, 쫙 찬물 끼얹는 소리가 났다. 내 머릿속 뇌세포가 일제히 쭈뼛 일어서는 것 같았다. 이 추운 겨울 신새벽에 저 노인이 미쳤나. 나는 이불을 머리 위까지 끌어올렸다. 오랜만에 탁이 없어 밤늦게까지 공부하다 잠이 들었는데, 장기순지 뭔지 하는 노인이 나타나 내 귀한 새벽잠 시간을 망쳐버리고 있었다. 화를 식히기 힘들었다.

그날 아침은 모두들 기운이 처진 상태로 일을 했다. 진 씨 할아버지만 사장의 지시에 따라 부지런히 몸을 놀렸다. 이윽고 사장 부인인 아줌마의 점심 먹으라는 소리가 들려오자 다들 일어나 부엌 겸 식당으로 어기적거리며 들어갔다. 뒤늦게 따라 들어온 진 씨 할아버지를 보자 탁이 한 마디 했다. 씨팔, 재수 더럽게 없네. 우리가 꼭 간첩하고 같이 일해야 하나, 좆같이. 이어 민 씨 할아버지도 한 마디 했다. 그러게 말야, 아니 간첩 말고는 어디 사람이 없나. 간첩이 사람 잡아먹지 않으니까 걱정들 하지 마세요. 사장이 쐐기를 박았다. 오진수가 겁먹은 얼굴로 한 마디 했다. 그래도 어떤 사람인지 어떻게 알아요? 간첩이 사람도 죽이잖아요. 야, 인마, 그걸 가만 두나? 우리가 먼저 콱 죽여 버리고 말지. 탁이 오의 머리를 쥐어박으며 말했다. 아니, 무시기 말들을 그래 함매. 다들 말 좀 조심하기우. 진 씨 할아버지가 나무라듯 진중하게 말했다.

이때 사장이 갑자기 화제를 바꿨다. 요새 개를 기르면 돈이 된다고 했다. 강아지 한 마리에 2, 3만원 주고 사서, 6개월 내지

1년 기르면 2, 30만원에 팔 수 있다는 것이었다. 나하고 같이 해볼 사람 없어요? 사장이 우리를 둘러보며 말했다. 내레 한번 해보겠소. 진 씨 할아버지가 일 초의 망설임도 없이 대답했다. 의외였다. 당황한 사장이 할아버진 나이도 많고, 출자금이 없어서 안 된다고 말렸다. 그런데 사장이 말을 끝내기도 전에 할아버지가 출자금은 나중에 월급으로 갚겠다고 고집을 부렸다. 사장이 망설였지만, 할아버지는 기어이 그를 설득해냈다. 결국 사장은 진 씨 할아버지와 둘이서 개를 기르기로 결정했다. 혼자 살면서 뭔 돈이 그렇게 필요해, 벌써 노망났나. 민 씨 할아버지가 빈정댔다.

조용하던 공장이 달라졌다. 횅뎅그렁한 마당 한 켠에 철조망으로 이어 만든 개집이 세워지고, 사료 푸대, 사료를 섞는 큼지막한 양동이, 개밥 그릇 등이 부엌 안에 들어찼다. 한동안 소란이 그치질 않더니 강아지들이 들어오고 나서야 공장이 잠잠해졌다. 개밥을 주는 등 새벽부터 설쳐대는 진 씨 할아버지 때문에 나는 결국 공부 패턴을 바꿨다. 일찍 자고 일찍 일어나 공부하니까 좋은 점이 없지 않은 게 다행이라면 다행이었다.

봄볕이 한창 무르익던 어느 날이었다. 꼭두새벽부터 마당에서 들려오는, 거친 함경도 사투리 소리에 깜짝 놀랐다. 책상을 걷어차고 나가보니 강아지들이 한꺼번에 몽땅 나자빠져 있었다. 모두 장염에 걸려 죽은 거였다. 오전 내내 사장과 진 씨 할아버지가 죽은 개들을 뒷산에 묻고 내려왔다.

점심상 앞에서 사장은 개 기르는 게 이렇게 힘든 일인 줄 몰랐다며 고개를 휘휘 내저었다. 사장이 진 씨 할아버지를 쳐다보며 말했다.

"할아버지, 이제 개는 그냥 깨끗이 잊어버리죠."

"아이요, 내는 다시 해 볼 거구마."

"네? 아니, 그만 두세요. 개 기르는 게 보통 일이 아니던데, 나이도 생각하셔야죠."

"아니, 아니구마. 고까지게 뭐가 힘들다구. 보건소 가서 약 타다 주사 놔주면 될 거 아님매."

모두들 기가 막혀 입을 벌리고 쳐다보았다. 사장이 말려도 아무 소용이 없었다. 결국 사장은 포기하고 할아버지 혼자 개를 다시 기르기로 일단락됐다. 빨갱이 주제에 무슨 돈을 그렇게 밝혀. 옆에 있던 민 씨 할아버지가 한쪽으로 싯누런 이빨을 드러내며 톡 쏘아주었다. 민 씨 할아버지의 말에 우리 모두 속으로 격하게 공감했다.

버스가 기흥을 막 지나가고 있다. 차창 밖으로 진눈깨비가 휘날리기 시작했다. 하늘과 산, 들과 건물들의 가두리가 마구 지워지고 있다. 반듯했던 세상이 흐물흐물 형체를 잃었다. 밝고 따사로운 햇님은 어디에서 무엇을 하고 있는가. 내 가슴 동굴 속 응어리들도 잘디잘게 찢겨져 나간다. 현세의 이 모든 삶이 도무지 뭐가 뭔지 종잡을 수 없이 아령칙하다. 왜 어린 정우의 뇌에 문제가 있는 건지. 하필이면 왜 정우가 내 아들로 태어났는지. 왜 내가 전주행 고속버스를 탔는지, 알 수가 없다. 난 왜, 지금, 이제 와서야 할아버지 산소를 찾아가는 것일까. 절대 다신 꺼내보지 않을 줄 알았던 기억의 페이지들을 무엇 때문에 다시 들춰내는 것일까.

아, 아직 채 여물지도 못한, 내 주먹만한 아들의 머리를 잘라야만 한다니. 아이의 머리를 절개해 두개골의 작은 머리뼈들을 더 작은 조각들로 자른다고 했다. 그리고 이 조각들을 고정핀과 나사, 철사 또는 실로 묶어서 다시 재조합해 정상적인 형태로 만든단다. 도대체 뭘 잘라서 뭘 어떻게 다시 맞춘단 말인가. 그 작은 뼈를 어떻게 더 작은 조각으로 자른다는 건지. 그걸 또다시 나사나 철사 같이 날카로운 도구로 퍼즐 맞추듯 맞춰야 한다니. 상상하기 어렵다. 생각할수록 오금이 저려온다.

의사는 두 개의 수술 방법을 이야기했다. 처음엔 아무리 집중을 하려 해도 무슨 말인지 하나도 알아들을 수가 없었다. 시간이 한참 지난 후에야 비로소 머리가 둔탁하게 돌아가기 시작했다. 선택을 해야 했다. 우리는 결국 머리뼈를 자르는 수술을 택했다. 머리뼈를 벌리는 제품인 신연기를 이용한 수술 방법은 수술 시간이 짧고 출혈량이 적지만, 얼마 지나지 않아 신연기를 제거하는 2차 수술이 필요하다고 했다. 이와 달리 머리뼈를 자르는 수술은 아이가 자란 후 다시 한 번 뼈 이식 수술을 해주어야 하지만 형태 교정에 효율성이 높다고 했다. 우리는 가급적 늦게 다시 수술을 받는 쪽을 선택했다. 이 어린 것을 바로 다시 또 죽이는 짓은 차마 할 수가 없었다.

그해 초여름이 지나면서 우리 모두에게 힘든 상황이 벌어졌다. 특히 눅눅하고 무더운 날이면 개 노린내가 너무 심했다. 아침부터 날씨가 찜통처럼 푹푹 찌던 날이었다. 겨우 오전 일이 끝났는데,

다들 온몸이 땀으로 멱을 감은 것 같았다. 우리는 부엌문을 활짝 열어놓고 점심을 먹었다. 선풍기가 마당에서 날아오는 개 비린내를 식당 안으로 골고루 뿌려주었다. 드디어 탁이 입으로 가져가던 숟가락을 내던지며 포문을 열었다.

"개씨발, 좆나 개 냄새 나서 밥도 못 먹겠네."

참았던 공장 식구들도 돌아가며 한 마디씩 거들기 시작했다.

"정말, 개 냄새 장난 아니에요."

오진수가 말하자 민 씨 할아버지가 말을 이었다.

"어젯밤엔 잠도 잘 못 자겠더라구."

"어젯밤엔 비가 와서 그랬구마."

진 씨 할아버지가 묵묵히 밥을 먹다가 낮게 읊조렸다.

"여기 할아버지 혼자 사시는 데 아니잖아요."

나도 언성을 높이며 가담했다.

"할아버지, 처음에 내가 개 기르자고 했으니까 뭐 할 말은 없지만, 이제 그만 하시는 게 어떨까요?"

사장이 타협조로 말했다.

"좆씨팔, 여기가 니 꺼야? 너 혼자 살아? 빨갱이 주제에."

탁이 자리를 박차고 일어나 진 씨 할아버지에게 삿대질을 하며 말했다.

"무시기? 이 종간나 새끼. 개만도 못한 놈이."

할아버지가 벌떡 일어나 허리에 두 손을 얹고 말했다.

"고까짓 개 냄새가 어떻다구. …… 니들이 가족과 생리별 해 봐? 죽을 고비 몇 번 넘겨 보라우."

할아버지의 두 눈이 벌개졌다. 뭐라고? 이 꼰대가! 탁이 달려와 할아버지의 멱살을 막 잡으려는 순간, 사장이 끼어들었다. 콩밥 한번 더 먹고 싶어? 사장이 눈을 부라리며 호통을 치자 겨우 소란이 진정됐다. 오진수가 우리를 향해 오른쪽 집게손가락을 펴 이마 옆에 대고 빙빙 돌렸다. 진 씨 할아버지는 도통 말이 통하지 않는, 구제불능의 꼰대였다.

탁은 월급날만 되면 향미옥에 같이 가자고 나를 괴롭혔다. 거절을 하면 반드시 보복을 했다. 옆에 펼쳐 놓고 일하면서 틈틈이 보곤 하던 내 영어 단어장을 주머니칼로 쓰윽 긋고 지나가거나 점심을 먹고 공장 담벼락에 기대 앉아 보고 있는 책 위에 뜨거운 믹스커피를 몽땅 쏟아 붓곤 유유히 사라졌다. 공장 내 신참인 진 씨 할아버지도 만만치 않았다. 밤늦게까지 라디오 주파수를 갖고 씨름을 해 내 잠을 설치게 했고, 주말엔 마루에 나와 장거리 통화를 하곤 했다. 서울에 있는 다른 장기수들과 통화를 하는 것 같았다. 우리 모두는 그런 할아버지를 아니꼽게 보았다. 간첩 주제에 우리 중 전화를 제일 많이 사용했기 때문이었다.

나는 사방이 적으로 둘러싸인 듯했다. 세상 존재하는 모든 것과 전쟁하는 기분이었다. 난 귀 막고 눈 막고, 아예 입까지 막아버렸다. 그들 모두로부터 보이지 않는 유리막을 쳤다. 내 삶은 지금 이곳이 아닌, 저 먼 미래의 다른 곳에 있었다.

그해 가을은 일본에서 온 빗 주문이 많아져 일손이 바빴다. 저녁밥 먹을 시간을 넘겨 일이 끝나는 날들이 이어졌다. 공부 시간이 부족해진 나는 초조감에 신경이 곤두섰다. 이곳에 온 지

벌써 이 년이 다 돼 가고 있었다. 새벽부터 꽤 쌀쌀한 바람이 불던 어느 날이었다. 밖에서 개들이 일제히 컹컹거리는 소리와 함께 고함 소리가 고막을 때렸다. 무시하려 했지만 소란이 잠잠해지기는커녕 점점 더 요란해졌다. 진 씨 할아버지가 개장수와 싸우는 소리였다. 이 노인네가 감히 내 새벽공부를 망치다니, 열이 뻗쳐 내 몸이 용수철처럼 튀어 올랐다. 공장 마당 한 켠에 용달차가 서 있고, 그 옆으로 개를 담은 그물망이 대저울에 매달린 채 땅바닥에 놓여 있었다. 이 양반이 맨날 속아만 살았나? 글쎄, 내레 손이 저울이구마. 내 참 살다 살다 별 꼴 다 보네. 저울을 옆에 놔두고 손이 저울이라는 사람은 생전 처음 보네. 다른 사람은 다 속여도 내는 못 속이구마.

이때 사장이 슬리퍼를 끌며 마당으로 나왔다. 개장수가 사장을 향해 하소연을 했다.

"개장사 십 년에 이런 경우는 처음이네, 씨발. 날 도둑놈 취급하다니. 사람을 어떻게 보고 하는 소리냐구요, 이게."

탁도 어슬렁 밖으로 나왔다.

"개씨팔, 간첩 주제에 이럴 거야?"

"야, 이게 다 무시기. 니들이 내보다 난 게 뭐이나?"

순간 탁이 땅바닥에서 돌멩이를 하나 쥐어들었다. 사장이 잽싸게 탁의 팔을 잡았다.

"너 진짜 콩밥 먹고 싶어?"

"아휴, 씨팔. 좆나 지랄염병하고 자빠졌네."

탁이 돌멩이를 땅바닥에 던져버렸다. 기어이 개장수가 잠바를 풀어헤치고 할아버지의 멱살을 잡았다. 나는 너무 어이가 없어서

전주행 고속버스

내 방으로 들어와 버렸다. 다시 귀마개를 하고 앉아 공부에
몰두하려고 용을 썼다. 시간이 한참 흐른 후에야 밖의 소동이
가라앉았다. 결국 사장의 중재로 일이 일단락 지어지고 개들이
팔려갔다. 그때부터 우리는 진 씨 할아버지와 눈도 마주치지
않았다.

차창을 때리는 눈발이 아까보다 굵어졌다. 모양도 크기도
어설픈 눈송이들이 맹렬히 달려와 차창에 부딪히곤 형체도 없이
스러져 간다. 버스가 동탄 신도시를 지나가고 있다. 공사가 중단된,
짓다 만 고층 아파트의 모습이 섬뜩하다. 넝마를 뒤집어 쓴 듯
흉물스러운 건물들 위로 눈이 거세게 휘몰아치고 있다. 여기저기
가로로, 수직으로 높이 치솟은 크레인들이 하늘을 마구잡이로
찔러대고 있다. 금방이라도 꼬꾸라질 듯 위태위태해 보인다.
어쩌면 이대로 모든 게 끝날 지도 모른다. 건물들이 무너져 내리고,
그 위로 잿빛 하늘마저 푹 꺼져 그대로 모든 걸 덮어버릴지도.
그러면, 그렇게 되면, 이 모든 허깨비 너울들의 세상도 다 함께
영원히 사라져버릴지 모른다. 아, 아, 차라리 그랬으면 좋겠다.
사십이 다 돼 결혼한 나는 아내에게 아이 갖는 문제를 꺼내지
못했다. 아이를 낳아야 할지 말아야 할지 마음을 정할 수가 없었다.
도무지 자신이 없었다. 자식이야말로 내가 바라던, 남부럽지 않은,
제대로 된 삶의 시작이 될 것 같다가도 바로 다음 순간 의심이
들었다. 이제 겨우 변호사 사무실이 제 궤도 위에 오른 듯한데, 이
삶의 기조가 흔들릴까봐 걱정됐다. 정말 죽을 등 말 등 치달려온
인생이었다. 부모 없이 자란 나나, 일찍 부모가 돌아가신 아내나

둘 다 너무 늦은 결혼이었다. 건강하지 못한 아이가 나올 확률이 없다고 할 수 없었다. 또 만약, 우리 아이가 훌륭한 가정교육을 받지 못한다면? 차라리 없는 게 나았다. 아내나 나나, 우리에겐 부모 역할에 대한, 믿고 따를 만한 본보기가 없었기 때문이었다.

　그해 크리스마스 날이었다. 진 씨 할아버지는 일찌감치 소양 근방, 어느 요양원에 있다는 장기수 친구를 만나러 나갔다. 그날은 휴일이라 공장일이 없었다. 사장 부부도 이제 막 돌 지난 아들 현식이를 데리고 시내에 영화 보러 나가고 없었다. 난 일찌감치 앉은뱅이책상 앞에 앉아 밀린 공부에 집중했다. 시간이 얼마나 지났을까, 이상야릇한 냄새가 스멀스멀 문틈을 통해 스며들더니 역한 듯 매콤한 향이 코끝을 간지럽혔다. 나는 마당에 나가보았다. 아무도 없었다. 부엌문을 열어보니 다들 그곳에 모여 있었다. 민 씨 할아버지가 넌 귀도 없냐며 한 소리 했다. 그제서야 난 귀마개를 뺐다.

　식탁 위에 보신탕 만찬이 하나 가득 차려졌다. 때마침 사장 부부도 집에 도착했다. 잠깐 당황하는 기색이더니 그들도 우리의 만찬에 동참했다. 우리 모두 터질듯 배를 채우고 나서 식탁을 치우고 있는데, 진 씨 할아버지가 부엌으로 들어왔다. 일시에 할아버지의 얼굴이 하얗게 핏기가 걷혔다. 바로 이때다, 싶은 탁이 박수를 치며 좋아했다. 한 방 먹여 시원하다는 표정으로 말했다.

　"어이 꼰대, 어서 드셔보시지."

　"그, 그거이 …… 어떻게 기른 갠데."

　잠시 멍하니 서 있던 진 씨 할아버지가 한마디 토해냈다.

"지랄하고 자빠졌네."

탁이 침을 탁 내뱉으며 말했다.

"뭐야 어디 초상이라도 났나?"

민 씨 할아버지가 덩달아 이죽거렸다.

"완전 개판이네, 개판."

오진수도 신이 나서 한 몫 거들었다.

며칠 동안 진 씨 할아버지를 제외하고 우리 모두는 그동안 부족했던 단백질 보충을 충분히 했다. 당시의 나에겐 더 많은 영양분과 에너지가 절실했다.

지금 생각하니 얼굴이 화끈하게 달아오른다. 명백한 재산권 침해 행위였다. 너나 할 것 없이 우리 모두 공범이었다. 그때 당시엔 그렇게까지 예민하게 느끼질 못했다. 당시 할아버지가 느꼈을 고립무원의 감정, 우리와의 사이에 놓여있던 장벽이 얼마나 높고 두꺼웠을까. 그 느낌이 이제야 어렴풋이 다가온다.

정도는 다르지만, 나도 지금껏 늘 유리벽에 갇혀 살아왔다. 서울로 오기 전 공장에선 내가 스스로 친 유리벽 안에 갇혀 살았다. 무작정 서울로 올라온 뒤엔 주위 사람들과 나 사이에 이미 거미줄처럼 쳐져 있는 유리벽 안에 갇혀 지냈다. 난 그 유리벽을 입시 학원에서도, 대학에서도, 군대에서도, 심지어 사법연수원 안에서도 늘 감촉하며 살아왔다. 두꺼운 유리벽 안엔 수많은 얇은 유리벽들이 있고, 또 그 안엔 더 좁은, 나 하나 겨우 들어가는, 얼음처럼 차갑고 투명한 벽이 쳐져 있다는 걸 나중에야 또렷이 알게 됐다.

또 다시 봄이 찾아왔다. 그해엔 일본에서 빗 주문이 제법 많이 왔다. 주문량에 맞춰 박스 안에 빗을 담는 사장의 손길도 바빠졌다. 주로 유모차에 누워있던 현식이도 아장아장 걸음마를 떼기 시작했다. 사장 부인인 아줌마는 우리에게 점심을 차려주곤 툭하면 현식이를 데리고 뒷산에 올라갔다. 쑥을 캐러 간다고 했다.

하루는 아줌마가 시퍼렇게 질린 얼굴로 공장 문을 열어젖혔다. 현식이가 없어졌다는 것이었다. 잠이 든 현식이를 포대기 위에 잘 감싸 뉘여 놓았는데 돌아와 보니 감쪽같이 사라져버렸다는 것이었다. 사장이 뛰쳐나가고, 공장은 자동적으로 임시 휴업 상태에 들어갔다.

이틀이 다 돼가는데 아직 현식이를 찾지 못했다. 요 때다 싶었는지, 탁과 오는 읍내에 내려가 아예 들어오질 않았다. 민씨 할아버지는 자기 방에 틀어박혀 뭘 하는지 알 수 없었다. 나역시 밥 먹을 때 말고는 내 방에서 나가지 않았다. 식당에 들어가 아침밥을 대충 차려 먹고 나오는데 안개비가 소리 없이 내려앉고 있었다. 나를 보자 개들이 반가운 듯 일제히 짖어댔다. 잠시 뒤, 개들이 소리를 멈추자 공장 안이 너무 조용하고 음산했다.

어느새 한낮이 다 이울었는지 창밖이 어둑했다. 허리가 아프고 눈이 침침했다. 계속 책상 앞에만 앉아 있었던 탓이었다. 일찌감치 저녁을 먹으러 나왔는데 공장이 휑하니 괴괴했다. 현식이 일이 어떻게 됐나 궁금증이 일었다. 눈도 쉴 겸 나는 우산을 쓰고 파출소로 향했다. 빗줄기가 점점 거세지고 있었다.

파출소 앞에 도착해 불빛으로 환한 안을 들여다봤다. 아줌마는 아예 긴 나무의자 위에 길게 뻗은 채 누워 있고, 사장이 경찰과 다투고 있었다. 관자놀이에 핏줄이 곤두선 사장이 삿대질을 하자, 경찰이 돌아서서 무전기로 누군가와 통화를 했다.

날이 제법 어두워지고 있었다. 들어가야 하나 말아야 하나, 잠시 잠깐 망설였지만 고민할 것도 없었다. 어차피 내가 끼어들 일은 아니었다. 괜히 나서서 좋을 게 없었다. 나에겐 시간도 에너지도 늘 부족했으니까.

이때였다. 저 멀리 희끄무레한 형체가 이곳으로 다가오고 있었다. 가로등 불빛 아래 은빛 빗줄기 속으로 작은 노인이 축 늘어진 어린애를 두 팔에 안고 저벅저벅 걸어왔다. 진 씨 할아버지였다. 덥수룩한 머리카락 아래로 굵은 물방울이 뚝 뚝 떨어져 내렸다. 마치 어두컴컴한 지옥에서 나타난 유령 같았다. 나는 멍하니 입을 다물지 못하고 제자리에 붙박인 채 그를 쳐다만 보았다.

그날 이후, 공장 안 진 씨 할아버지의 위상이 달라졌다. 모악산 한 자락 끝에 위치한 우리 공장 뒷산은 동쪽으로는 검산, 치악산으로, 서쪽으로는 닭봉, 국사봉으로 쭉 이어져 있어, 미아를 찾는 게 결코 쉬운 일은 아니었다. 그런데 경찰도 하지 못한 일을 칠십이 다 된 할아버지가 해낸 것이었다. 사장 부부가 연신 허리를 숙여 감사를 표해도 할아버지는 무덤덤했다. 마땅히 해야 할 일을 한 것뿐이라는 태도였다. 식탁 위 반찬이 눈에 띄게 달라져 속으로는 좋으면서도 탁과 오, 민 씨 할아버지는 아니꼽다는 표정을 감추지 않았다. 사장이 진 씨 할아버지에게 도대체 어떻게 현식이를 찾아냈냐고 재차 물었다. 할아버진 그냥 기다란 나뭇가지로 여지저기 수북한 낙엽 속을 쿡쿡 쑤시며 다녔다는 말만 했다. 사장은 뭔가 보상을 하고 싶어했다. 계속 마다하던 진 씨 할아버지가 마지못해 그럼, 개를 몇 마리 더 사달라고 했다. 아니, 이 노인네가 늦장가 가려고 그러나, 개만 자꾸 길러서 뭐하게. 민 씨 할아버지가 핀잔을 줬다. 개가 늘어나봤자 나도 좋을 건 없었다. 다만 개 판 돈으로 뭐하려고 그러나, 궁금하긴 했다.

버스가 정안 휴게소로 들어섰다. 눈발이 많이 약해져 있었다. 아점을 먹어볼까, 했는데 영 식욕이 없어 그만두고 화장실만 다녀왔다. 아직 버스기사는 오지 않았다. 버스 안에 들어가지 않고 밖에 서서 집에 전화했다. 아내의 목소리가 무거웠다. 정우는 잘 있어? 잘 자고 있어요, 아내의 음성이 잦아들면서 말꼬리가 긴 여운을 남겼다. 아내의 불안과 공포가 그 농도 그대로 내 가슴속을 파고들었다. 우린 둘 다 잠시 아무 말 하지 않았다. 아내가 언제 오냐고 물었다. 어디 간다고 말도 없이 나온 터였다. 많이 늦지는 않을 거라고 말하고 전화를 끊었다.
사법고시에 붙을 때까지 여자 문제는 내 사전에 없었다. 로스쿨 제도의 시행으로 사법고시가 폐지될 예정이었다. 해마다 사법고시 시험으로 뽑는 숫자가 확 확 줄어들고 있어 한시도 마음을 놓을 수 없었다. 로스쿨에 다닐 돈이 없는 나였다. 여차하면 모든 게 무로 돌아갈 판이었다. 1차 시험에만 붙고 2차 시험에 계속 떨어져 거의 자포자기하기 직전, 하늘이 도와 사법고시에 턱걸이로 붙었다. 연수원을 마치고 변호사 개업을 했을 땐, 또 수도 없이 쏟아져 나오는 변호사들 때문에 한눈을 팔 수 없었다. 은행에서 돈을 대출해 조그만 사무실을 얻어 개업을 하고 한숨을 돌릴 때쯤 아내를 만났다.

어렸을 때 아버지가 돌아가신 아내는 장사하는 엄마 덕분에 고등학교를 졸업했지만, 이듬해 엄마를 잃고 말았다. 닥치는 대로 알바를 해서 무사히 대학을 마치고 공무원까지 된 재원이었다. 그녀의 부모가 안 계시다는 게 내 마음을 복잡하게 만들었다. 마치 다리 병신이 팔 병신을 만난 것 같은 느낌이라고 할까. 하지만 다소곳하고 생활력이 강한 여자였기에 결국 결혼을 하기로 마음먹었다. 이미 모든 게 남보다 많이 뒤처진 상태라 마음이 조급했다. 무엇보다 서초동에 지천으로 깔린 변호사 사무실의 정글에서 살아남는 게 우선이었다. 빨리 안정을 찾아 다른 데 신경을 쓰지 않아도 되기를 바랬다. 쫓기듯 결혼하고, 변호사 업무에 이제 적응이 좀 됐나 싶었는데, 아내가 턱 하니 임신을 했다. 아내는 출산일이 가까워 오자 육아휴직을 했다. 직장일도 마다하고 육아에 전념하고 있는데 이런 일이 벌어졌으니, 아내도 황당하기론 나 못지않을 터였다.

1993년, 그해 공장의 봄은 비교적 안정된 분위기 속에서 날들이 지나갔다. 하루는 저녁 뉴스를 보던 진 씨 할아버지가 몹시 격앙됐다. 새로 취임한 김영삼 정부가 남북정상회담을 계기로 시국공안사범과 장기수 다섯 명을 특별 사면한다는 방송이었다. 이참에 이인모 종군포로를 북으로 송환한다는 소식에 할아버지가 떨 듯이 기뻐했다. 바로 다음날, 진 씨 할아버지는 서울에서 내려온 장기수들을 만나러 전주 시내로 나갔다. 밤이 이슥해서 불콰한 얼굴로 공장에 돌아온 그의 손에는 큼직한 까만 비닐봉투가 들려 있었다. 그 안엔 돼지고기와 소주, 안주와 과일이 가득 했다. 돈이라곤 땡전 한 푼도 쓰지 않던 할아버지였다. 다들 술상 앞에 모였다. 제법 화기애애한 분위기가 이어졌다. 술잔을 돌리던 사장이 할아버지에게 무슨 일이 있냐고 물었다.

"그동안 내레 혼자 잘났다고 살아온 게 너무 미안했습메. 전향한 주제에 무시기 잘났다고……."

말을 마친 할아버지의 눈가가 살짝 젖어 있었다. 우리 모두 그게 무슨 말인가, 하고 할아버지를 쳐다봤다.

"이인모 동무는 전향을 하지 않아 이번에 북으로 가게 되지 않았습둥. 내레 그때 전향서만 쓰지 않았어도. 그때 고문이 너무 심해서……."

바람 끝자락에 가을이 실려 오자, 나는 절로 긴장됐다. 이제 얼마 안 있으면 서울로 갈 예정이었다. 미리 중3 담임에게 전화를 해 둔 나는 학교에 가 담임을 만나 서울생활에 대한 여러 가지 정보를 적은 쪽지를 갖고 돌아왔다. 나는 마지막 공부에 박차를 가했다. 하루하루가 정신없이 지나갔다. 월급을 받은 바로 다음 날이었다. 전날 밤, 마을에 내려간 탁과 오가 오전 시간이 지나도록 돌아오지 않고 있었다. 공장에서 일하고 있는데 갑자기 밖에서 울부짖는 소리가 들려왔다. 오진수의 목소리가 분명했다. 오는 방바닥을 내리치며 탁이 자기 돈을 갖고 도망갔다고 했다. 나는 식겁을 하고 내 방으로 내달려갔다. 아니나 다를까, 비닐

옷장과 베갯속이 발랑 까집어져 있었다. 나는 그 자리에 그대로 주저앉았다. 시간을 아끼느라 은행에도 못 가고 모아둔 돈이었다. 첫해에 은행에 저금한 돈만 남고 다 털렸다. 나의 모든 계획이 다 수포로 돌아갔다. 나는 그만 다시 일어날 힘을 잃어버렸다.

공장 안이 초상집 분위기였다. 일손이 딸린 사장만 발을 동동 굴렸다. 며칠 뒤, 나는 사장의 손에 이끌려 공장 안에 들어갔다. 아무 의욕도 나지 않았다. 사장이 내 앞에 톱질할 일감들을 갖다 놓았다. 나는 힘없이 기계톱을 돌렸다. 순간 새빨간 피가 내 동공 앞으로 솟구쳐 올랐다. 눈 깜짝 할 사이의 일이었다. 머릿속이 새하얘지면서 통증이 느껴지지 시작했다. 이때 옆에 있던 진 씨 할아버지가 빗을 다듬던 천을 쭈욱 찢어 내 손톱 끝에 갖다 대곤 바로 밑을 꽉 동여맸다.

눈을 떠보니 내 몸이 병원 침대 위에 링겔을 꽂은 채 누워 있었다. 옆에는 진 씨 할아버지가 앉아 있었다. 나중에 알고 보니 할아버지가 나를 들쳐 업고, 사장의 차로 병원에 왔다는 것이었다. 이 일이 있고 나서 사장도 더 이상 일을 재촉하지 않았다. 나는 아무 의욕 없이 방바닥에 누워 그저 천장만 쳐다보고 있었다.

방구석에 누워 좀처럼 기력을 찾지 못하고 있는데 이른 아침부터 개 짖는 소리가 요란했다. 개장수가 온 것 같았다. 나는 속에서 열불이 올라와 이불을 뒤집어썼다. 조금 있자 밖이 잠잠해졌다. 뜻밖에 진 씨 할아버지가 헛기침을 하더니 내 방에 들어왔다. 나는 억지로 일어나 앉았다. 할아버지가 나에게 흰 봉투를 내밀었다.

"이게, 이게 뭐예요?"

"내레 일 없으니 니가 가지라우."

"네?"

"망설일 거 없구마. 날래 가져가라우."

할아버지가 왜 그렇게 열심히 돈을 모으는지는 몰랐지만, 그에게 있어 돈은 삶의 목표임을 나는 알고 있었다. 지금 생각하면 그 작은 돈이 나를 다시 일으켜 세운 게 분명하다. 하지만 그때 나는 너무 큰 절망감에 사로잡힌 나머지 할아버지에게 고마움을 제대로 표하지도 못했다. 내가 잃은 돈의 반의 반도 되지 않은 돈이었다. 나는 결국 일 년만 더 일하자고 마음먹었다.

사장은 탁의 빈자리를 메우기 위해 새 멤버를 구하려고 했다. 그런데 진 씨 할아버지가 사장을 말렸다. 자기가 탁이 하던 일을 하겠다는 것이었다. 빗살을 다듬는 마무리 작업을 하던 할아버지가 간살을 만드는 작업을 하겠다고 우겼다. 그 일은 기술을 필요로 했기에 우리 모두는 이해가 되지 않았다. 하지만 할아버지의 고집을 꺾을 수 있는 사람은 아무도 없었다. 할아버지가 돈을 더 벌기 위해 팔을 걷고 나선 것이었다. 물론 할아버지는 여전히 밤낮없이 개들을 돌보고 있었다.

계절만 바뀐, 똑같은 날들이 이어졌다. 드디어 서울로 떠나는 날이 왔다. 밤새 잠을 설친 나는 여명이 밝기도 전에 일어났다. 전쟁터로 나가는 전사처럼 무거운 가방을 어깨에 들쳐 메고 밖으로 나왔다. 전날 미리 공장 식구들에게 작별인사를 해두었다. 조금 있으면 진 씨 할아버지가 나올 시간이었지만 나는 뒤도 돌아보지 않고 홀홀히 그곳을 떠났다. 두 번 다신, 그리고 죽을 때까지 영원히 올 일이 없을 공장이었다.

전주행 고속버스

노량진 쪽방에서 시작한 새로운 내 생활도 부강산업에서의 생활 못지않게 힘겨웠다. 다만 내가 원하는 공부를 하는 생활이라는 것만 달랐다. 새벽 6시부터 교회에서 제공하는 공짜 밥을 얻어먹으며 일 년을 버텼다. 재수를 해 명문대에 가고 싶었지만 돈이 부족했다. 장학금을 받는 것으로 이류 대학에 만족해야 했다. 물론 공장 생각은 조금도 하지 않았다.

대학생활은 학생 과외를 하랴, 학과공부에 고시공부까지 하랴 시간이 더 쪼들렸다. 세월이 어떻게 흐르는지도 모르고 늘 허겁지겁 살았다. 그러던 중, 아침부터 찬바람이 세차게 불던 날이었다. 2학년 가을학기 마지막 수업을 막 끝내고 나오는데, 조교가 나를 불렀다. 나를 찾는 전화가 왔다며 쪽지를 전해줬다. 부강산업 전화번호였다. 순간 이상한 예감이 들었다. 밤이 되어서야 사장과 통화가 됐다. 진 씨 할아버지가 돌아가셨다는 소식이었다.

사장은 내가 묻기도 전에 울먹이는 목소리로 말했다. 할아버지가 돈을 아낀다고 연탄도 안 피우고 담요만 두르고 주무시다가 변을 당했다고. 새벽에 할아버지를 병원 응급실로 옮겼지만 그만 돌아가셨다고 했다. 사인은 급성폐렴이라고 했다. 나는 난감했다. 며칠 뒤면 기말고사가 시작되는 시점이었다. 결국 난 장례식에 참석하지 못했다.

그해 겨울 방학에도 나는 주로 학교 도서관에서 살았다. 하루는 여느 때처럼 점심을 먹고 도서관 라운지에서 일간지 헤드라인을 눈으로 쫓다가 우연히 할아버지에 대한 기사를 보게 됐다. 속으로 깜짝 놀랐지만 그냥 한번 휙 훑어만 보곤 그 기사를 찢어 슬그머니 바지주머니에 집어넣었다. 당시엔 십 년도 훨씬 더 지나 내가 그

기사를 다시 찾게 될 줄은 꿈에도 몰랐다.

　오늘 신새벽, 난 책상 서랍 밑바닥을 뒤져 그 기사를 용케
찾아냈다. 누렇게 변해버린 신문 쪼가리에서 겨우 할아버지
장지의 위치를 알아낼 수 있었다. 장지는 전주 근교 소양에 있는
원암 수양관이었다. 사망한 장기수들의 시신을 모신 곳이라고
했다. 기자는 할아버지의 이력을 소상히 전하면서 마지막으로
할아버지가 북에 있는 아들에게 이천 만원이 든 통장과 유서 한
장을 남겼다고 했다. 신문기사에 따르면 할아버지는 국가의 부름을
받고 네 살 난 아들을 두고 남으로 내려오자마자 동해안에서
체포되어 바로 구치소에 수감되었다고 했다. 나는 떨리는 손으로
신문에 실린 할아버지의 유서를 천천히 읽어 내려가기 시작했다.

　전 세계 땅 덩어리를 준대도 바꾸지 않을 하나밖에 없는
내 아들 양국아 보아라.

　너를 떠난 지도 어언 34년이 지났구나. 그동안 아버지
생각에 괴로워하고 있을 줄 안다. 그런 너와 너의 어머니를
생각하면 내 가슴이 천 갈래 만 갈래 찢겨지는 것 같구나.
그런데도 참고 견디어 보아라. 나도 산 설고 물 설은 이곳에
와서 처음에는 그저 눈물만 나더니 지금은 그런대로 살
만하구나. 안심하여라.

　할 말은 많으나 다음 기회를 학수고대하면서 끝으로
너에게 부탁한다. 너를 키워주지 못한 이 아버지를 용서하고
너를 나서 키워준 어머니를 잘 공경하고 효도하여라. 항상
즐겁게 기쁘게 해드리는 것이 효도다. 그리고 인민한테 항상

전주행 고속버스

어진 사람이 되어라.

이만 줄일까 한다.

심장 언저리에 꼬챙이 같은 것이 꾹 찔렀다. 연탄도 안 떼고 자다니. 그 돈을 아껴 얼마를 더 모을 수 있단 말인지. 당시 할아버지의 돈을 받은 나는 다시 일어날 용기를 얻었지만, 할아버진 그만큼 더 자신을 극단으로 내몰았던 게 분명했다. 그것도 다시 만날, 아무런 기약도 없는 아들을 위해서. 목울대를 타고 뭔가가 꾸역꾸역 올라왔다. 그때 도서관에서는 미처 느끼지 못했던 감정이었다.

이제 나는 내가 왜 할아버지 산소를 찾아가는지 알 것만 같다. 은혜도 모르고 지낸 지난날의 나를 반성하고 양심의 가책을 조금이나마 털어내려는 것임을. 그렇게 해서 아들의 수술 결과를 조금이라도 편안한 마음으로 기다리려는 것임을. 늦게라도 용서를 구해 하늘에 계신 하나님에게 제발 수술을 잘 하게 해달라고 빌고 싶은 것임을.

아니, 아니다. 어쩌면 할아버지를 되새겨 봄으로써 장애인 아들을 끝까지 잘 길러낼 힘을 얻으려고 하는지 모른다. 이 두렵고 무서운 현실 앞에서 도망치려 하지 말고 당당히 마주할 용기를 얻으려는 건지 모른다. 더 이상 억울해 하지만 말고, 할아버지처럼 끝까지 자기 책임을 끌어안기 위해서일지 모른다.

멀리서 도착지 전주를 알리는, 흐릿한 표지판이 조금씩 내 앞으로 다가오고 있다.

이 작품은 26년간 장기수 생활을 하고 나온 故진태윤 할아버지의
실화를 바탕으로 한 허구임을 밝힙니다.

동시대인

초판 1쇄   2025년 12월 31일

지은이   김영숙

펴낸곳   문학여행
발행인   고민정
주소   서울특별시 서대문구 연희로37길 77-13 402호
홈페이지 www.bookjour.com
이메일   contact@bookjour.com
전화   1600-2591
팩스   0507-517-0001
원고투고 edit@bookjour.com
출판등록 제2021-000020호.

ISBN   979-11-88022-64-9 (03810)